Gustav Schwab

Die Schildbürger

und andere Erzählungen
aus alten Volksbüchern

Gustav Schwab: Die Schildbürger und andere Erzählungen aus alten Volksbüchern

Neuausgabe
Herausgegeben von Karl-Maria Guth
Berlin 2016

Umschlaggestaltung von Thomas Schultz-Overhage

Gesetzt aus der Minion Pro, 11 pt

Verlag: Henricus - Edition Deutsche Klassik GmbH
Mörchinger Str. 33, 14169 Berlin, info@henricus-verlag.de
Druck: Libri Plureos GmbH, Friedensallee 273, 22763 Hamburg

ISBN 978-3-8430-9202-9

Bibliografische Information der Deutschen Nationalbibliothek

Die Deutsche Nationalbibliothek verzeichnet diese Publikation in der Deutschen Nationalbibliografie; detaillierte bibliografische Daten sind im Internet über www.dnb.de abrufbar.

Inhalt

Die Schildbürger

Die ersten Schildbürger, Bewohner des Städtchens Schilda im Lande Utopien, waren hochweise Leute, die ihre Kinder aufs beste unterwiesen, so daß ihnen in der ganzen weiten Welt niemand zu vergleichen war. Deswegen verbreitete sich der Ruhm ihres hohen Verstandes und ihrer seltenen Weisheit über alle Lande und ward Fürsten und Herren bekannt. Aus fernen Orten, von Kaisern und Königen, wurden Botschaften an die Schildbürger abgefertigt, um sich in zweifelhaften Sachen Rat zu holen. Allmählich kam es so weit, daß Fürsten und Herren es viel zu umständlich fanden, Botschaften zu ihnen zu schicken. Jeder wollte einen Schildbürger bei sich am Hof haben, um sich seiner täglich bedienen und aus seinen Reden lernen zu können.

In kurzer Zeit war es so weit, daß fast kein Schildbürger mehr in der Heimat blieb. Darum sahen sich die Frauen genötigt, die ganze Männerarbeit zu verrichten, das Vieh zu betreuen und den Feldbau zu versehen.

Aber das Fehlen der Männer machte sich bald bemerkbar. Alle Mühe der Frauen konnte die Männerarbeit nicht ersetzen. Die Felder verwilderten, das Vieh wurde mager und, was das ärgste war, Kinder, Knechte und Mägde wurden ungehorsam und wollten nichts Rechtes mehr leisten.

Nach einiger Zeit traten die Schildbürgerinnen zusammen, um dem drohenden Verderben zu steuern. Nach langem Geschnatter und Gerede wurden die Frauen schließlich einig, daß sie ihre Männer heimrufen wollten. Zu diesem Zweck ließen sie einen Brief aufsetzen und durch eigene Boten nach allen Orten abschicken, wo sie wußten, daß sich ihre Männer aufhielten.

Sobald die Männer dieses Schreiben gelesen hatten, fanden sie es höchst notwendig, sogleich heimzukehren.

Am folgenden Tag begaben sie sich unter die Linde; denn dort pflegten sie sich im Sommer von altersher zu versammeln, im Winter dagegen war das Rathaus der Versammlungsort. Nun berieten sie lange hin und her, wie dem Schaden, der aus ihren Berufungen entstünde, abzuhelfen wäre. Dann trat ein alter Schildbürger auf und brachte seine Meinung vor: daß sie alle, Weiber und Kinder, Junge und Alte, die abenteuerlichsten und seltsamsten Sachen ausführen sollten, die zu ersinnen wären; was jedem Närrischen in den Sinn käme, das solle er tun.

Die Schildbürger erbauen ihr Rathaus

Zu einem recht glückhaften Anfang ihres geänderten Wesens wollten sie zuerst ein neues Rathaus auf gemeinsame Kosten erbauen, das ihrer »Narrheit« entsprechen sollte.

Offenbar waren aber die Schildbürger, deren Weisheit nur allmählich vergehen sollte, viel zu vorausschauend, da sie wußten, daß man Bauholz und andere Sachen haben müsse, ehe man mit dem Bauen anfangen könne; echte Narren würden wohl ohne Holz, Stein und Kalk zu bauen begonnen haben. Deswegen zogen sie einmütig miteinander ins Gehölz, das jenseits des Berges gelegen war, und fingen an, nach dem Rat ihres Baumeisters das Bauholz zu fällen.

Als die Stämme von den Ästen gesäubert und ordentlich zugerichtet waren, wünschten sie nichts als eine Armbrust, auf der sie das geschlägerte Holz heimschießen könnten. Damit, meinten sie, würden sie viel Mühe und Arbeit ersparen. Wenn nicht, mußten sie die Arbeit selbst verrichten; deshalb schleppten sie die Bauhölzer schnaufend und pustend den Berg hinauf und jenseits wieder mit vieler Mühe hinab, bis auf einen Stamm, der nach ihrer Ansicht das letzte Stück war. Dieses banden sie gleich den andern an Stricke, brachten es mit Heben, Schieben und Stoßen den Berg hinauf und auf der andern Seite zur Hälfte wieder mühsam hinab. Plötzlich entglitt ihnen der Stamm und fing an, von selbst den Berg hinabzurollen, bis er zu den andern Hölzern kam, wo er ruhig liegenblieb.

»Sind wir doch alle rechte Narren«, meinte endlich einer der Schildbürger, »daß wir uns solche Mühe gegeben haben, die Bäume den Berg hinabzuschaffen; erst dieser Klotz mußte uns lehren, daß sie von selbst rascher hätten hinunter gleiten können!«

»Nun, da ist leicht abzuhelfen«, sagte ein anderer; »wer die Stämme mühsam hinabgetan hat, der soll sie auch wieder hinauftun! Darum sputen wir uns! Wenn wir die Hölzer wieder auf den Berg gebracht haben, können wir sie alle miteinander wieder hinunterrollen lassen; dann haben wir mit dem Zusehen unsere Freude und werden für unsere Mühe belohnt!«

Dieser Rat gefiel allen Schildbürgern außerordentlich.

Nachdem sie sich redlich geplagt hatten und alle Hölzer wieder oben waren, ließen sie die Baumstämme allmählich den Berg hinabrollen. Die

Schildbürger standen droben und ließen sich den Anblick wohl gefallen. Ja, sie waren ganz stolz auf die erste Probe ihrer Narrheit, zogen fröhlich heim und setzten sich ins Wirtshaus, wo sie auf Kosten der Stadt zechten.

Das Bauholz war gefügt und gezimmert, Stein, Sand, Kalk herbeigeschafft, und so fingen die Schildbürger einmütig ihren Bau mit solchem Eifer an, daß in wenigen Tagen die drei Hauptmauern standen; weil sie etwas Besonderes haben wollten, sollte das Haus dreieckig werden. Doch ließen sie an einer Seite ein großes Tor in der Mauer offen, um, wie sie erklärten, das Heu, das der Gemeinde gehörte und dessen Erlös sie miteinander vertrinken durften, unterzubringen.

Nachdem der Dachstuhl auf die Mauer gesetzt und das Dach mit Ziegeln eingedeckt war, wollten sie ihr Rathaus zu aller Narren Ehre einweihen und in aller Narren Namen versuchen, wie es sich darin beraten lasse. Kaum aber waren die Schildbürger eingetreten, da merkten sie, daß es ganz finster war, so finster, daß einer den andern nicht sehen konnte. Darüber erschraken sie und konnten sich nicht genug wundern, woher das kommen möge. So gingen sie denn bei ihrem Heutor wieder hinaus, um zu sehen, wo der Fehler stecke. Da standen alle drei Mauern, das Dach saß ordentlich darauf, auch an Licht mangelte es im Freien nicht. Sobald sie aber wieder eintraten, um zu forschen, ob der Fehler etwa drinnen liege, da war es finster wie zuvor. Die Ursache lag darin, daß die Schildbürger die Fenster an ihrem Rathaus einzubauen vergessen hatten.

Die Schildbürger sorgen für Beleuchtung

Als der festgesetzte Ratstag gekommen war, fanden sich die Schildbürger in großer Zahl ein und setzten sich auf ihre Plätze. Einer von ihnen hatte einen brennenden Span mitgebracht und ihn auf seinen Hut gesteckt, damit sie einander in dem finsteren Rathaus sehen könnten. Nun wurden über den Bau des Rathauses die widersprechendsten Meinungen vorgebracht. Die Mehrheit war der Ansicht, man solle das ganze Gebäude bis auf den Grund abbrechen und aufs neue aufführen. Da trat einer hervor, der früher unter allen der Weiseste gewesen war, jetzt aber sich als der Allertörichteste zeigen wollte und meinte: »Wer weiß, ob das helle Tageslicht sich nicht in einem Gefäß tragen läßt, so wie das Wasser in einem Eimer getragen wird. Keiner von uns hat es bisher versucht. Darum wollen wir es probieren. Gelingt es, so werden wir als Erfinder dieser Kunst großes Lob erringen. Geht es aber nicht, so paßt unser Tun ganz zu unserer Narrheit.«

Dieser Vorschlag gefiel allen Schildbürgern so gut, daß sie beschlossen, ihn eiligst auszuführen. Sie kamen daher zu Mittag, wo die Sonne am besten scheint, alle vor das neue Rathaus, jeder mit einem anderen Geschirr.

Sobald die Glocke Mittag geschlagen, begannen sie zu arbeiten. Viele hatten Säcke mitgebracht, darein ließen sie die Sonne scheinen, dann knüpften sie den Sack eilends zu und rannten damit in das Rathaus, den Tag auszuschütten. Andere taten dasselbe mit verschließbaren Gefäßen, wie Kesseln, Zubern und dergleichen mehr. Einer lud sogar den Tag mit einer Strohgabel in einen Korb, der andere mit einer Schaufel, etliche gruben ihn aus der Erde hervor. Ein anderer war besonders schlau: er wollte den Tag in einer Mäusefalle fangen und diesen dann ins Haus tragen. Das trieben die Schildbürger den langen, lieben Tag, solang die Sonne schien, mit solchem Eifer, daß sie vor Hitze fast verschmachteten. Darum meinten die Schildbürger zuletzt: »Nein, es wäre doch eine Kunst gewesen, wenn es gelungen wäre!« Darauf zogen sie ab, um ihre durstigen Kehlen auf Kosten der Gemeinde im Wirtshaus zu laben.

Die Schildbürger waren mitten in ihrer Arbeit, als ein fremder Wandersmann durch die Stadt reiste. Dieser blieb stehen, sah ihnen mit offenem Mund lange zu und wäre beinahe auch zu einem Schildbürger geworden, so sehr zerbrach er sich den Kopf darüber, was denn das bedeuten sollte. Als er sich am Abend im Wirtshaus über den Zweck dieser Arbeit erkundigte, antworteten ihm die Schildbürger ohne Bedenken, sie hätten versucht, das Tageslicht in ihr neugebautes Rathaus zu tragen.

Der fremde Geselle war ein Spaßvogel, deswegen fragte er ernsthaft, ob sie mit ihrer Arbeit etwas ausgerichtet hätten. Da sie mit Kopfschütteln antworteten, meinte der Geselle: »Das kommt daher, daß ihr die Sache nicht richtig angepackt habt.«

Am folgenden Tag führten sie den fremden Künstler zum Rathaus und besahen es mit ihm von oben bis unten, vorn und hinten, innen und außen. Da meinte der Fremde, sie sollten das Dach besteigen und die Dachziegel wegnehmen, was auch tatsächlich geschah.

»Nun habt ihr den Tag in eurem Rathaus«, rief er, »ihr mögt ihn drin lassen, solang es euch gefällt. Wenn es euch beschwerlich wird, könnt ihr ihn wieder hinausjagen.« Die Schildbürger freuten sich und hielten den ganzen Sommer ihre Versammlungen im Rathaus. Der Geselle nahm seinen Lohn und zählte das Geld nicht lange, sondern machte sich aus dem Staub, wobei er sich oft umsah, ob ihm niemand nacheile, der ihm seinen Fang wieder abnehme. Er kam auch nie wieder, und bis heute weiß niemand, woher er gewesen und wohin er gegangen ist.

Nun hatten die Schildbürger das Glück, daß es den ganzen Sommer über, sooft sie zu Rat saßen, nicht regnete. Inzwischen ging der Sommer zu Ende, und der leidige Winter meldete seinen Einzug an. Da merkten die Schildbürger bald, daß sie sich gegen Schnee und Ungewitter schützen müßten. Sie hatten daher nichts Eiligeres zu tun, als das Dach wieder zu decken. Aber als sie dann wieder ins Rathaus gingen, war es darin wieder so dunkel wie zuvor. Jetzt erst merkten sie, daß sie der fremde Wanderer häßlich hinter das Licht geführt hatte. Sie setzten sich daher wieder mit ihren Lichtspähen auf den Hüten zusammen und berieten, was zu tun sei.

Endlich stand einer auf und rief: »Ich rate das, was mein Vater raten würde.«

Nach diesem weisen Wort trat er aus der Versammlung, um sich zu räuspern, da ihn ein böser Husten quälte. Wie er nun in der Finsternis – sein Lichtspan war ihm erloschen – an der Wand krabbelte, bemerkte er plötzlich einen kleinen Riß in der Mauer. Auf einmal kam ihm die Erleuchtung, und er rief: »Liebe Freunde, wir sind doch alle richtige Narren! Wir haben in das Haus keine Fenster gemacht, durch die das Licht hereinfallen konnte!«

Verblüfft sahen die Bürger einander an und schämten sich einer vor dem andern. Sogleich gingen sie daran, überall die Mauern des Rathauses durchzubrechen, und es gab keinen Schildbürger, der nicht sein eigenes Fenster hätte haben wollen.

Die Schildbürger und ihr Ofen

Inzwischen war es Winter geworden. Nun sollten sie einmal Gerichtssitzung halten; ein Kuhhirte hatte mit seinem Horn die Ratsherren zusammenberufen. Da brachte denn jeder der Richter sein eigenes Scheit Holz mit, um die Ratsstube zu wärmen. Aber nun zeigte es sich, daß die Schildbürger einen Ofen einzubauen vergessen, ja, nicht einmal Raum freigelassen hatten, wo man einen aufstellen konnte. Als sie die Sache überlegten, waren einige der Ansicht, man solle ihn hinter die Tür setzen. Da aber der Schultheiß im Winter seinen Sitz hinter dem Ofen haben mußte, schien es doch unpassend, wenn das Stadtoberhaupt hinter der

Tür säße. Zuletzt riet einer, man solle den Ofen vors Fenster hinaus setzen, damit schon gewärmte Luft in den Raum komme.

Doch sagte ein Alter unter ihnen, der schon länger Narr war als die andern: »Aber, lieber Freund, die Hitze, die in die Stube gehört, wird zum Ofenrohr hinausgehen! Was hilft uns dann der Ofen im Freien?« – Dagegen weiß ich ein Mittel«, rief ein dritter. »Ich habe ein altes Hasengarn daheim, das wollen wir vor das Ofenrohr hängen, damit die Hitze im Ofen bleibt. Dann brauchen wir nichts zu befürchten, nicht wahr, lieber Nachbar, und können lustig im Ofen unsere Äpfel braten. Die Wärme wird bei der Ofentür in die Stube dringen!« Dieser Schildbürger wurde wegen seines weisen Rates hoch gepriesen und ihm mit allen seinen Nachkommen der allernächste Sitz hinter dem Ofen zugesprochen.

Die Schildbürger bauen Salz

Bei der nächsten Sitzung berieten die Ratsherren vor allem darüber, wie man einen Vorrat für die Zeit der Not anlegen könnte. Besonders an Salz litten sie großen Mangel. Da kamen sie nach langer Beratung zu dem Schluß, daß das Salz auf dem Feld wachsen müsse, weil es dem Zucker ganz ähnlich sehe und dieser doch auch vom Feld stamme. Darum beschloß der wohlweise Rat, daß man ein großes, der Gemeinde gehöriges Grundstück in Gottes Namen mit Salz besäen solle.

Der Acker wurde gepflügt und das Salz ausgestreut. Alle Schildbürger waren in bester Hoffnung und zweifelten nicht, Gott werde seinen Segen im Überfluß zu der Arbeit geben, weil sie ja in seinem Namen gearbeitet hätten. Sie stellten Hüter auf, die mit langen Vogelrohren die Vögel schießen sollten, die das ausgesäte Salz etwa aufpicken wollten.

Es währte nicht lange, so fing der Acker aufs allerschönste zu grünen an. Die Schildbürger hatten eine unsägliche Freude darüber und gingen alle Tage hinaus, um zu sehen, wie das Salz wüchse. Und je mehr es wuchs, desto mehr wuchs in ihnen die Hoffnung, und jeder sah sich im Geist schon als Besitzer eines ganzen Scheffels voll Salz. Deswegen trugen sie den Hütern strenge auf, wenn etwa eine Kuh, ein Pferd, ein Schaf oder eine Geiß sich auf den Salzacker verirrte, so sollten sie diese Tiere ohne Schonung fortjagen. Dessenungeachtet kam das unvernünftige Vieh auf den wohlbebauten Salzacker und fraß die herrliche Aussaat.

Die Hüter verloren den Kopf, denn sie waren Schildbürger; anstatt das Vieh aus dem Acker zu treiben, liefen sie in die Stadt und meldeten das Vorkommnis dem Schultheißen. Dieser faßte, nachdem er und die Ratsherren sich lang die Köpfe zerbrochen hatten, den weisen Beschluß, vier Ratsherren sollten einen Hüter auf eine geflochtene Tragbahre setzen, ihm eine lange Peitsche in die Hand geben und ihn so lange auf dem Salzacker herumtragen, bis er das Vieh herausgetrieben hätte. Dies geschah auch; der Hüter hielt seinen Umzug, als wäre er der Papst, und die vier Ratsherren wußten mit ihren breiten Füßen so vorsichtig einherzugehen, daß der kostbaren Saat kein allzugroßer Schaden widerfuhr.

Wirklich blühte und reifte das Salzkraut, als ob es Unkraut gewesen wäre. Als nun ein ehrlicher Schildbürger einmal an dem herrlich grünenden Acker vorbeiging, konnte er es nicht lassen, ein wenig von dem edlen Salzkraut auszuraufen und es bescheiden zu kosten. Da bissen ihn die Brennesseln auf die Zunge, daß er hätte schreien mögen; aber gerade das machte ihn besonders fröhlich. Er rannte vor Schmerz und Freuden auf und ab und schrie mit heller Stimme: »Es ist Leckerwerk; Leckerwerk ist es!« Darauf lief er eilig nach Schilda und läutete Sturm mit der großen Glocke, damit alle Schildbürger zusammenkämen und die gute Mär vernähmen. Als alle versammelt waren, berichtete er ihnen, vor Freude zitternd, das Kraut sei schon so scharf, daß es ihn auf der Zunge gebissen habe; man könne spüren, daß ein recht gutes Salz daraus werden würde.

Fröhlich eilten die Schildbürger auf den Acker hinaus. Der Schultheiß raufte ein Krautblatt ab, reckte die Zunge und kostete es. Alle taten ihm nach und fanden es so, wie der Bote es ihnen verkündet hatte. Als dann die Zeit der Ernte da war, kamen sie mit Roß und Wagen und mit Sicheln herbei, das Salz abzuschneiden und heimzuführen. Etliche hatten gar ihre Dreschflegel mitgenommen, um es gleich an Ort und Stelle auszudreschen. Als sie aber Hand anlegen und das Kraut mit der Sichel schneiden wollten, da war es so herb und hitzig, daß es allen Schnittern die Hände verbrannte.

Nun meinten einige, man solle den Acker mähen, andere waren der Ansicht, man solle die Gräser mit der Armbrust niederschießen. Das letzte gefiel ihnen am besten. Weil sie aber keinen Schützen unter sich hatten und fürchteten, wenn sie nach einem Fremden schickten, könnte ihre Kunst verraten werden, so ließen sie es bleiben. Kurzum, die Schildbürger mußten das edle Salzkraut auf dem Felde stehen lassen! Und hatten sie zuvor wenig Salz gehabt, so hatten sie jetzt noch weniger.

Die Wahl zum Schultheiß

Nun geschah es, daß der Kaiser des Reiches Utopia, in dem der Flecken Schilda lag, einen persönlichen Besuch in Schilda machen wollte, um mit eigenen Augen zu sehen, wie es sich mit der Torheit seiner dortigen Untertanen verhalte. Er ließ ihnen anzeigen, daß er alle ihre althergebrachten Privilegien und Freiheiten bestätigen und sie mit weiteren begnaden wolle, wenn sich ihre Antwort auf seinen Gruß reime.

Die armen Schildbürger erschraken über diese Botschaft und ordneten alles, was in Stall und Küche notwendig war, aufs eifrigste, um den Kaiser so großartig als möglich in ihrem Dorf zu empfangen. Unglücklicherweise aber hatten sie damals gerade keinen Schultheißen. Nachdem sie sich lange über eine neue Wahl beraten hatten, kamen sie endlich zu folgendem Beschluß: Weil sie dem Kaiser auf seine ersten Worte in Reimen antworten müßten, sei es am besten, daß derjenige Schultheiß werde, der am folgenden Tag den besten Reim hervorbringen könnte. Nun zerbrachen sich die weisen Herren die ganze Nacht den Kopf; denn jeder wäre gern Schultheiß geworden. Am unruhigsten aber schlief der Schweinehirt. Er warf sich so wild im Schlaf, daß seine Frau endlich erwachte und ihn fragte, was ihm fehle. Der Schweinehirt aber wollte nicht aus dem Rat schwatzen, und nur mit vieler Mühe konnte ihn sein Weib bewegen, ihr zu sagen, was sich Wichtiges begeben habe. Als er ihr endlich sein Geheimnis anvertraut hatte, wäre des Schweinehirten Frau ebensogern Schultheißin gewesen als der Schweinehirt Schultheiß.

»Sorge dich doch nicht, lieber Mann«, sagte sie. »Was willst du mir geben, wenn ich dich einen Reim lehre, daß du Schultheiß wirst?« – »Wenn du das kannst«, antwortete der Schweinehirt vergnügt, »will ich dir einen schönen Pelz kaufen.« Damit war die Frau sehr zufrieden, dachte eine kleine Weile nach und fing an, ihm folgenden Reim vorzusprechen:

Ihr lieben Herrn, ich tret' herein,
Mein feines Weib, das heißt Kathrein,
Ist schöner als mein schönstes Schwein
Und trinkt gern guten, kühlen Wein.

Diesen Reim sagte die Schildbürgerin ihrem Mann neunundneunzigmal vor und er ebensooft ihr nach, bis er ihn fest zu beherrschen glaubte. Aber auch die andern Schildbürger hatten nicht gerastet; sie hatten alle vom eifrigen Reimen größere Köpfe gekriegt, und jeder hatte sich die ganze Nacht schon als Schultheiß gesehen.

Als sie dann am nächsten Morgen zusammentraten, konnte man die zierlichsten Reime hören. Freilich war es schade, daß die edlen Ratsherren infolge ihrer langen Narrheit ein recht schwaches Gedächtnis hatten, so daß ihnen jedesmal das rechte Schlagwort des Reimes entfiel. Da gab es Reime wie:

>>Ich heiße Meister Hildebrand,
Mein Spieß lehnt an der Mauer ...<<

worüber darin alle lachten, bis sie selbst ihren Reim hersagen mußten und auch steckenblieben. Der Schweinehirt stand weit hinten und kam wegen seines niedrigen Standes zuletzt an die Reihe. Er war in tausend Ängsten; denn er fürchtete immer, ein anderer könnte einen besseren Reim vorbringen und dadurch Schultheiß werden. Sooft einer nur ein einziges Wörtchen aussprach, das auch in seinem Reim vorkam, erschrak er, daß ihm das Herz klopfte. Als nun die Reihe an ihm war, stand er auf und sprach mit kühner Stimme:

Ihr lieben Herrn, ich tret' – hierher,
Mein feines Weib, das heißt Kathrein,
Ist schöner als mein schönstes – Ferkel
Und trinkt gern guten, kühlen Most!

>>Das sind einmal vier Zeilen – ein Gedicht!<< riefen die Ratsherren von Schilda einmütig! Und bei der Wahl fielen alle Stimmen auf den Schweinehirten; denn alle waren fest überzeugt, dieser würde dem Kaiser wohl in Reimen antworten können und ihm würdige Gesellschaft leisten. So war der Schweinehirt von Schilda über Nacht Schultheiß geworden!

Diese Ehre und Würde tat dem Schweinehüter so wohl, daß er beschloß, seinen Hirtenschweiß abzuwaschen und in die Nachbarschaft ins Bad zu gehen, denn in Schilda war keine Badeanstalt. Unterwegs begegnete ihm ein Mann, der vor Jahren mit ihm Schweine gehütet hatte, und duzte ihn als alten Freund. Jener aber verbat sich das feierlich und fügte hinzu: »Wisse, wir sind jetzt unser Herr der Schultheiß zu Schilda!« Da wünschte ihm der andere ehrerbietig Glück zu seinem neuen Amt bei dem Volk der Schildbürger.

So zog »unser« Herr, der Schultheiß, fort und kam in das Bad. Hier stellte er sich gar weise, nahm Platz auf einer Bank in schweren, tiefen Gedanken und zählte von Zeit zu Zeit seine zehn Finger ab, so daß alle, die ihn kannten, sich über diese Veränderung wunderten und ihn für besonders tiefsinnig hielten. Indessen fragte er einen Herren, der neben ihm saß, ob dies die Bank sei, auf der die Herren zu warten pflegen. »Ja!« wurde ihm geantwortet. »Ha, wie fein habe ich es getroffen«, dachte der Schultheiß, »es ist, als habe es die Bank gerochen, daß ich Schultheiß zu Schilda bin!«

Als er wieder nach Hause kam, vergaß unsere gnädige Frau, die Schultheißin, nicht, den versprochenen Pelz recht oft zu fordern. Als der Schultheiß wieder einmal wichtiger Geschäfte halber in die Nachbarstadt gehen wollte, unterließ sie nicht, ihn an den Pelz zu mahnen. Ehe noch der Schultheiß die Stadt betrat, fragte er schon den Torwart nach dem Haus des Kürschners. Als dieser ihm das Haus wies, erkundigte er sich weiter, ob es auch der Meister sei, bei dem alle Schultheißenfrauen ihre Pelze kauften.

Als er heimkam, empfing die Frau den Pelz mit Freuden, zog ihn sofort an, drehte sich nach allen Seiten und ließ sich bewundern. Der Schultheiß aber verlangte, jetzt solle sie für seinen Dienst ihm auch etwas backen; er wolle eine Wurst, die er aus der Stadt mitgebracht hatte, dazu geben und ein Maß Wein bezahlen. Da begann seine Frau grobe, dicke Schnitten zu backen, wie sie es früher getan. Er aber stieß die ersten, die aus der Pfanne kamen, voll Unmut zurück. »Was glaubst du«, sagte er; »meinst du, ich sei ein Schweinehirt? Weißt du nicht, daß ich der Herr Schultheiß zu Schilda bin?« Da mußte die Frau ihm feine Kuchen backen, die aß er dann und trank einen Schluck guten Weins dazu.

Die ganze folgende Nacht dachte die neue Frau Schultheißin angestrengt darüber nach, wie sie in ihrem neuen Pelz ihrem Mann und seinem Amt zu Ehren vor den Schildbürgern prangen könnte. Sie stand früh auf und putzte sich eifrig heraus, so daß sie sogar das Läuten in die Predigt überhörte. Der Schultheiß mußte ihr den Spiegel halten, und wohl hundertmal fragte sie ihn, ob sie auch von vorn und von der Seite recht wie eine Frau Schultheißin aussehe. Als sie mit ihrem neuen Pelz zur Kirche hineinrauschte, war eben die Predigt zu Ende, so daß alle

Andächtigen aufstanden. Die gute Frau legte das ganz anders aus und meinte, weil ihr Mann Schultheiß und sie Frau Schultheißin sei und weil sie einen nagelneuen Pelz anhabe, stünden alle ihr zu Ehren auf. Sie sprach deswegen, indem sie sich gnädig nach beiden Seiten verneigte: »Lieber Nachbar, ich bitte Euch, bleibt doch sitzen; denn ich denke wohl noch an die Zeit, wo ich ebenso arm und zerlumpt wie Ihr zur Kirche gegangen bin!«

Bald darauf kam der Herr Schultheiß, der bisher an seinem Barett gestriegelt hatte, in die Kirche. In diesem Augenblick war der Gottesdienst zu Ende, und alle Schildbürger verließen die Kirche, nur seine Frau, in Erwartung der Predigt, blieb in ihrem Stuhl sitzen. Da nahm der Herr Schultheiß seine eitle Gattin am Arm und führte sie heim.

Der Kaiser in Schilda

Endlich war der Kaiser auf dem Weg nach Schilda. Da berieten die Schildbürger, wie sie ihn würdig empfangen sollten.

Über die Frage aber, wie man dem Kaiser entgegenziehen sollte, waren die Meinungen geteilt. Einige schlugen vor, ein Teil solle reiten, der andere zu Fuß gehen, je ein Reiter und ein Fußgänger in einem Glied. Andere meinten, es solle ein jeder den einen Fuß im Steigbügel haben und reiten und mit dem andern auf dem Boden gehen; das wäre teils gegangen, teils geritten. Wieder andere rieten, man solle dem Kaiser auf hölzernen Pferden entgegengehen; solche Pferde seien geduldiger. Dieser letzten Meinung stimmten alle bei, und es wurde beschlossen, daß jeder sein Roß satteln sollte. Das taten alle mit großer Bereitwilligkeit, und bald tummelten sie ihre Holzpferde und richteten sie meisterlich her.

Als nun der Kaiser mit seinem Gefolge heranrückte, sprengten ihm die Schildbürger mit ihren Steckenpferden entgegen. Sobald der Schultheiß den Kaiser gewahrte, sprang er im Eifer von seinem Gaul auf einen Misthaufen und band sein hölzernes Roß vorsichtig an einen daneben stehenden Baum. Weil er dazu beide Hände brauchte, nahm er den Hut zwischen die Zähne und murmelte vor sich hin: »Nun seid uns willkommen auf unserm Grund und Boden, fester Junker Kaiser!« Der Kaiser hatte Mühe, den Gruß zu verstehen, doch merkte er, was der Schultheiß sagen wollte, und erwiderte: »Hab Dank, von deinem besten jungen Kaiser!« Aber der Schultheiß hielt seinen Hut mit den Zähnen fest und konnte nicht antworten. Schnell besann sich sein Nebenmann, dachte an den verabredeten Reim, konnte ihn aber nicht finden und platzte endlich heraus: »Der Schultheiß ist ein Narr!«

Als der Kaiser den Schultheiß lächelnd fragte: »Warum stehst du denn auf dem Mist?« erwiderte dieser schlagfertig: »Ach Herr, ich armer Tropf bin nicht wert, daß mich der Erdboden vor Euch trage!«

Hierauf geleiteten sie den Kaiser in sein Quartier, das sie für ihn hergerichtet hatten. Weil aber der Tag noch lang nicht zu Ende war, baten sie den Kaiser um die Erlaubnis, ihn auf den Salzacker führen zu dürfen, und zeigten stolz ihr vortreffliches Gewächs, das der Kaiser lächelnd besichtigte.

Am andern Tag luden die Schildbürger den Kaiser zu Tisch. Sie geleiteten ihn in ihr merkwürdiges Rathaus und baten ihn, an dem frisch gedeckten Tisch Platz zu nehmen. Das vornehmste Gericht, das aufgetischt wurde, war eine kalte, saure Buttermilch. Der Schultheiß nahm neben dem Kaiser Platz, während die übrigen Bürger aus Ehrfurcht vor beiden um sie herum standen und von oben herab in die Schüssel langten. Die Ratsherren hatten zweierlei Brote zum Einbrocken in die Milch vorbereitet. Vor des Kaisers Platz lagen weiße Semmelwecken, vor den Bauern lagen die schwarzen Brote. Während sie aßen, erwischte ein derber Bauer einen Brocken von dem weißen Brot. Kaum hatte der Schultheiß diesen groben Verstoß gegen den Kaiser wahrgenommen, als er den Bauer auf die Hände schlug und ihn zornig anfuhr: »Flegel, willst du des Kaisers Brot essen?« Der Schildbürger erschrak und legte das abgebissene Stück sogleich bescheiden wieder in die gemeinsame Milchschüssel. Der Kaiser, der das sah, hatte vom Essen genug und schenkte den Schildbürgern die saure Milch mitsamt dem weißen Brot. Diese nahmen das Geschenk mit großem Dank an, löffelten die Milch aus und lobten des Kaisers Freigebigkeit.

Nach einigen Tagen zog der Kaiser wieder fort, nachdem er den Schildbürgern noch eine gute Mahlzeit im Nachbardorf zubereiten ließ. Diesen war erst jetzt, nachdem der Kaiser fort war, recht wohl in ihrer Haut. Sie sprengten mit ihren Steckenpferden in das nächste Dorf, wo ihnen das kaiserliche Mahl angerichtet war. Als sie satt waren, überkam sie das Verlangen, in die schöne grüne Au hinauszuspazieren, um sich dort zu belustigen; doch vergaßen sie einige gute Flaschen Weines nicht und fuhren fort, ins grüne Gras gelagert bis in den Abend hinein zu zechen. Nun hatten sie aber alle Kleider von der gleichen Farbe an, und beim Zechen waren ihnen die Beine durcheinandergekommen. Wie sie heimgehen wollten, war eine große Not! Keiner konnte mehr seine Beine erkennen, weil sie alle doch gleiche Stoffe trugen.

Während sie einander so angafften, ritt ein Fremder vorüber. Dem klagten sie ihren Jammer und fragten, ob er kein Mittel wüßte, daß jeder wieder zu seinen eigenen Beinen komme, sie wollten sich gewiß mit guter Bezahlung für einen richtigen Ratschlag dankbar erweisen. Der Fremde meinte, das könne nicht schwer sein. Er stieg vom Roß, und nachdem er sich vom nächsten Baum einen guten Prügel geholt hatte, fuhr er unter die Bauern und schlug den Nächstbesten auf die Beine. Wen er traf, der sprang schnell auf, und mit den Hieben hatte jeder auch seine Füße wieder. Zuletzt blieb einer der Ratsherren ganz allein sitzen, der jammerte: »Lieber Herr, soll ich meine Beine nicht auch haben? Wollt Ihr das Geld nicht auch an mir verdienen? Oder gehören vielleicht diese Beine mir?« Der Fremde erwiderte: »Das wollen wir gleich sehen!« und zog ihm einen Hieb über die Beine, daß es flammte. Da sprang auch der letzte auf, und alle waren froh, daß sie ihre Beine wieder hatten. Sie übergaben dem Reiter das versprochene Trinkgeld und nahmen sich vor, ein andermal vorsichtiger mit ihren Füßen zu sein!

Die Kuhweide

Allmählich trieben es die Schildbürger immer närrischer. Einmal kamen sie zusammen, um eine längst verfallene, alte Mauer zu besichtigen, die noch von einem alten Bau übrig geblieben war; denn sie wollten die Steine für einen Neubau verwenden. Auf dieser Mauer aber wuchs schönes, langes Gras, und es dauerte die Bürger, wenn es verloren sein sollte; sie berieten daher, wie man das Grün verwerten könnte. Die einen waren der Meinung, man solle es abmähen; aber niemand wollte sich auf die hohe Mauer wagen. Andere rieten, es wäre das beste, wenn man die Gräser mit Pfeilen herabschösse. Endlich trat der Schultheiß hervor und sagte, man solle das Vieh auf der Mauer weiden lassen, das würde mit dem Gras am ehesten fertig werden; auf diese Weise brauche man es weder abzumähen noch abzuschießen. Diesem Rat stimmte die ganze Gemeinde zu, und zum Dank sollte des Schultheißen Kuh die erste sein, die das Gras weiden durfte. Der Schultheiß willigte mit Freuden ein. So schlangen die Schildbürger denn der Kuh ein starkes Seil um den Hals, warfen es über die Mauer und fingen auf der andern Seite zu ziehen an. Als sich nun der Strick zusammenzog, wurde die Kuh erwürgt und ließ die Zunge heraushängen. Als ein langer Schildbürger das sah, rief er laut: »Zieht, zieht fest.« Und der Schultheiß selbst schrie: »Zieht, sie hat das Gras gerochen! Seht, wie sie die Zunge darnach ausstreckt! Sie kann sich nur nicht selbst hinaufhelfen.«

Aber alles Ziehen war vergebens; die Schildbürger konnten die Kuh nicht hinaufbringen, weshalb sie daher von ihrem Beginnen wieder abstanden. Und jetzt merkten die törichten Schildbürger erst, daß die Kuh schon lange verendet war.

Die Geschichte vom Mühlstein

Auf Grund eines Beschlusses der Ratsherren hatten die Schildbürger sich eine Mühle gebaut; den Mühlstein hatten sie auf einem hohen Berg in einem Steinbruch ausgehauen und mit großer Mühe den Berg herabgewälzt. Als sie ihn drunten hatten, erinnerten sie sich an die Bauhölzer für das Rathaus, die von selbst den Berg hinabgerollt waren.

»Wir sind doch große Narren«, riefen sie, »daß wir uns abermals so viele Mühe gegeben haben!« Und nun zogen sie den Mühlstein mit größter Anstrengung den Berg wieder hinauf. Als sie ihn aber eben wieder abstoßen wollten, fiel es einem Schildbürger ein zu fragen: »Wie wollen wir aber wissen, wohin er laufen wird?«

»Nun«, meinte der Schultheiß, der den Rat gegeben hatte, »das ist leicht festzustellen; es muß einer von uns sich durch das Mittelloch stecken und mit hinabrollen.«

Sofort wurde ein Schildbürger ausgewählt, der mit dem Stein hinunterrollen mußte. Nun war am Fuß des Berges ein Fischweiher. In diesen fiel der Stein mitsamt dem Mann, und beide sanken unter, so daß die Schildbürger nicht wußten, wo Mann und Stein hingekommen waren. Da verdächtigten sie den armen Kerl, der den Kopf in den Stein gesteckt hatte, daß er mit dem Mühlstein durchgegangen sei. Sie ließen daher in allen umliegenden Orten anschlagen, wenn einer käme mit einem Mühlstein um den Hals, den solle man festhalten und als einen Gemeindedieb verurteilen. Der arme Narr von einem Schildbürger aber lag tief im Weiher und hatte so viel Wasser trinken müssen, weshalb er sich nicht mehr verteidigen konnte.

Das Versteck der Kirchenglocke

Einstmals verbreitete sich im Land das Gerücht von einem großen Krieg. Die Schildbürger wurden um ihr Hab und Gut besorgt, besonders angst war ihnen um eine Glocke, die auf dem Rathaus hing. Auf diese, dachten sie, könnte das Kriegsvolk ein besonderes Auge haben und Büchsen daraus gießen wollen. So wurden sie denn nach langem Beraten einig, sie bis zu Ende des Krieges in den See zu versenken, und wenn der Feind abgezogen wäre, wieder herauszuziehen und aufzuhängen. Sie bestiegen also ein Schiff und fuhren mit der Glocke auf den See. Als sie aber die Glocke hineinwerfen wollten, da fiel es ihnen ein, wie sie die Stelle wiederfinden könnten, wo sie die Glocke ausgeworfen hätten.

»Da laß dir keine grauen Haare darüber wachsen«, sagte der Schultheiß und schnitt mit dem Messer eine Kerbe in das Schiff an der Stelle, wo sie die Glocke in den See versenkten; »hier, bei dem Schnitt«, erklärte er, »wollen wir sie wieder erkennen.« So ward die Glocke bei der Kerbe hinabgelassen und versenkt. Lange nachher, als wieder tiefster Friede herrschte, fuhren die Schildbürger hinaus auf den See, ihre Glocke zu holen. Den Kerbschnitt an dem Schiff fanden sie richtig wieder, aber die Stelle, wo die Glocke lag, zeigte die Kerbe ihnen nicht an. So fehlte ihnen fortan ihre alte Kirchenglocke.

Der »tapfere« Schildbürger

Das Gerücht von einem Krieg, weswegen die Schildbürger ihre Glocke in den tiefen See versenkt hatten, war nicht so unbegründet; denn bald kam der Befehl, eine Anzahl Knechte zur Besatzung in die Stadt zu schicken, was sie auch befolgten.

Einige Zeit darauf machten die Städter einen Ausfall, um auf den Feind zu treffen und den Bauern Hühner und Gänse abzunehmen. Nun hatte einer der abgeordneten Schildbürger kurz vorher ein handbreites Panzerstück gefunden; da er sich gerade eine neue Kleidung machen ließ, befahl er dem Schneider, dieses Stück Stahl unter das Futter ins Wams zu vernähen und gerade vor das Herz zu setzen. Der Schneider versprach, es nach seinem Wunsch zu tun, und setzte lächelnd hinzu, er wolle den rechten Fleck für das Panzerstück schon treffen.

Als die Kleidung fertig war, lief der Schildbürger mutig mit den andern hinaus, bei den Bauern gute Beute zu erjagen. Aber ehe er sich's versah, waren diese über ihn hergefallen und jagten ihn davon. In der Angst wollte er über einen Zaun klettern, doch blieb der tapfere Held aber mit der Hose an einem Zaunstecken hangen. Da stach einer der Bauern nach ihm, so daß er über den Zaun hinüberflog. Lange lag er in Todesangst, seiner Meinung nach schwer verwundet. Als aber die Feinde vorübergezogen waren und er nichts von einer Wunde spürte, beschaute er seine Hose, ob diese nicht zerrissen sei. Da stellte der kühne Krieger fest, daß der Schneider den rechten Fleck für das Panzerstück gewählt habe, indem er es hinten in die Hose einnähte. »Nun danke ich Gott«, sprach der Kriegsknecht, »und dem klugen Mann, der mir diesen Anzug gemacht hat! Wie gut hat er gewußt, wo einem braven Schildbürger das Herz sitzt!«

Nach dem Kriege herrschte große Not. Hab und Gut waren dahin. Die Schildbürger hielten es daher für das beste, auszuwandern.

So verließen die einfältigen Bürger ihre Vaterstadt Schilda und zogen mit Weib und Kind in die weite Welt hinaus. Der eine nahm diese Richtung und der andere die entgegengesetzte. Seit dieser Zeit gibt es Schildbürger überall in der ganzen Welt!

Der gehörnte Siegfried

In alter Heldenzeit, als König Artus in Britannien mit seinen edlen Rittern Tafelrunde hielt, herrschte in den Niederlanden ein König namens Sieghard, dessen Gemahlin einen einzigen Sohn, Siegfried, hatte.

Der Knabe Siegfried war groß und stark, dachte nur daran, ein freier Mann zu werden, und ging ohne Erlaubnis davon, um Abenteuer zu suchen.

Während er nun durch Gehölz und Wildnis zog und Hunger ihn allmählich zu quälen anfing, sah er vor einem dichten Wald ein Dorf liegen und schritt darauf zu. Vor dem Dorf wohnte ein Schmied, den Siegfried fragte, ob er einen Knecht nötig habe; denn er hatte zwei Tage nichts gegessen und war eine große Strecke zu Fuß gegangen. Als der Schmied sah, daß Siegfried ein stattliches, gesundes Aussehen hatte, gab er dem Knaben zu essen und zu trinken. Am andern Morgen stellte er ihn als seinen Jungen an und führte ihn zur Arbeit; aber als er ihm den Hammer in die Hand gab, da schlug Siegfried so gewaltig auf das Eisen, daß es entzweibrach und der Amboß tief in die Erde sich eingrub. Der Meister erschrak darüber und wurde ärgerlich; er nahm den jungen Siegfried beim Haar und zauste ihn ein wenig. Dieser aber, solche Behandlung nicht gewohnt, nahm den Meister beim Kragen und warf ihn auf den Erdboden nieder, daß ihm Hören und Sehen verging. Als er aber wieder zu sich kam, rief er seinen Knecht zu Hilfe. Diesen empfing jedoch Siegfried wie seinen Herrn, so daß der Meister auf Mittel und Wege sann, den unbequemen Jungen wieder loszuwerden.

Am nächsten Morgen rief er Siegfried zu sich und befahl: »Da ich gerade notwendig Kohlen brauche, mußt du in den Wald zum Köhler gehen und mir einen Sack voll Kohlen holen.« Der Schmied meinte nämlich, der furchtbare Drache, der sich im Wald bei einer Linde aufhielt, werde ihn töten. Siegfried ging ohne Sorge in den Wald und dachte nichts anderes, als daß er Kohlen holen sollte. Als er aber zu der Linde kam, schoß das Ungeheuer auf ihn los und drohte ihn zu verschlingen. Siegfried überlegte nicht lang; den ersten Baum, der ihm unter die Hände kam, riß er aus der Erde und warf ihn gegen den Drachen. Dieser verwickelte sich derart in die Äste des Baumes, daß er nicht loskam. Dann lief er schnell in des Köhlers Hütte und holte sich Feuer; damit zündete er die Äste über dem Untier an, daß der Drache verbrannte.

Bald floß unter den brennenden Ästen das Fett wie ein Bächlein dahin. Siegfried tauchte den Finger darein; sobald es erkaltet war, wurde es hartes Horn. Deshalb überstrich er mit dem Drachenfett seinen ganzen Leib, mit Ausnahme zweier Stellen an der Schulter, wo er nicht hingelangen konnte. Aus diesem Grunde wurde er später der »gehörnte Siegfried« genannt.

Nun sagte sich Siegfried: »Jetzt bist du gepanzert, jetzt kannst du wie ein anderer Ritter ins Land ziehen.« So begab er sich denn an den Hof des berühmten Königs Gilbald nach Worms am Rhein. Der König hatte drei Söhne und eine liebliche Tochter namens Florigunde, die ein ungeheurer Drache entführt hatte. Vater und Mutter der Jungfrau vergingen vor Sorge; die Mutter weinte Tag und Nacht, bis ihre Augen fast blind wurden. Inzwischen hatte das Ungeheuer die Jungfrau auf den Drachenstein gebracht, und da es vom Flug müde war, legte es sein Haupt in ihren Schoß und schlief ein. Das Tier fing an zu schnarchen, daß der Drachenstein erzitterte.

Indessen kam das Osterfest heran, und der Drache verwandelte sich in eine kräftige Menschengestalt. Die Jungfrau wußte nicht, ob sie auf Befreiung hoffen oder noch Ärgeres erwarten sollte, und bat: »Lieber Herr, wie böse habt Ihr an mir gehandelt. Erlaubt mir, mit meinen Eltern und Geschwistern zu sprechen, und ich will Euch geloben, wieder an diese Stelle zu kommen und Euch gerne zu folgen, wohin Ihr mich auch führen wollt.«

Aber das Ungeheuer erwiderte: »Du bittest vergeblich. Du wirst weder Vater, Mutter und Brüder wiedersehen noch einen einzigen anderen Menschen!«

Dies war für die Jungfrau wie ein Donnerschlag in Seele und Herz. Als sie in Todesschrecken sprachlos niedersank, brummte der Mensch, der einmal ein Drache gewesen war:

»Du brauchst dich nicht zu ängstigen. Ich verwandle mich jetzt wieder in einen Drachen, und du mußt bei mir fünf Jahre und einen Tag ausharren; dann aber werde ich wieder ein Mann, und du sollst meine Frau werden. Schließlich sollst du freilich mit mir zur Hölle fahren, und dort wird ein einziger Tag sein wie ein ganzes Jahr.«

Als die Jungfrau diese schrecklichen Worte hörte, erzitterte sie. Bald betete sie zu Gott, bald rief sie nach ihren Eltern Tag und Nacht, bis sie in tiefe Ohnmacht sank. Der Mann aber war wieder zum Drachen geworden und hütete Florigunde.

Indessen verliefen fast vier Jahre, während die Jungfrau hilflos auf dem Drachenstein ausharren mußte. Wäre das fünfte Jahr hinzugekommen, so wäre es ihr wohl schlecht ergangen! Siegfried war inzwischen ein Mann geworden, zog im Land umher, fing Bären und Wölfe und hing die Raubtiere zum Gespött an den Bäumen auf, worüber sich jedermann wunderte.

Eines Tages war König Gilbald mit seinem Hofgesinde auf die Jagd geritten. Er hatte sich im Dickicht des Waldes verloren, so daß niemand mehr bei ihm war außer Siegfried, der ihn nie verließ. Da kam ein großer Eber auf den König zugerannt. Dieser wollte mit seiner Lanze nach dem Tier stechen, Siegfried aber kam ihm zuvor und tötete den Eber mit seinem Schwert. Der König wunderte sich sehr über Siegfrieds Stärke und wurde ihm immer mehr gewogen; Siegfrieds Ruhm verbreitete sich durch alle Lande.

Einige Zeit später kamen ausländische Könige nach Worms, um König Gilbald und seine Gemahlin über den Verlust ihrer Tochter zu trösten. Da ließ der König ein Turnier ausschreiben, um zu sehen, wie sich Siegfried dazu anstelle. Als nun der festgesetzte Tag nahte, begann das Treffen. Siegfried war nie aus dem Sattel gehoben worden, so daß ihm der Preis zuerkannt wurde, und er eine goldene Kette erhielt, an der ein köstliches Kleinod hing. Mit Einwilligung aller anwesenden Könige, Fürsten und Herren wurde Siegfried sodann feierlich zum Ritter geschlagen.

Nach Abzug der Gäste verfielen der König und die Königin in ihre alte Trauer. Da tröstete sie Siegfried und versprach, mit Gottes Hilfe ihre Tochter zu erlösen. Bei Nacht aber hatte Siegfried einen lebhaften Traum. Die schöne Jungfrau Florigunde stand leibhaftig vor ihm. Bei Tagesanbruch nahm er seine Hunde und ritt auf die Jagd. Sie gelangten in einen dichten Wald, wo sich kein Wild blicken ließ. Plötzlich lief einer seiner besten Spürhunde in das Gehölz und brachte ihn auf die Spur des Drachen. Vier Tage verfolgte Siegfried diese Spur, ohne an Essen und Trinken zu denken, denn stets schwebte ihm die schöne Florigunde vor Augen.

Als er bemerkte, daß sein Pferd müde wurde, ließ er es ein wenig grasen; er selbst wollte sich auch ausruhen. Da lief aus dem Wald ein großer Löwe auf ihn zu. »Hier ist nicht lange Zeit zu spaßen«, dachte Siegfried, griff dem wilden Tier in den Rachen und riß es voneinander. Dann hängte er die Beute an einem Baum auf, sattelte sein Pferd und eilte seinem Hund nach, der ein getreuer Wegweiser war.

Er war noch nicht weit geritten, als ihm ein gewappneter Ritter begegnete, der ihn barsch anredete: »Junger Mann, wer du auch seist, kämpfe mit mir, oder gib dich gefangen!« Mit diesen Worten zog er sein Schwert. Aber Siegfried überlegte nicht lange, griff zu seiner Waffe und rief: »Du kühner Ritter, wehre dich tapfer; denn ich will dich bald lehren, daß man mich nicht ungestraft auf freier Straße überfällt!« Damit schlugen sie kräftig aufeinander, daß die Funken stoben, und Siegfried traf seinen Gegner tödlich, daß er vom Pferd sank. Dann schwang sich auch Siegfried von seinem Roß, neigte sich über den Ritter und fragte ihn:

»Sage mir, edler Ritter, woher bist du? Wie ist dein Name? Warum hast du mich überfallen?«

Der Ritter antwortete: »Ich möchte dir gern auf alles Bescheid geben, doch verlassen mich meine Kräfte. Sage mir, wer du bist.«

»Sie heißen mich den ›gehörnten Siegfried‹«, erwiderte der kühne Held. Als der Ritter dies hörte, richtete er sich auf und flüsterte: »Wenn du Siegfried bist, so bin ich durch eines berühmten Mannes Hand gefallen. Ich vermache dir Harnisch und Schild, denn du wirst sie nötig haben. In diesem Wald wohnt nämlich ein gewaltiger Riese, Wolfgrambär genannt; der hat auch mich bezwungen und zu seinem Gefangenen gemacht, als ich jenes Gehölz betrat. Gern möchte ich dir, Ritter Siegfried, noch von einem andern Geheimnis erzählen, das dieser Wald verbirgt, von einem Drachen, der eine schöne Jungfrau gefangenhält, aber ach – ich sterbe!«

Der Schwerverletzte winkte ihm mit der Hand Abschied zu, dann brach sein Auge, und er gab den Geist auf.

Siegfried beklagte den Toten und jammerte, daß ihm die Nachricht von der schönen Florigunde so nahe gewesen war. Aber er konnte es nicht mehr ändern. Darauf nahm er dem toten Ritter Schild und Sturmhaube ab. Den Panzer zog er dem Toten nicht aus, denn seine gehörnte Haut brauchte keinen Harnisch.

So setzte sich Siegfried wieder auf sein Roß und ritt ziellos in den Wald. Da kam nun plötzlich ein Zwerglein in großer Gefolgschaft auf einem kohlschwarzen Roß daher geritten, mit köstlichen Kleidern angetan. Denn der Zwerg Egwald war ein reicher König. Als er den gehörnten Siegfried erblickte, grüßte er höflich. Siegfried dankte und bestaunte die kostbare Kleidung, die prächtige Krone und das tausendköpfige Gefolge des Königs. Er bat den König, ihn seines Schutzes zu würdigen und ihm zu erklären, wie er am besten nach dem Sitz des Drachen gelangen könnte. Dann drückte er seine Verwunderung darüber aus, daß der Zwerg ihn mit Namen genannt und wie einen alten Bekannten angeredet habe.

»Wenn du mich so gut kennst«, sagte er, »so mußt du auch wissen, wie mein Vater und meine Mutter heißen und ob sie noch am Leben sind.«

Der Zwerg antwortete: »Dein Vater heißt Sieghard und ist König in den Niederlanden, deine Mutter heißt Adelgunde, beide leben noch.«

Als Siegfried vernahm, daß der Zwerg von allem so gut Bescheid wußte, dachte er: »Mein Unternehmen wird noch gut enden.« Er bat hierauf den König, daß er ihm den Weg nach dem Drachenstein zeige. Darüber erschrak König Egwald sehr und riet Siegfried:

»Begehre nicht danach; denn dort wohnt ein gefährlicher Drache, der eine schöne Jungfrau, eines Königs Tochter, gefangen hält, die niemand erlösen kann! Ihr Vater heißt Gilbald, die Jungfrau selbst Florigunde.« So erschrocken der Zwerg war, so froh war Siegfried über die Antwort. »Es genügt mir«, versicherte er; »dennoch will ich die schöne Jungfrau erretten.«

Als der König vernahm, daß Siegfried von seinem Vorhaben nicht lassen wollte, war er sehr entsetzt und bat ihn dringend, das furchtbare Wagnis nicht zu unternehmen. Aber Siegfried stieß sein Schwert in die Erde und schwur einen dreifachen Eid, er wolle nicht weichen, bevor er nicht die arme Jungfrau erlöst habe.

»Und wenn du noch drei Eide schwörst«, rief der Zwerg, »so ist doch alles vergebens; dein Leben ist verloren, wenn du dein Vorhaben nicht aufgibst.«

Siegfried aber wendete ein: »Lieber König Egwald, das tue ich nicht, anstatt mich abzuhalten, solltest du mir lieber die edle Jungfrau retten helfen!«

Doch das Zwerglein fürchtete sich vor dem Abenteuer und überlegte, wie es fliehen könnte. Da ergriff Siegfried den Kleinen bei den Haaren und warf ihn an eine Felswand, daß seine prächtige Krone in Stücke brach. Sogleich flehte der Zwerg: »Lieber Ritter Siegfried, schone mein Leben, ich will dir helfen, so gut ich kann. Hier in unsrer Nähe wohnt der Riese Wolfgrambär, dem gehört die ganze Gegend, er hat tausend Mann unter sich und besitzt auch den Schlüssel zum Drachenstein!«

»Nun, Zwerg, so zeig mir den Weg«, rief Siegfried erfreut, »damit ich der Jungfrau zu Hilfe komme! Wenn nicht, mußt du sterben!«

Der Zwerg zitterte vor Angst und wies dem Ritter den Weg zu einer steinernen Wand, wo der Riese hauste. Nachdem Siegfried dahin gelangt war, pochte er an die Tür des Felsenverlieses und hieß den Riesen herauskommen. Sobald der Riese seine Worte vernahm, sprang er grimmig hervor, eine eiserne Stange in der Hand, und brüllte:

»Welcher Teufel hat dich hierher gebracht? Glaube nicht, daß dich deine Füße wieder wegtragen werden!«

Siegfried erwiderte: »Es sind nun schon vier Jahre, daß du die schöne Jungfrau Florigunde auf dem Drachenstein gefangen hältst; darum will ich, daß du mir die Edle herausgibst!«

Über diese Worte wurde der Riese noch grimmiger, schwang die eiserne Stange und führte einen so kräftigen Hieb gegen Siegfried, daß die Stange sich tief in die Erde bohrte. Aber der Schlag hatte sein Ziel verfehlt; denn Siegfried war ihm ausgewichen.

Als der Riese sah, daß der Ritter unverletzt war, wurde er immer wilder und schlug so mächtig auf den Helden ein, als ob er ihn zerschmettern wollte. Siegfried jedoch, rasch und behende, sprang sogleich drei Klafter zurück, ergriff sein hartes Schwert und schlug dem Riesen eine so tiefe Wunde, daß das Blut in Strömen floß.

Da sprach der Verwundete voll Ingrimm: »Du junger Fant, du wagst es, jenem zu widerstehen, vor dem sich ein ganzes Heer fürchtet? Du sollst dich tausend Meilen weit weg wünschen!« Aber als ein neuer Schlag den Helden verfehlte, floh der Riese verdrossen in seine Höhle. Dort verband er seine schmerzenden Wunden so gut er konnte.

Nun war Siegfried allein und überlegte, wie er die Jungfrau retten könnte. Er pochte aufs neue an des Riesen Tor. Dieser rief aus dem Innern: »Werde nur nicht ungeduldig! Bald will ich wieder bei dir sein und dir den Garaus machen!«

Inzwischen hatte sich der Riese mit einem vergoldeten Harnisch bewaffnet, der mit Drachenblut gehärtet war. Er kroch aus seiner Behausung und begann: »Nun sage mir, du kleiner Bösewicht, welcher Teufel dich hierher geführt hat, daß du mich in meinem eigenen Hause ermorden willst?« Siegfried entgegnete: »Du lügst, denn ich hieß dich nur zu mir herausgehen!« – »Was«, brüllte der Riese, »du willst mir widersprechen? An einem Baum will ich dich aufhängen!« – »Du Ungeheuer«, gab Siegfried zurück, »meinst du, ich sei hergekommen, mich henken zu lassen? Nein, ich erkläre dir: Wenn du mir nicht hilfst, die Jungfrau vom

Drachenstein zu erlösen, will ich dir dein Leben nehmen, und wenn du der Teufel selber wärst.«

»Ich sollte dir die Maid gewinnen helfen? Nimmermehr! Es scheint, du kennst meine Stärke nicht!«

»Du Tropf«, schrie Siegfried, »ich sage dir, hilf mir die Jungfrau gewinnen, oder ich will dir zeigen, wer ich bin und was ich vermag!«

Damit schlugen beide so grimmig aufeinander, daß die Funken aus ihren Helmen und Schilden fuhren. Siegfried war es zumute, als ob er noch bei seinem Schmiedemeister auf den Amboß schlüge, und es fehlte wenig, so hätte er den Riesen in die Erde hineingeschlagen. Als er ihn zu Boden geworfen, schwang er sich auf sein Pferd, weil er sonst seinem Feind gegenüber zu klein war, und stach und schlug den Riesen todwund.

Da begann der Riese um sein Leben zu bitten und flehte: »Du magst wohl mit allen Ehren den Ritternamen führen; denn obwohl du im Vergleich zu mir nur ein Kind bist, hast du mich überwunden! Wenn du mir aber das Leben schenkst, will ich dir meine Rüstung und mich selbst zum Pfand meiner Treue übergeben!«

Darauf erwiderte Siegfried: »Es soll dir gewährt sein, wenn du mir hilfst, die Jungfrau Florigunde vom Drachenstein zu erlösen.«

Sogleich beteuerte der Riese Wolfgrambär dem Ritter Siegfried, er wolle ihm die Maid gewinnen helfen. »So schwöre ich dir auch«, erklärte Siegfried, »dich zu schonen«; dabei verband er die Wunden des Riesen und fragte: »Nun aber sage mir, wie kommen wir am besten auf den Drachenstein?«

»Das will ich dir gleich zeigen«, antwortete der meineidige Riese und führte den Ritter in ein finsteres Tal, durch das ein wildes Bergwasser floß, dessen Rauschen und fürchterliches Tosen von den Felsen widerhallte. Während Siegfried in tiefen Gedanken dahinschritt, dachte der Riese: »Jetzt wird es Zeit sein, deine Scharten auszuwetzen!« und gab dem edlen Ritter von hinten einen so heftigen Schlag, daß er besinnungslos zu Boden stürzte und ihm das Blut aus Mund und Nase floß. Ohne Zweifel wäre Siegfried verloren gewesen, wenn ihm nicht das Zwerglein Egwald mit seinen Künsten das Leben gerettet hätte. Denn der Zwerg setzte dem Helden eine Nebelkappe auf, die ihn sofort dem Blick des Riesen entzog. Der Riese drehte sich nach allen Seiten und wunderte sich, daß er seinen Gegner, den er doch zu Boden geschlagen hatte, nicht mehr erblickte.

»Hat dich denn der Böse entführt?« rief er. »Zuvor lagst du ausgestreckt auf der Erde, und jetzt bist du nicht mehr da!«

Darüber mußte das Zwerglein heimlich lachen, richtete Siegfried auf und setzte ihn neben sich. Als der Held wieder zu sich gekommen war, dankte er dem Zwerg von ganzem Herzen.

»Gott«, sprach er, »wird dir's vergelten, daß du so treu an mir gehandelt hast.«

»Ja«, sagte das Zwerglein, »du hast Ursache, Gott zu danken, edler Ritter, denn wenn ich dir nicht zu Hilfe gekommen wäre, so wärest du verloren gewesen. Jetzt aber bitte ich dich, kümmere dich nicht mehr um die Jungfrau, damit dir nicht noch Schlimmeres widerfährt. Denn im Augenblick kannst du noch ohne alle Gefahr unter dieser meiner Nebelkappe entkommen.«

Da entgegnete Siegfried: »Zwerg, deine Bitten sind vergebens! Sollen alle bisherigen Mühen und Gefahren umsonst gewesen sein? Nein!«

Mit diesen Worten riß er die Nebelkappe herunter, daß er wieder sichtbar wurde, nahm sein Schwert in beide Hände, ging voll Grimm den Riesen an und fügte ihm noch weitere tiefe Wunden zu. Da schrie der Riese laut auf: »Du bist ein so kleiner Mann und schlägst so hart auf mich ein! Was nützt dir mein Tod, da doch nach mir kein Mensch auf der Welt ist, der dir helfen kann, die Jungfrau zu gewinnen!«

Nun entsann sich Siegfried der Jungfrau; er ließ daher den Riesen am Leben und befahl: »So geh voran, mir den Weg zu zeigen. Tust du es nicht, so schlage ich dir dein Haupt ab, und sollte zugleich die ganze Welt untergehen.«

Als nun der Riese den Ernst erkannte, ging er voran, bis sie zu einer Tür kamen, die acht Klafter tief unter der Erde verborgen war. Diese schloß er auf. Siegfried aber riß sofort den Schlüssel an sich und rief: »Nur vorwärts, du nichtswürdiger, treuloser Bösewicht, zeige mir den Weg zu der Jungfrau, oder ich will dir deine Falschheit vergelten!«

Als sie nun beide in die Tiefe des Felsens hinabstiegen, hätte sich der Riese gern niedergesetzt, weil ihn seine Wunden schmerzten. Aber Siegfried trieb ihn weiter. Endlich erblickte der edle Ritter die Jungfrau und freute sich darüber. Auch Florigunde brach vor Freude in Tränen aus, als sie den tapfern Siegfried sah.

Sie hieß ihn willkommen und wollte wissen, wie es ihrem Vater, ihrer Mutter und ihren drei Brüdern zu Worms ginge. Siegfried berichtete ihr mit wenigen Worten, daß er sie bei seiner Abreise vor vier Tagen alle in guter Gesundheit verlassen habe.

»Edle Jungfrau«, fuhr der Held fort, »trauert nicht länger und schickt Euch zur Reise an, denn unseres Bleibens wird hier nicht lange sein.«

»Ach, mein edler Ritter«, entgegnete die Jungfrau, »ich habe große Sorge um Euch; Ihr werdet mich nicht kampflos wegbringen; ich fürchte sehr, Ihr könnt, so tapfer Ihr seid, dem gewaltigen Drachen nicht Widerstand leisten, denn er ist wie der leibhaftige Satan.«

»Und wenn er der Teufel selbst wäre«, versicherte Siegfried, »ich werde Euch retten oder mein Leben verlieren!«

Die Jungfrau betete darauf von Herzen, daß Gott dem Ritter Kraft und Stärke verleihen wolle, damit sie doch einmal von dem gräßlichen Drachen erlöst würde. Sie dankte auch dem Ritter aus tiefstem Herzensgrund, daß er sich um ihretwillen in so große Gefahr begebe. Endlich gelobte sie ihm ewige Treue, wenn er sie rette. Da freute sich Siegfried und hieß die Jungfrau guten Mutes sein; er werde, so Gott wolle, den Drachen bezwingen.

Darauf bemerkte der Riese Wolfgrambär zu Siegfried: »Dort in der steinernen Wand wirst du eine herrliche Klinge finden, die der berühmteste Meister der Welt kunstvoll geschmiedet hat. Nur mit ihr kann der Drache besiegt werden.« Arglos wandte sich Siegfried der Wand zu, um nach dem Schwert zu greifen. In diesem Augenblick schlug der treulose Riese dem edlen Ritter eine tiefe Wunde, daß er fast zu Boden gestürzt wäre. Sogleich aber ermannte sich der Held und kehrte sich mit Grimm und Entrüstung dem hinterlistigen Bösewicht zu. Nun fing von neuem ein fürchterliches Ringen an. Die Jungfrau flehte zu Gott, daß er ihrem Helfer beistehen wolle, dem Ritter aber rief sie zu: »Edler Held, kämpfe tapfer um dein Leben und rette mich Ärmste! Denke an die großen Mühen, die du um meinetwillen bereits ausgestanden hast!«

Als Siegfried sie so klagen hörte, rief er: »Hab keine Angst, meine Schöne, es hat keine Not!«

Der Riese aber dachte: »Jetzt muß das Ringen gewonnen sein!« Doch Siegfried griff tief in des Riesen Wunden und riß sie auseinander. Da sank das Ungeheuer zur Erde und bat flehentlich, der Ritter möge ihm edelmütig das Leben schenken. Siegfried aber, der nunmehr die Jungfrau in seiner Gewalt sah und den Schlüssel zu dem Drachenstein im Besitz hatte, achtete nicht auf seine Bitten, sondern packte den Riesen und stürzte ihn vom Drachenstein hinab, daß er in der Felsenschlucht zerschmetterte.

Florigunde brach in laute Freudenrufe aus und dankte Gott, daß er dem Ritter den Sieg verliehen. Siegfried aber umarmte die Jungfrau und tröstete sie: »Nur guten Mutes, meine Geliebte! Euer Leid soll sich bald in Freude wandeln.« Die Jungfrau erinnerte ihn jedoch, daß der Kampf noch nicht zu Ende sei; denn sie dachte an den Drachen und fürchtete, daß ihm dieser größeres Leid antun werde als der Riese. »Dies ist mein geringster Kummer«, erwiderte der Ritter lächelnd, »jetzt bekümmert mich nur eines: nämlich daß ich seit vier Tagen und Nächten weder gegessen noch getrunken, viel weniger mich ausgeruht habe.«

Das hörte das Zwerglein Egwald, das dem Ritter gefolgt war. Es sorgte dafür, daß seine Vasallen, die Zwerge, dem Helden zu essen brachten, und erbot sich, mit all seinen Zwergen den beiden dienstbar zu sein. Als nun die Speisen aufgetragen waren, setzte sich Siegfried mit der Jungfrau zu Tisch. Ehe sie aber noch zu essen anfingen, kam ein gewaltiger Drache über die Berge dahergeflogen, und neun junge Drachen mit ihm. Die Jungfrau entsetzte sich so, daß ihr kalter Angstschweiß über das Angesicht lief, und alle Zwerge, die bei Tisch bedienten, liefen davon. Siegfried aber nahm ein seidenes Tuch und wischte der Jungfrau den Schweiß ab. Dann redete er ihr zu: »Verzage nicht, Liebste, Gott wird helfen!«

»Ach, mein Geliebter«, erwiderte die Jungfrau, »wenn Euch die ganze Welt beistünde, so ist es jetzt doch um Euch geschehen!« »Nein«, entgegnete der Held, »so pflegen wohl Frauen zu reden, aber ein Rittersmann denkt anders. Solange Gott und ich da sind, hat es keine Not! Wenn Gott es nicht will, wer will uns das Leben nehmen, das uns Gott gegeben hat?«

Während die beiden noch im Gespräch waren, kam der Drache daher gefahren, und das Feuer flog lodernd wie drei brennende Riesenspieße vor ihm her, daß ringsum das Gestein erglühte. In seinem Flug stieß der Drache mit solcher Wucht an einen Fels, daß dieser barst und zerbröckelte. Siegfried und die Jungfrau, die unter dem Felsen in der Höhle saßen, meinten, er würde auf sie stürzen.

Dieser Drache war nämlich vor grauen Zeiten ein schmucker Jüngling gewesen und von einer Zauberin verwünscht worden, so daß der leibhaftige Satan in ihm war, dem er auch dienen mußte. Doch hatte er menschlichen Verstand behalten und besaß seltene Geistesgaben. Die Jungfrau hatte er geraubt in der Absicht, sie nach fünf Jahren, wenn seine Verzauberung vorüber und er wieder ein Mensch geworden wäre, zu heiraten.

Der Drache erhob sich jetzt in ungeheurem Grimm, daß er seiner schönen Jungfrau beraubt werden sollte, die er nun über vier Jahre betreut hatte. Als er den kühnen Siegfried erblickte, griff er ihn mit solcher Gewalt an, daß der Stein davon erzitterte. Siegfried wehrte sich, so gut er vermochte, doch konnte er nicht verhindern, daß ihm der Drache mit seinen scharfen Klauen den Schild aus der Hand riß. Überdies verursachte das Untier eine solche Hitze, daß die ganze Felsenkluft wie eine Schmiedeesse anzusehen war und dem Ritter der Schweiß über den Leib floß. Bei dem Tosen dieses Kampfes flohen alle Zwerge tief in die Wälder hinein; denn sie fürchteten, der Fels könnte sie alle zerschmettern.

Nun hatten sich in dem Gebirge auch zwei Brüder des Zwergenkönigs Egwald aufgehalten, die den großen Schatz ihres Vaters dort hüteten. Als nun die Zwerge alle flohen, versteckten sie diesen in einer Höhle unter dem Drachenstein. Der Zwergenkönig Egwald aber wußte weder, daß das Zwergenvolk geflohen war, noch daß seine Brüder den Schatz versteckt hatten; denn er hatte sich schon früher verborgen, um abzuwarten, wie der schreckliche Kampf ablaufen würde, und im Falle der Not Siegfried mit seiner Kunst zu dienen.

Als Siegfried in einer Kampfpause sich in die Höhle zurückzog, entdeckte er den reichen Schatz, den die Zwerge da versteckt hatten. Er war aber der Meinung, der Drache habe ihn hier verborgen, oder der Schatz habe dem erschlagenen Riesen gehört. Daß es die Herrlichkeiten des Zwergenkönigs Egwald seien, das kam ihm nicht in den Sinn.

Inzwischen trat die Jungfrau Florigunde zu ihrem Geliebten und brachte ihm die entsetzliche Botschaft, die ihr Egwald überbracht hatte, daß der Drache noch sechzig junge Drachen zur Verstärkung geholt habe und daher sie beide jetzt verloren seien.

Siegfried dachte: »Trotzdem will ich mein Heil versuchen; wenn die Not am größten, ist oft Gottes Hilfe am nächsten!«

Unverzagt stieg er wieder den Drachenstein hinan, nahm sein Schwert mit beiden Händen und hieb mit allen Kräften so grimmig auf den Drachen ein, als ob er ihn in Splitter schlagen wollte. Während des Gefechtes flogen die jungen Drachen entsetzt wieder davon, nur der alte Drache blieb und spie aus seinem abscheulichen Rachen blaue und rote Flammen über Siegfried hin, daß diesem fast der Atem verging. Überdies schlug das Ungetüm mit seinem Schweif um sich, daß der Ritter mehr als einmal darin verflochten wurde und in Gefahr geriet, vom Drachenstein hinabgeschleudert zu werden. Siegfried aber sprang aus der Schlinge und führte einen so glücklichen Hieb mit seinem Schwert, daß er dem Ungeheuer den Schweif vom Leibe trennte. Der Drache, seines Schweifes beraubt, geriet in fürchterlichen Zorn. Siegfried aber tat mit neuer Kraft einen so harten Streich, daß er den Drachen in zwei Stücke mitten auseinanderhieb.

Die Jungfrau, die sich in der Tiefe der Felsenhöhle verborgen hielt, schloß aus dem fürchterlichen Getöse, daß der Drache überwunden sein müsse; daher lief sie voll Freude und Furcht zugleich den Stein hinan. Aber da lag ihr Retter, von der großen Anstrengung erschöpft, auf dem Boden. Seine Lippen waren kohlschwarz von der Hitze, und kein Zeichen des Lebens war an ihm zu entdecken. Nun hielt sich Florigunde aufs neue für verloren; sie meinte, die jungen Drachen würden zurückkommen, den alten Lindwurm zu rächen. Da fiel ihr als letzte Hoffnung das Zwerglein Egwald ein. Sie wollte forteilen, um ihn herbeizurufen, aber nach wenigen Schritten verließen sie vor Erschöpfung und Angst die Sinne, und sie stürzte ohnmächtig zu Boden.

Nachdem Siegfried eine gute Weile besinnungslos gelegen, schöpfte er neuen Atem. Er richtete sich langsam auf und begann sich umzusehen. Da fiel sein Blick auf die schöne Jungfrau, die nicht fern von ihm auf der Erde lag. Erschrocken raffte er sich auf, rüttelte und schüttelte sie, ob sie nicht ein Lebenszeichen von sich gäbe, und rief endlich verzweifelt: »O Gott, soll der Tod der Jungfrau der ganze Lohn für alle meine Mühe und Gefahr sein?«

Während er so jammerte, kam zum Glück der Zwerg Egwald dahergelaufen und brachte eine wundersame Wurzel, die er Siegfried gab, damit er sie der Jungfrau in den Mund stecke. Sogleich erholte sich Florigunde; sie schlug die Augen auf, richtete sich empor und umarmte den Helden unter Dankestränen.

Der Zwergenkönig Egwald aber bemerkte zu dem Helden: »Der Riese Wolfgrambär hat uns Zwerge, deren über tausend sind, bezwungen, daß wir für unser eigenes Land zinsen mußten. Davon habt Ihr uns befreit, tapferer Ritter! Wir sind Euch großen Dank dafür schuldig und erbieten uns, Euch zu dienen. Wir wollen Euch bis Worms am Rhein begleiten, denn wir kennen alle Wege genau.«

Siegfried bedankte sich für diese Freundschaft. Unterdessen bat ihn Egwald, sich mit der Jungfrau tiefer in den Berg hineinzubegeben und sich bei den Zwergen mit Speise und Trank zu laben. Dort fanden sie alles aufs beste zugerichtet und stillten Hunger und Durst. Die Zwerge waren sehr geschäftig und trugen das Köstlichste herbei, das sie in der Eile zuwegebringen konnten.

Mittlerweile nahm Siegfried die schöne Florigunde bei der Hand, und sie erzählten einander nach Herzenslust ihre Abenteuer. Als die Jungfrau erfuhr, daß es einzig und allein ihr junges Leben gewesen sei, das den Helden zu dieser gefährlichen Reise bewogen, da flossen ihr die Tränen über die Wangen. Sie zog einen schönen Ring mit köstlichen Diamanten von ihrer Hand und steckte ihn dem Ritter an den Finger. Er aber nahm die goldene Kette, die er an König Gilbalds Hof im Turnier errungen hatte, von seinem Hals und hängte sie der Jungfrau um. Mit diesen Geschenken ward ihrer beider Liebe bekräftigt.

Am nächsten Morgen war alles zur Abreise bereit. Siegfried nahm nur des Königs Egwald Begleitung an. Dieser setzte sich auf sein prächtiges Pferd und ritt vor den beiden einher. Unterwegs sagte Siegfried zu dem Zwerg: »Ich habe auf dem Drachenstein gesehen, daß du auch in der Sternkunde wohl erfahren bist. Ich bitte dich daher, künde mir, wie es mir künftig im Leben ergehen wird!« Da wollte der Zwerg lange nicht antworten, aber Siegfried drang so heftig in ihn, bis er erklärte:

»Ich fürchte, was ich dir zu sagen habe, wird dir nicht sehr gefallen. Du wirst die schöne Frau, die du da heimführst, nur acht Jahre besitzen; dann wird dir auf mörderische Weise dein Leben genommen werden. Aber dein Weib wird deinen Tod rächen, manch tapferer Held wird darüber das Leben verlieren. Zuletzt wird auch deine Gemahlin im Kampf fallen.«

»Was Gott will, das geschehe!« erwiderte Siegfried. »Da mein Tod gerächt werden soll, will ich auch den Täter nicht erfahren und frage dich nicht weiter.«

Dieses Gespräch hatte die schöne Florigunde nicht gehört, denn sie ritt ein gutes Stück vor ihnen. Als sie aber die Jungfrau eingeholt hatten, hielt es Siegfried nicht für nötig, daß ihn der Zwerg länger begleite. Dieser nahm unter Tränen Abschied und kehrte in seine Bergbehausung heim.

Siegfried aber erinnerte sich plötzlich des Schatzes, den er in der Höhle entdeckt hatte und von dem er glaubte, daß er dem Drachen oder dem Riesen gehöre; denn an die Zwerge dachte er dabei gar nicht. Er kehrte daher mit der Jungfrau um und erklärte: »Den Schatz wollen wir doch nicht zurücklassen; habe ich den Drachenstein unter Lebensgefahr erreicht, so kann auch der Schatz niemand anderm zukommen als mir.«

Und als sie diesen gefunden hatten, legte ihn Siegfried auf sein Pferd und zog die Straße, auf der er am Vortag den Ritter erschlagen hatte. Da sah er des Toten Pferd auf der Weide grasen. Sogleich band er sein eigenes Roß an einen Baum, fing des toten Ritters weidendes Pferd ein, legte ihm den Schatz auf, bestieg sein eigenes Roß wieder und führte das andere mit dem Schatz beladene neben sich und Florigundens Pferd einher.

Sie waren nicht lange geritten, als unversehens aus dem Dickicht eine Rotte Mörder hervorbrach und sie umringte. »O mein edler Ritter«, rief Florigunde, »wie wird es uns ergehen!« Aber Siegfried blieb ganz ruhig und tröstete sie: »Sei ruhig, Geliebte, sie können uns nichts anhaben.« Indessen umgaben ihn sechs der Gesellen, denn im ganzen waren ihrer dreizehn. Der Ritter aber lachte dazu.

»Wir wollen ihnen den Schatz geben«, riet die Jungfrau, »dann werden sie uns wohl ziehen lassen!« »Mir liegt nichts an dem Schatz«, bemerkte Siegfried, »aber die Schmach möchte ich nicht hinnehmen, daß ich mich vor solchen Burschen fürchten sollte!«

Unterdessen umringten sechs andere Mörder die Jungfrau. Der dreizehnte nahm das Saumroß am Zaum und wollte mit dem Schatz davonreiten.

»Ihr elenden Straßenräuber, was habt ihr im Sinn?« fuhr Siegfried die Landstreicher an.

»Da hast du die Antwort auf deine Frage«, schrie einer der Räuber und ging dabei auf den Ritter los. Siegfried aber schlug dem Wegelagerer mit einem Hieb den Kopf ab. Mit dem nächsten Streich streckte er den zweiten zu Boden. Als die Strolche dies sahen, wichen ihrer vier zurück. Die andern sechs, die die Jungfrau umringt hielten, wollten nun ihren Spießgesellen zu Hilfe kommen. Aber sie wurden so empfangen, daß ihrer drei auf dem Platz blieben.

Inzwischen war der Räuber, der das Pferd mit dem Schatz wegführte, weit vorangekommen. Aber Siegfried holte ihn mit seinem raschen Pferd bald wieder ein; es machte ihm keine Mühe, auch diesen niederzuhauen.

Als Siegfried sich darauf wieder umwandte, um zu Florigunde zurückzukehren, die er zurückgelassen, da hatten die Räuber, die indessen geflüchtet waren, die Jungfrau mit sich geführt. Als der Ritter das wahrnahm, ließ er das Pferd mit dem Schatz laufen und eilte der Stätte zu, wo er die schöne Florigunde verlassen hatte, um auf den Hufschlag ihres Pferdes zu lauschen; denn die Zwerge hatten das Pferd kunstvoll beschlagen, daß er den Hufschlag wohl unterscheiden konnte.

Sobald er den fremden Schlag vernahm, eilte er dem Geräusch nach und traf auch wirklich die Mörder in einem dichten Gesträuch an. Mit grimmigem Zorn ging er auf sie los und machte alle nieder bis auf einen einzigen; denn dieser steckte bis an den Hals in einem nahen Sumpf. Siegfried hielt es nicht der Mühe wert, um dieses einen willen nur noch einen Schritt zu tun, sondern rief ihm zu:

»Wenn du einem Wanderer begegnest, Geselle, so sag ihm, daß du den gehörnten Siegfried gesehen, der die schöne Florigunde vom Drachenstein erlöst hat, und daß er deine zwölf Helfershelfer dorthin befördert hat, wo ihnen der Bart nicht mehr wachsen wird!« Und so ritt er mit seiner schönen Florigunde davon. Als sie den Sumpf im Rücken hatten und die Jungfrau sich nach dem Saumroß mit dem Schatz erkundigte, erwiderte der Ritter: »Als ich Euch, schönste Jungfrau, nicht mehr auf der Stelle traf, da vergaß ich den Schatz, und meine Liebe zu Euch zwang mich, dem Hufschlag Eures Pferdes nachzugehn und Euch vor allem zu retten. Was fragte ich nach dem Schatz; Ihr, Allerschönste, habt mich doch viel mehr gekostet!« »Nun«, hob Florigunde zärtlich an, »dann sollt Ihr auch nicht weiter des Schatzes wegen Euch in Gefahr begeben und das Pferd nicht länger suchen.« Siegfried gab sich damit zufrieden; »denn«, dachte er, »wenn ich nur noch acht Jahre leben soll, was nützt mir dann der Schatz?« Und nun ritten beide weiter, bis ihnen der Rhein mit seinem grünen Wasser entgegenschimmerte.

Eines Tages traf bei König Gilbald und seiner Gemahlin die freudige Botschaft ein, daß ihre geliebte Tochter Florigunde vom Drachenstein erlöst und auf der Heimreise mit dem kühnen Ritter Siegfried nicht mehr weit entfernt sei. Der König ließ daher seine ganze Ritterschaft aufbieten, damit sie seiner Tochter und dem Helden alle gebührende Ehre erwiesen und sie mit großem Gepränge einholten. Zugleich lud er sie alle zur bevorstehenden Hochzeit ein; denn er wußte wohl, daß er seine Tochter dem Ritter Siegfried, der sie unter Lebensgefahr befreit hatte, nicht abschlagen durfte. Sieghard, Siegfrieds alter Vater, kam auch zu seines Sohnes Hochzeit. Kaiser, Könige und fünfzehn Fürsten, dazu Ritterschaft und Adel ohne Zahl, fanden sich zusammen. Alle wurden wohl empfangen und herrlich bewirtet, wie dies an Königshöfen Sitte ist. Siegfried und die schöne Florigunde wurden in das Münster zu Worms am Rhein geführt und mit vielem Gepränge getraut.

Auf dieser Hochzeit gab es mancherlei Belustigungen. Als aber Ritterspiel und Lustbarkeit vorüber waren, kehrten alle Gäste wieder heim. Siegfried gab ihnen sicheres Geleit.

Zu Hause hatten indessen die drei Brüder der schönen Florigunde, die Könige Ehrenbert, Hagenwald und Walter, großen Haß auf ihren Schwager Siegfried geworfen, weil er in allen Kämpfen den Preis davongetragen hatte.

»Alle Tage trägt er Siegeszeichen, Ringe und Waffen davon«, sprachen sie zueinander, »damit prangt er, als wäre er allein der Held; so macht er uns im ganzen Land verächtlich. Das soll ihm übel bekommen!« Seitdem trachteten sie ihm heimlich nach dem Leben. Lange aber konnten sie keine Gelegenheit finden, bis die acht Jahre um waren, von denen der Zwerg Egwald dem Helden Siegfried einst geweissagt. Siegfried aber merkte nichts und lebte mit seiner schönen Florigunde in Ruhe und Frieden. Sie bekamen einen Sohn, den nannte er Löwhard.

Eines Tages ritten Siegfried und seine Schwäger miteinander auf die Jagd; denn Siegfried liebte das Weidwerk. Weil aber der Tag sehr heiß und Siegfried müde und durstig war, suchte er einen Brunnen im Wald auf und legte sein Gesicht in das kühle Naß. Diesen Augenblick ersah sein Schwager, der grimmige Hagenwald, und dachte: »Eine solche Gelegenheit kommt nicht alle Tage, jetzt will ich mich an meinem Feind rächen!«

Er nahm sein Schwert und stieß es Siegfried zwischen die Schultern, wo sein Fleisch nicht mit Horn überzogen war, so daß er auf der Stelle verschied. So mußte der unvergleichliche Held auf schändliche, meuchelmörderische Weise sein junges Leben lassen.

Als Siegfrieds Gemahlin den Tod ihres Gatten erfuhr, fiel sie vor Kummer in eine schwere Krankheit, so daß die Ärzte an ihrem Aufkommen zweifelten, König Gilbald aber starb vor Kummer, und auch die Königin erlag schon nach vier Tagen einem tödlichen Fieber. Die schöne Florigunde aber genas wieder; denn es war Gottes Wille, daß Siegfrieds Tod durch sie gerächt würde.

Ihre drei Brüder hielten nun König Gilbald und ihrer Mutter, der Königin, eine würdige Leichenfeier. Darauf nahmen sie das Reich in Besitz, um es gemeinsam zu beherrschen. Inzwischen zog ihre Schwester, Siegfrieds Witwe, in aller Stille mit ihrem Sohn Löwenhard in die Niederlande zu König Sieghard, ihrem Schwiegervater, dem sie die Ermordung seines Sohnes meldete und ihre Not klagte. König Sieghard, der dies mit großem Schmerz vernahm, ließ Adel und Ritterschaft in seinem ganzen Land aufbieten, sammelte in Eile ein großes Heer, und ehe sich die drei Könige dessen versahen, waren sie in einen blutigen Krieg verwickelt.

Viele tausend Helden fielen in diesem Kampf, und auch der Verräter Hagenwald kam schimpflich ums Leben. Denn nachdem er sich lange gewehrt hatte und zuletzt kampfunfähig geworden war, ergab er sich einem verzagten Soldknecht im Wahn, bei diesem sicherer zu sein als bei einem beherzten Krieger. Und als er sein Gefangener war, legte er sich kampfesmatt nieder und schlief ein. Der Söldner aber besann sich nicht lang, sondern zog sein Schwert und erstach den Schlafenden. »So hab' ich dir vergolten«, meinte er, »was du an meines gnädigen Königs Sohn Siegfried getan hast.«

Die andern zwei Brüder, Ehrenbert und Walter, lebten in kümmerlichem Elend. Zuletzt mußte auch die schöne Florigunde sterben. Aber ihr und Siegfrieds Sohn Löwhard blieb am Hof seines Großvaters in den Niederlanden, wurde dort in Gottesfurcht und ritterlichen Tugenden erzogen und wuchs zu einem stattlichen Helden heran.

Genoveva

Damals, als König Martellus in Frankreich regierte, lebte im trierischen Land ein vornehmer Graf namens Siegfried, der mit Genoveva, der Tochter des Herzogs von Brabant, vermählt war. Das junge Ehepaar lebte in Liebe und Glück mitsammen. Als die Mauren mit großer Heeresmacht Spanien verwüstet hatten und auch in Frankreich einzufallen drohten, befahl der Frankenkönig allen ihm untergebenen Fürsten und Grafen, ihm gegen die Feinde Hilfe zu leisten. Weil aber das Gebiet von Trier damals zu Frankreich gehörte, mußte auch Graf Siegfried mit zu Felde ziehen.

Als er von seiner Gemahlin Abschied nehmen wollte, wurde die Gräfin von solchem Leid überfallen, daß sie ohnmächtig niedersank. Der Graf suchte sie zu trösten und befahl sie dem Schutz der Gottesmutter. »Auch hinterlasse ich Euch«, fügte er hinzu, »meinen treuen Diener Golo; der wird Euch auf das eifrigste dienen und für alle Eure Bedürfnisse sorgen.« Genoveva konnte vor Tränen kein Wort reden, sondern sank in die Arme ihrer Dienerinnen. Da wandte sich Graf Siegfried ohne weitern Abschied ab und ritt mit düsterer Miene fort.

Der Krieg zog sich in die Länge, so daß sich die Rückkehr des Grafen um ein ganzes Jahr verschob. Die Gräfin wurde über dieses lange Ausbleiben immer trauriger und fand ihren einzigen Trost im Gebet. Sie führte ein frommes, tugendhaftes Leben und hielt auch alle ihre Diener zur Frömmigkeit an.

Aber dem Satan war das gottgefällige Leben der frommen Gräfin ein Dorn im Auge, und er bewog den Hofmeister Golo, der tugendhaften Frau in unziemlicher Weise nachzustellen. Sobald die fromme Frau dies bemerkte, sprach sie zornig zu ihm: »Schämst du dich nicht, leichtfertiger Diener? Ist dies die Treue, die du deinem Herrn versprochen hast, ist das der Dank, den du ihm für seine Güte erweisest? Wage nicht mehr, mich zu belästigen!«

Der schurkische Golo erschrak und wagte lange Zeit kein Wort mehr zu sagen. Die fromme Genoveva aber glaubte, seine bösen Gedanken seien verschwunden, und fing wieder an, freundlicher mit ihm zu sein. Da beleidigte er die Gräfin aufs neue durch ungebührliche Worte. Doch sie verwies es ihm so streng, daß er beschämt davonging. Aber dieser Verweis vermochte ihn nicht zur Vernunft zu bringen, und als die Gräfin einst nach dem Abendmahl allein im Schloßgarten spazieren ging, trat er zu ihr und schmeichelte ihr mit den süßesten Worten.

Entrüstet schwor die Gräfin, wenn dies noch einmal vorkomme, werde sie es ihrem Herrn und Gemahl berichten. Da verkehrte sich Golos Liebe in grimmigen Haß, und er dachte nur daran, wie er sich an der Gräfin rächen könnte. Er belauerte all ihr Tun und Lassen, und endlich entdeckte er, daß sie eine besondere Zuneigung für einen ihrer Köche zeigte, mit Namen Drago, weil dieser ein gottesfürchtiger Mann war. Sooft sie an ihm vorüberging, redete sie ihn an, und wo sie ihm einen Gefallen tun konnte, tat sie es gern. Der verworfene Golo aber fand in diesem gütigen Wohlwollen Genovevas die rechte Gelegenheit, seine Gebieterin zu verklagen, und wußte die Gräfin bei ihren Dienern so zu verdächtigen, daß er schließlich einige auf seine Seite brachte.

»Ich bin gewiß«, erklärte er, »der elende Koch hat unsere Herrin verzaubert und ihr einen Liebestrank unter die Speisen gemischt. Darum ist es ratsam, den Koch ins Gefängnis zu werfen, der Gräfin aber den Zugang zu den Menschen zu versperren.«

Hierauf ließ Golo den Koch rufen, fuhr ihn mit rauhen Worten an und warf ihm vor, daß er die Gräfin verzaubert habe, darum verdiene er, in Eisen geschmiedet und in den tiefsten Turm geworfen zu werden. Vergebens beteuerte der erschrockene Drago seine Unschuld und nahm Himmel und Erde zu Zeugen, daß ihm niemals in den Sinn gekommen, sich so an seinem Herrn, dem Grafen, zu versündigen. Nichts half – er wurde in den Kerker geworfen.

Mit dieser Grausamkeit war der ruchlose Golo noch nicht zufrieden, sondern er stürmte mit einigen seiner Helfershelfer in das Zimmer der Gräfin und brüllte sie an, daß er ihrer verdächtigen Zuneigung zu dem Koch Drago nun lang genug zugesehen habe und dieses Ärgernis nicht länger dulden könne. Darum solle auch sie ins Gefängnis geworfen und vor einer weiteren Verfügung des Grafen nicht daraus entlassen werden.

So wurde die hohe Gräfin, die bald einem Kind das Leben schenken sollte, ohne ein Verbrechen begangen zu haben, von ihrem eigenen Diener, der ihr zum Schutz beigegeben war, gefangengenommen und in einen dunklen Turm geworfen.

Genoveva erzählte den einsamen Kerkerwänden ihre Unschuld, und die Engel trugen ihre Klage vor Gottes Thron. Niemand besuchte sie in dem finsteren Turm als die Amme des bösen Hofmeisters, die der gefangenen Gräfin die armselige Nahrung brachte. Auf einmal erschien auch

Golo selbst wieder und wandte alle Mittel an, um die schöne Frau für sich zu gewinnen. Sie aber rief: »Du elender Bösewicht, ist es dir nicht genug, daß du mich Unschuldige in den Kerker geworfen hast, willst du mich auch noch um meine Ehre und meine Seligkeit bringen? Doch sei versichert, daß ich bereit bin, lieber tausendmal zu sterben, als das Geringste wider meine Ehre zu begehen!«

Darauf bestach Golo die Amme, indem er ihr reichen Lohn versprach, wenn sie ihm helfe, die Neigung der Gräfin zu gewinnen. Sooft nun das Weib der Gefangenen Speise brachte, setzte sie ihr zu, sie solle dem Hofmeister doch wenigstens freundliche Worte geben, damit sie aus dem Gefängnis käme. Aber die standhafte Frau war entschlossen, lieber im Kerker Hungers zu sterben, als gegen ihr Gewissen zu handeln.

Als die Stunde der Geburt kam, war Genoveva ganz verlassen und mußte ihr Kind allein zur Welt bringen.

Nun bat sie inständig, daß man das arme Kind zur Taufe tragen möchte. Weil ihr aber auch das verweigert wurde, taufte sie es selbst und gab ihm den Namen »*Schmerzenreich*«. Darnach nahm sie es auf ihre Arme, drückte es an ihr Herz und sprach voll Tränen: »Ach, mein armes Kind, mein einziger Schatz! Mit Recht nenne ich dich Schmerzenreich; denn mit Schmerzen habe ich dich unter dem Herzen getragen und mit Schmerzen geboren. Aber mit noch größeren Schmerzen werde ich dich erziehen, mit unsäglichem Schmerz werde ich dich verhungern sehen; denn aus Mangel an Nahrung werde ich dich nicht stillen können. Armer Schmerzenreich, du unglückseliges Kind!«

Die Rückkehr des Grafen verzögerte sich noch länger, weil er vor Agion verletzt wurde. Golo aber schickte zwei Monate nach Genovevas Niederkunft einen Diener ab, der dem Grafen alles, was sich ereignet hatte, überbringen sollte. In dem Brief stand zu lesen:

»Mein allergnädigster Herr und Gebieter! Wenn ich nicht von Herzen fürchtete, Euch zu betrüben, so wollte ich Euer Gnaden eine Sache, die ich mit allem Eifer zu verheimlichen trachte, in diesem Brief offenbaren. Belieben Euer Gnaden von dem Boten, den ich sende, ausführlichen Bericht anzunehmen, seinen Erzählungen vollen Glauben zu schenken und mich durch denselben Diener Eure Befehle wissen zu lassen, wie ich mich in dieser schweren Sache weiter verhalten soll.«

Über die Mitteilung des Boten war der Graf so entrüstet, daß seine Wunden noch weniger heilten. Der Diener erzählte ihm ausführlich, was für verdächtige Gemeinschaft die Gräfin mit dem Koch die ganze Zeit über gehabt habe. Weil sie nun beide nicht voneinander hätten lassen wollen, habe sich der Hofmeister genötigt gesehen, sie voneinander zu trennen und in zwei getrennte Gefängnisse sperren zu lassen. Hier im Kerker habe die Gräfin einen Sohn geboren. Da fing der Graf zu rasen an, als ob er wahnsinnig wäre, und lästerte die Gräfin samt dem Koch Drago auf die schändlichste Weise. »Du elendes Weib«, rief er, »so schmählich hast du mich betrogen und stellst dich, als ob du eine Heilige wärst!« Mit solchen Worten machte sich sein Zorn Luft. Nachdem er sich lang besonnen, wie er das Verbrechen bestrafen solle, schickte er den Diener mit dem ausdrücklichen Befehl zurück, Golo solle die Gräfin einschließen, daß niemand mit ihr reden noch zu ihr kommen könne; den Koch aber solle er hinrichten lassen, wie er es für seine Missetat verdient habe.

Mit diesem ungerechten Urteil eilte der Bote nach Hause. Golo aber wußte ihm großen Dank, daß er seinen Auftrag so gut ausgerichtet habe. Damit die Hinrichtung Dragos kein Aufsehen verursache, ließ er dem armen, unschuldigen Koch Gift in seine Speise mengen und ihn, als er jämmerlich daran gestorben, in einer abgelegenen Grube verscharren.

Die Haft der armen Gräfin aber brauchte nicht verschärft zu werden, weil von Anfang an nur Golo und die falsche Amme Zutritt zu ihr hatten. Und doch war der Bösewicht mit dieser grausamen Behandlung noch nicht zufrieden; denn er fürchtete immer, seine List und Tücke könnten durch Genoveva an den Tag kommen. Dazu lief die Nachricht ein, daß Graf Siegfried bereits auf der Rückreise begriffen sei. Den schurkischen Golo überlief kalter Schweiß; er mußte sich besinnen, was in dieser erheuchelten Lage anzufangen sei. Deswegen setzte er sich eilends zu Pferd und ritt seinem Herrn entgegen; in Straßburg traf er mit ihm zusammen.

In dieser herrlichen Stadt wohnte eine alte Frau, die Golo seit vielen Jahren kannte. Zu ihr begab sich der Bösewicht, ehe er zu seinem Herrn ging, berichtete ihr genau den Hergang und verlangte, sie solle den Grafen davon überzeugen, die Gräfin habe sich wirklich vergangen. Dafür überreichte er ihr eine reiche Belohnung. Dann begab er sich zu des Grafen Quartier und erzählte, was seine Bosheit der Gräfin angedichtet hatte, und all das mit so wohlüberlegten Beweisen, daß der Graf allmählich glauben mußte, es habe sich wirklich so zugetragen. Golo unterließ auch nicht, hinzuzufügen, er habe den Koch ohne öffentlichen Prozeß hinrichten lassen, damit die Schande der Gräfin nicht ruchbar werde.

Als nun der falsche Anzeiger plötzlich bemerkte, daß seinem Herrn doch Zweifel aufstiegen, fügte er hinzu: »Gnädiger Herr, solltet Ihr etwa gegen meine Worte Mißtrauen hegen, so will ich Euch zu einer ehrwürdigen Frau führen, die wegen ihrer Gabe, verborgene Dinge zu offenbaren, berühmt ist.«

Der Graf ließ sich den Vorschlag gefallen und ging mit seinem Hofmeister zu der Wahrsagerin. Diese bat er, ihm vermöge ihrer Einsicht in die verborgenen Dinge zu erzählen, was vorgefallen sei.

Die Frau erwiderte mit erheuchelter Demut, sie selbst sei zwar keine Heilige; was ihr jedoch Gott offenbaren würde, wolle sie ihm gern berichten. Dann führte sie die beiden Männer in einen dunklen Keller, in dem ein grünes Licht brannte. Hier beschrieb die Alte mit einem Stab zwei Kreise auf dem Boden und stellte den Grafen in deren Mitte. Hierauf warf sie einen Spiegel in ein Geschirr voll Wasser und murmelte allerlei seltsame Worte. Auf ihr Geheiß blickte der Graf dann in das Wasser. Da glaubte er in dem Spiegel die Gestalten seiner Gemahlin und des Kochs Drago zu erkennen.

Zornentbrannt rief er seinem Hofmeister zu: »Golo, reite voran und laß das falsche Weib samt ihrem Kind eines schimpflichen Todes sterben! Ich will sie nicht mehr am Leben treffen, sobald ich ankomme!«

Wer war froher als der rachgierige Golo, als er diesen Befehl vernahm! Er stürmte auf seinem Roß nach Hause, besprach sich schnell mit der Amme und teilte ihr im Vertrauen das Bluturteil mit. Doch sollte sie keinen Menschen etwas davon wissen lassen, damit unter den Freunden der Gräfin und im Schloß kein Aufruhr entstünde.

Als Golo dies der Amme anvertraute, war niemand in der Stube als die kleine Enkelin dieser Frau, vor der sich beide wenig scheuten. Das kluge Mägdelein aber schlich sich sogleich nach dem Kerker, stellte sich vor das kleine Fenster, durch das der Gräfin Brot und Wasser hineingereicht wurde, und weinte so bitterlich, daß Genoveva es hörte und erschrocken an das Fenster trat. Sie fragte das Mädchen freundlich, warum es weine. Da antwortete das Kind: »Gnädige Frau, Golo hat von unserm Herrn den Befehl, Euch hinzurichten.« Die Gräfin dachte nicht an sich, sondern nur an ihren Säugling. »Und wie wird es meinem Kind gehen?« stammelte die besorgte Mutter. »Nicht besser als Euch!« erwiderte das Mädchen schluchzend.

Darüber erschrak die arme Gräfin so, daß sie kurz in Ohnmacht sank. Als sie wieder zu sich kam, bat sie das Mägdlein: »Mein liebes Kind, geh doch schnell in mein Zimmer und bringe mir Papier, Feder und Tinte! Für deine Mühe nimm dir von meinen Kleinodien, soviel du willst.«

Das Mädchen brachte das Verlangte, und nun schrieb Genoveva mit zitternder Hand:

Gnädiger Herr, geliebter Gemahl!

Da ich höre, daß ich auf Euren Befehl sterben soll, will ich mit diesen Zeilen noch freundlichen Abschied nehmen. Ich will gern sterben, wenn Ihr es befehlt, obgleich es mich bitter kränkt, daß Ihr mich, die Unschuldige, zum Tode verurteilt habt. Ich bezeuge vor Gott, vor dessen strengem Gericht ich morgen schon stehen werde, daß ich Euch mein Leben lang die Treue bewahrt habe. Mein Trost bleibt, daß dereinst der Tag kommen wird, an dem meine Unschuld und meiner Ankläger Lüge offenbar wird. Lebt wohl, gnädiger Herr! Ich verzeihe Euch von Herzen. Dies schreibe ich mit zitternden Händen und tränendem Auge; denn in meinem Herzen wohnt der Tod, der mich mit Schrecken erfüllt.

Eure bis in den Tod getreue und um der Treue willen zum Tode verdammte

Genoveva

Dieses Briefchen ließ sie von dem Mädchen heimlich in das Zimmer des Grafen legen und trug ihm auf, keinem Menschen ein Wort zu sagen. Die folgende Nacht verbrachte Genoveva im Gebet und befahl Gott ihre Seele.

Am andern Morgen berief Golo zwei von seinen treuesten Dienern und befahl ihnen, die Gräfin samt dem Kind in einen Wald hinauszuführen, sie dort zu töten und zum Zeichen des vollbrachten Befehls ihre erblichenen Augen mitzubringen. Die Diener führten Gräfin Genoveva in aller Stille mit sich fort. Sie aber folgte ihnen wie ein unschuldiges Lamm, dabei trug sie ihr kleines Söhnlein auf den Armen. Sanft drückte sie es an ihr Herz und flüsterte ihm zu: »Ach, mein liebstes Engelein, dürfte ich dich nur noch lange auf meinen Armen tragen! Nun aber mußt du sterben, obwohl du niemals eine Schuld begangen hast!« Die Diener hörten diese leisen Worte und hatten Mitleid mit beiden, so daß es ihnen schwer fiel, den Befehl ihres Herrn zu vollstrecken.

Nachdem sie einen geeigneten Ort im Wald erreicht hatten, teilten sie der Gräfin mit, sie hätten den Auftrag von Golo erhalten, beide hinzurichten; sie möge sich auf den Tod vorbereiten. Genoveva kniete demütig nieder und verrichtete ein Gebet. Inzwischen ergriffen die Diener das unschuldige Kind, zogen ihr Messer hervor und wollten dem Befehl nachkommen. Als die erschrockene Mutter dies sah, sprang sie auf, fiel den Dienern in die Arme und stammelte: »Haltet ein, haltet ein, liebe Leute, schont doch das unschuldige Blut, und wenn ihr das arme Kind töten wollt, so tötet mich vorher, damit ich nicht zweimal sterben muß!«

Die Diener wollten diese Bitte erfüllen und befahlen ihr, den Hals zum Todesstreich zu entblößen. Genoveva schauerte bei diesen Worten zusammen und sprach mit Tränen in den Augen: »Ich bin bereit zu sterben, aber glaubt mir, gute Männer, daß ihr euch schwer an mir versündigt; denn ich schwöre, daß ich unschuldig bin. Wenn ihr mich schont, so wird es Gott euch und euren Kindern vergelten; tötet ihr mich aber, so wird mein unschuldiges Blut über euch und eure Kinder kommen.«

Diese Worte rührten die Diener so sehr, daß sie es nicht über sich brachten, der Gräfin ein Leid anzutun. Sie erwiderten deshalb beide:

»Gnädige Frau, wenn Ihr uns versprechen wollt, niemals unter die Menschen zu gehen, sondern Euch in der Wildnis verborgen zu halten, so mögt Ihr in Gottes Namen gehen und Euer Leben behalten.«

Die Gräfin stand freudig auf, versprach den Dienern, was sie verlangten, und dankte ihnen von Herzen für die erwiesene Barmherzigkeit.

Die Diener stachen nun einem Windhund, der mit ihnen gelaufen war, die Augen aus und überbrachten sie ihrem Herrn als Beweis ihrer schändlichen Mordtat. Golo graute jedoch, die Augen der Frau zu sehen; er befahl daher abgewendet, sie sollten die Augen den Hunden vorwerfen.

Verlassen von allen Menschen, irrte Genoveva in dem wilden Wald umher und fand nirgends einen Ort, wo sie sich, vor einem Unwetter geschützt, aufhalten könnte, vielmehr mußte sie mit ihrem Kind unter einem Baum schlaflos und fröstelnd die kalte Nacht verbringen. Als der Morgen anbrach, stand sie auf und ging abermals den ganzen Tag im Wald umher, um eine geeignete Höhle zu finden. Aber es war wieder vergebens. Da sie zwei Tage nicht gegessen und getrunken hatte, war ihr Hunger und Durst so groß, daß sie rohe Wurzeln zu essen begann. Die zweite Nacht brachte sie wieder ohne Schlummer und voll Angst unter einem Baum zu. Endlich am dritten Tag fand sie tief in der Wildnis im Felsgestein eine Höhle und nahe dabei eine Quelle.

Diese Höhle richtete sie sich als Behausung ein. Sie machte sich ein Lager aus Baumzweigen und Laub und suchte sich von Tag zu Tag frische

Wurzeln zur Nahrung. Weil sie aber ein so kümmerliches Leben führen mußte, ging ihr bald die Muttermilch aus, und ihr geliebtes Kind hatte keine Nahrung mehr. Das klägliche Wimmern des armen Geschöpfes ging der Mutter so zu Herzen, daß sie vor Leid zu sterben vermeinte. Sie legte das Kind verzweifelnd unter einen Baum und ging so weit weg, daß sie es nicht hören und sehen konnte. Dann kniete sie mit aufgehobenen Händen nieder und flehte den Himmel um Mitleid und Hilfe an. Kaum hatte die weinende Mutter ihr inbrünstiges Gebet beendet, da lief eine Hirschkuh auf sie zu, die sich wie ein zahmes Tier benahm und freundlich um sie herumstrich, als wollte sie sagen: »Siehe, mich hat Gott gesendet, dein Kind zu ernähren.« Froh eilte Genoveva zu ihrem Kind zurück, die Hirschkuh aber lief ihr nach und ließ das Kindlein so lange saugen, bis es satt war. Die Hirschkuh kam täglich zweimal, das Kind zu säugen. Dies war die einzige Nahrung, die das schuldlose Kind sieben Jahre lang von den Tieren empfing, während seine Mutter von Wurzeln und Kräutern leben mußte.

Im Sommer war zwar ihr Elend noch erträglich, im Winter aber quälte beide die Kälte. Nahrung war kaum aufzutreiben; wenn Genoveva trinken wollte, mußte sie das Eis so lang im Munde halten, bis es schmolz; wenn sie Wurzeln suchte, mußte sie den tiefen Schnee wegräumen und mühselig mit einem Holz in die gefrorene Erde graben; wollte sie sich erwärmen, so mußte sie die eiskalten Hände so lange zusammenschlagen und reiben, bis das erstarrte Blut wieder lebhafter kreiste. Und die langen Winternächte, die kein Ende nehmen wollten, mußte sie mit ihrem kleinen Knaben in der schwarzen Höhle verbringen. Doch waren alle Schmerzen gering gegen den Kummer, den ihr mütterliches Herz über das Elend ihres Kindes empfand. Als sie einst betend vor ihrer Höhle kniete, sah sie staunend ein Wunder. Ein Engel flog vom Himmel herab, ein hölzern Kreuz in seinen Händen, an dem der sterbende Heiland aus Elfenbein gebildet hing. Dieses Kruzifix reichte ihr der Engel und sprach: »Nimm dieses heilige Kreuz, Genoveva, das dein Erlöser dir zum Trost vom Himmel herabsendet. Vor ihm sollst du dein Gebet verrichten. Tröste dich mit diesem Kreuz; wenn dich Ungeduld überfällt, dann erinnere dich an die Geduld dessen, der an diesem Kreuz hängt.«

Als der Engel dies gesprochen, stellte er das Kreuz vor ihr nieder und verschwand, das Kreuz aber blieb stehen. Genoveva nahm es und stellte es in der Höhle auf. Im Sommer zierte sie es mit grünen Zweigen und lieblichen Waldblümelein, im Winter umschlang sie es mit Tannenreisern und immergrünem Wacholder.

Inzwischen wuchs ihr Sohn Schmerzenreich heran und lernte gehen und reden. Genoveva unterrichtete ihn, so gut sie es in der Einsamkeit konnte, und hatte viel Freude an dem aufgeweckten Kind, das alles leicht begriff, was die Mutter ihm sagte. Nur war es jammervoll, daß das arme Kind zuletzt fast ganz nackt umherlief; denn die Lappen, worin die Mutter es von Kindheit an gehüllt hatte, waren bereits zerrissen. Schließlich kam es so weit, daß Mutter und Kind sich mit Moos und Zweigen bedecken mußten. Da erbarmte sich Gott und sandte einen Wolf, der die Haut eines zerrissenen Schafes im Rachen trug und sie dicht vor dem Kind niederwarf. Die Mutter trocknete das Fell und hing es ihrem Schmerzenreich um.

Von dieser Zeit an begannen auch die wilden Tiere zutraulich gegen die Waldbewohner zu werden. Sie kamen täglich vor die Höhle und spielten mit dem Kind. Der Wolf, der das Schaffell gebracht hatte, ließ den Knaben auf seinem Rücken reiten, und oft saß der Kleine mitten unter den Hasen und anderem Wild, das um ihn herumlief. Die Vögel flogen ihm auf die Hand und auf das Haupt und erfreuten Mutter und Kind mit ihrem lieblichen Gesang. Wenn das Kind ausging, Kräuter für die Mutter zu suchen, liefen verschiedene Tiere mit ihm und zeigten ihm, mit den Füßen scharrend, wo die besten Kräuter waren. Niemals aber sagte die Mutter dem Knaben, aus welchem Geschlecht er sei, um nicht sein Leid noch zu vermehren oder die Lust in ihm zu erwecken, in die Welt zu ziehen.

Einmal fragte Schmerzenreich: »Mutter, du befahlst mir, oft zu beten: Vater unser! Sag mir doch, wer ist denn mein Vater?« – »Liebes Kind«, entgegnete die Mutter, »dein Vater ist Gott, der droben wohnt, wo Sonne und Mond scheinen.« Das Kind erwiderte: »Kennt mich denn mein Vater auch?« – »Freilich«, antwortete die Mutter, »kennt er dich und hat dich auch herzlich lieb.«

»Wie kommt es denn«, meinte das Kind, »daß er mir nichts Gutes tut und mir in unserer Not nicht hilft?« – »Lieber Sohn«, erklärte Genoveva, »wir sind auf der Erde in einem Jammertal und müssen vieles leiden; wenn wir aber in den Himmel kommen, werden wir alle Freude haben.«

Schmerzenreich forschte nun weiter: »Liebe Mutter, hat mein Vater noch mehr Söhne?« – »Ja freilich«, gab die Mutter zur Antwort. – Er aber warf ein: »Wo sind sie denn? Ich meinte, wir beide seien allein in der Welt.« Genoveva aber belehrte ihn: »Du bist in deinem Leben noch nie aus diesem Wald hinausgekommen, aber außerhalb des Waldes gibt es noch viele Wohnungen, wo Leute leben. Manche von ihnen tun Gutes, manche Böses; und die Böses tun, kommen in die Hölle, wo sie ewige Strafe leiden.«

Der Knabe wollte noch wissen: »Mutter, warum gehen wir nicht zu jenen Leuten? Was machen wir denn in diesem Wald allein?« – »Wir tun es«, erwiderte Genoveva, »damit wir um so gewisser in den Himmel kommen.« Solche Reden führte das kluge Kind oft mit seiner Mutter und lernte manches durch seine neugierigen Fragen.

Im siebenten Jahr ihres Einsiedlerlebens wurde die fromme Gräfin tödlich krank; denn Not und Mangel hatten ihren Leib so geschwächt, daß sie nur mehr ein Schatten zu sein schien. Ein heftiges Fieber wütete in ihren Adern, kraftlos siechte sie dahin. Verzweifelt warf sich der arme Schmerzenreich über seine Mutter und klagte: »Was fange ich an, geliebte Mutter, wenn du stirbst? In dieser Wildnis bin ich ganz allein, und in der Welt kenne ich keinen Menschen.«

Die todkranke Genoveva suchte nach einem Trost für ihr Kind. Darum sagte sie ihm, was sie bisher verschwiegen hatte. »Jammere nicht über meinen Tod und deine Verlassenheit!« stöhnte sie mühsam. »Du hast neben dem himmlischen Vater auch noch einen Vater auf Erden, der nicht weit von diesem Wald in der Stadt Trier wohnt. Zu dem gehe nach meinem Tod und erkläre ihm, daß du sein Kind bist. Er wird dich leicht erkennen, denn du siehst ihm ganz ähnlich.«

Nun erzählte sie stockend dem Knaben ihr ganzes Unglück, soweit er es erfahren durfte und fassen konnte. Dann wandte Genoveva sterbensmatt ihr Haupt auf die Seite und erwartete den Tod. Da war ihr, als träten zwei glänzende Engel in die Höhle, und einer beugte sich über ihr Lager, berührte sie und sprach: »Du sollst leben, Genoveva, das ist der Wille Gottes.« Die Kranke erwachte gestärkt und mit neuer Lebenskraft. Der kleine Schmerzenreich fuhr fort, seine Mutter zu pflegen, und sah mit seliger Freude, wie sie von Stunde zu Stunde neue Kräfte gewann und endlich völlig gesund wurde.

Als Graf Siegfried von Straßburg wieder in seinem Schloß zu Trier angekommen war, nahm er Golos Meldung, daß er Genoveva samt ihrem Kind in einem Wald heimlich habe töten lassen, ruhig entgegen. Aber schon nach wenigen Tagen begann ihn sein Gewissen zu drücken. Er dachte, es könnte seiner Gemahlin doch Unrecht geschehen sein, und sah ein, daß er zu voreilig gehandelt habe.

In der folgenden Nacht hatte er einen schweren Traum. Ihm war, als risse ein Drache seine geliebte Gemahlin mit sich, und niemand half ihm in dieser Not. Dieser Traum vermehrte seine Angst, und er erzählte ihn am andern Morgen Golo. Der aber gab ihm sogleich eine passende Deutung. »Herr«, meinte er, »der Drache ist der Koch, der hat die Gräfin ihrem rechtmäßigen Herrn entrissen.«

Um den Grafen zu zerstreuen, veranstaltete Golo in der Folge mancherlei Feste, von denen er glaubte, daß sie seinen Herrn aufheitern könnten. Aber dieser blieb still und gedrückt, die Wunden seines Herzens wollten nicht heilen; sie wurden immer größer und schmerzhafter.

Eines Tages fand der Graf unter andern Schriften den Brief, den Genoveva im Kerker geschrieben und den das kluge Kind in sein Zimmer getragen hatte. Er las die zittrigen Zeilen in höchster Spannung und zweifelte keinen Augenblick länger an der Unschuld seiner lieben Frau. Golo aber schalt er einen falschen Verräter und Mörder, und wenn er zugegen gewesen wäre, hätte er ihn auf der Stelle durchbohrt. Aber der Schurke hatte das Schloß für einige Tage verlassen, bis sich der Zorn seines Herrn gelegt hätte. Dann kam er wieder und wußte dem Grafen so zuzureden und den Brief der Gräfin so zu verdrehen, daß Graf Siegfried seinen Worten mehr als der Nachricht glaubte und den elenden Lügner wieder in Gnaden aufnahm. Aber die innerliche Ruhe des Grafen dauerte nicht lang. Die alten Zweifel kamen bald wieder und nagten stärker denn je an seinem schuldigen Gewissen. Es war ihm immer, als raunte ihm eine Stimme in die Ohren: »Du hast dein schuldloses Weib Genoveva gemordet, du hast das unschuldige Kind töten lassen, du hast den Tod des frommen Kochs auf dem Gewissen.«

Golo merkte, daß der Gemütszustand des Grafen immer bedenklicher wurde und glaubte sich bald nicht mehr sicher. In aller Stille verließ er das Land. Einige Zeit darauf fand man an einem entlegenen Ort den verscharrten Leichnam des Kochs. Von nun an nahmen die Zweifel des Grafen über den unverschuldeten Tod Dragos zu. Nach einigen Jahren wurde die Frau, die den Grafen in Straßburg durch ihre Vorspiegelungen betrogen hatte, als schändliche Betrügerin entlarvt und vom Gericht zum Feuertod verurteilt. Vor ihrem Tod bekannte sie auch diesen Betrug und erklärte, daß sowohl die Gräfin als auch der Koch unschuldig seien. Sie bat, dem Grafen zu berichten, daß sie auf Anstiften des Hofmeisters Golo jenes schändliche Ränkestück angestellt habe.

Dies wurde dem Grafen Siegfried gemeldet, und jetzt erkannte er klar, daß er von Golo betrogen worden sei und seine arme Gemahlin mit ihrem Kind unschuldig den Tod erlitten habe. Zorn, Mitleid, Reue, Verzweiflung zerwühlten sein Herz, und sein ganzes Trachten ging fortan dahin, den Verräter Golo zu finden. Zwei Jahre war dieser vom Hof weg, und der Graf wußte nicht, wie er den Betrüger fangen sollte. Da entschloß er sich endlich zu einer List. Er schrieb dem Bösewicht die freundlichsten Briefe, in denen er seine Tätigkeit am Hof zu Trier lobte und anerkannte, und lud ihn schließlich zu einer Jagd ein, an der viele vornehme Gäste teilnehmen sollten. Nun ging der schlaue Fuchs in die Falle und kam nach Trier. Der Graf hieß ihn willkommen und freute sich wirklich sehr über seine Ankunft, da er den Bösewicht in seiner Gewalt sah.

Sieben Jahre waren verflossen, die Genoveva in der Wildnis zugebracht hatte, und von aller Welt wurde sie für tot gehalten. Nun war das Jagdfest des Grafen gekommen, und Herr Siegfried nahm unter andern Gästen auch Golo mit sich auf die Jagd. Plötzlich gewahrt der Graf eine schöne Hirschkuh. Er setzt ihr durch Hecken und Gesträuch nach und verfolgt sie so lang, bis sich das Tier in eine Höhle rettet, die sich vor den Augen des Grafen zwischen Strauch und Gestein auftut. Er wirft einen Blick hinein und erblickt neben dem Wild eine in Felle gehüllte Gestalt. Erschrocken meint er, es sei ein Gespenst, schlägt ein Kreuz und ruft entsetzt: »Wer bist du?«

Genoveva erkannte den Grafen auf den ersten Blick und flüsterte mit zitternder Stimme: »Ich bin ein unglückliches Weib. Wollt Ihr, daß ich zu Euch hinauskomme, so werft mir ein Kleid zu.«

Der Graf zog den Mantel aus und warf ihn in die Höhle. Genoveva hüllte sich nun in das Tuch und trat aus der Höhle, die Hindin an ihrer Seite. Schmerzenreich war gerade nicht zugegen, sondern hinaus in den Wald gegangen, um Kräuter und Wurzeln zu suchen.

Der Graf wunderte sich über das abgezehrte Weib, das er vor sich sah, und fragte, wer sie sei. »Mein Herr«, antwortete Genoveva, »ich bin ein armes Weib, aus Brabant gebürtig. Aus Not bin ich hierher geflohen, denn man hat mich, die ich nichts verschuldet hatte, mit meinem armen Kind töten wollen.«

Der Graf zuckte zusammen, doch drang er weiter, wie dies zugegangen. Genoveva faßte Mut und erwiderte: »Ich war mit einem edlen Herrn vermählt; auf das verleumderische Zeugnis eines bösen Hofmeisters hin sollte ich samt meinem Kind getötet werden. Die Diener aber schenkten mir aus Erbarmen das Leben, und ich versprach ihnen, für immer in diesem Wald zu bleiben. Das geschah vor sieben Jahren.«

Siegfried zitterte am ganzen Leib, denn Genovevas Bild stieg vor ihm auf; aber in dieser abgezehrten Gestalt konnte er sie nicht erkennen. Darum fuhr er fort: »Liebe Frau, ich bitte Euch um Gottes willen, sagt mir Euren Namen und den Namen Eures Gemahls.« Da seufzte sie: »Mein Gatte hieß Siegfried, ich Armselige aber nenne mich Genoveva.«

Diese wenigen Worte erschütterten den Grafen so, daß er wie vom Schlag gerührt bewußtlos vom Pferd stürzte. Als er wieder zur Besinnung kam, richtete er sein Haupt empor und rief, noch zu Boden liegend: »Genoveva, ach, Genoveva, seid Ihr es?«

Sie erwiderte: »Lieber Herr Siegfried, ich bin die arme Genoveva!«

Dem Grafen rollten die Tränen über das Gesicht, und er konnte kein Wort hervorbringen. Endlich stammelte er: »O Gott! In solchem Elend muß ich Euch antreffen! Ich elender Bösewicht bin nicht wert, daß mich die Erde trage! Bin doch ich die einzige Ursache Eures ganzen Unglücks, da ich aus falschem Argwohn den Befehl gab, Euch zu töten. Verzeiht mir, geliebte Genoveva! Ich stehe nicht früher auf, bis ich Eure Verzeihung erlangt habe!«

Mit tränenüberströmtem Gesicht stammelte die Gräfin: »Faßt Euch, mein Herr Siegfried! Ich verzeihe Euch von Herzen, denn ich habe Euch schon von Anfang verziehen!« Darauf reichte sie dem Grafen die Hand und hob ihn von der Erde auf.

Nach einigen tiefen Seufzern forschte er weiter: »Wo ist denn das arme Kind, das Ihr im Kerker geboren habt? Ist es denn nicht mehr am Leben?« – »Freilich, es ist ein großes Wunder, daß es noch lebt«, erwiderte Genoveva, »ich allein hätte es nicht ernähren können, aber Gott hat mir diese Hirschkuh geschickt, und das treue Tier hat mein Kind zweimal des Tages gesäugt!«

Sie erzählte noch, als der kleine Schmerzenreich, mit seiner Schafhaut bekleidet, barfuß dahergelaufen kam, beide Hände voll wilder Wurzeln. Als er den Grafen bei seiner Mutter stehen sah, rief er erschrocken: »Mutter, was ist das für ein wilder Mensch, der bei dir steht? Ich fürchte mich vor ihm!«

Die Mutter beruhigte ihn: »Hab keine Angst, liebes Kind, der Mann tut dir nichts!«

Als nun das Kind näher trat, nahm es die Mutter bei der Hand und sagte: »Sieh, mein Sohn, das ist dein Vater; geh hin und küsse ihm die Hand!« Das Kind gehorchte. Der Graf aber nahm den Knaben auf seine Arme, drückte ihn an sein Herz und küßte ihn zärtlich. Als der Graf seinen Sohn genug geherzt hatte, blies er in sein Horn und rief die Jäger und Knechte zusammen. Eilig kam einer nach dem anderen, und alle wunderten sich, als sie die verwahrloste Frau bei dem Herrn und das Kind auf seinen Armen sahen. Der Graf wandte sich an die Leute: »Kennt ihr diese Frau nicht?« Als es alle verneinten, setzte er hinzu: »Kennt ihr denn meine Gemahlin Genoveva nicht mehr?« Da staunten alle. Einer nach dem andern trat näher, begrüßte sie ehrerbietig, und alle freuten sich von Herzen, daß ihre Herrin noch lebte, die alle Schloßbewohner schon sieben Jahre lang als tot beweint hatten. Zwei von ihnen ritten eilig nach Hause und kamen mit einer Sänfte und Gewändern zurück, um die Gräfin zu schmücken und heimzutragen.

Unter allen, die auf den Jagdruf des Grafen herbeikamen, war Golo der letzte, als ahnte er, daß ihm nichts Gutes bevorstehe. Der Graf hatte ihm zwei Diener entgegengeschickt mit dem Befehl, er solle sich beeilen, es sei ein seltsames Wild gefangen worden.

Als er nun herantrat, fragte Graf Siegfried: »Golo, kennst du diese Frau?« Golo schrak zusammen, doch sagte er: »Nein, ich kenne sie nicht.« Da fuhr der Graf fort: »Du ruchlosester Bösewicht, der unter der Sonne lebt, kennst du Genoveva nicht, die du verleumdet hast und unschuldig in den Tod treiben wolltest? Du Mörder, welche Qualen soll ich ersinnen, um dich gebührend zu bestrafen?« Golo warf sich zu Boden und bat um Gnade. Der ergrimmte Graf aber befahl, ihn zu binden und als den größten Übeltäter gefangen abzuführen.

Hierauf nahm Siegfried seine Gemahlin bei der Hand, ein Ritter trug den jungen Grafen nach. Muntere Vöglein flogen über Genovevas Haupt, als wollten sie zeigen, wie ungern sie die Frau und das Kind von sich ließen. Die Hirschkuh folgte der Gräfin wie ein Lämmlein nach und wollte keinen Schritt von ihr weichen. Und dann bewegte sich der Zug dem Schloß zu.

Hier war das große Wunder schon bekannt geworden; jeder wollte die Wiedergefundene sehen, Freunde und Gäste kamen scharenweise auf das Schloß. Feste begannen und dauerten die ganze Woche lang,

Mahl folgte auf Mahl. Aber Genoveva konnte keine Speise genießen und den Freudenwein nicht kosten; aus Wurzeln und Kräutern mußte man ihr das Mahl bereiten, das sie allein vertragen konnte.

Als die Feste vorüber waren, wurde über Golo Gericht gehalten. Der Graf ließ ihn aus seinem Gefängnis holen und sämtlichen Gästen vorführen. Alle forderten den grausamsten Tod des teuflischen Bösewichts. Da warf sich dieser Genoveva zu Füßen und flehte um Gnade. Und die edle Frau bat ihren Gemahl inständig, dem armen Sünder zu verzeihen. Der Graf hätte ihr zwar diese Bitte bewilligt, aber alle andern wollten von Gnade nichts wissen. So wurde der Verbrecher abgeführt und erlitt, was er verschuldet hatte. Auch die übrigen, die es mit Golo gehalten, wurden mit dem Schwert gerichtet. Alle dagegen, die der Gräfin treu geblieben waren oder ihr einen Dienst erwiesen hatten, wurden reich belohnt, darunter auch das Mägdlein, das der Gräfin Feder und Tinte in das Gefängnis gebracht, sowie die Diener, die ihr das Leben geschenkt hatten.

Drei Monate hatte Genoveva mit ihrem Gemahl verlebt, da sah sie eines Tages eine herrliche Erscheinung. Inmitten einer Schar heiliger Frauen nahte sich ihr die Mutter Gottes. Jede von den Frauen reichte der Gräfin eine himmlische Blume, die Himmelskönigin aber hielt eine mit köstlichen Edelsteinen besetzte Krone in der Hand und sprach: »Geliebte Tochter, empfange diese Krone! Du hast sie erworben durch die Dornenkrone, die du in der Wildnis getragen hast. Nun wird die Ewigkeit deiner Freuden beginnen!« Mit diesen Worten setzte sie ihr die Krone auf das Haupt und fuhr mit ihrer Begleitung wieder zum Himmel.

Bald darauf überfiel die fromme Gräfin ein Fieber, das sie aufs Krankenbett warf. Und gegen diese Krankheit fruchtete kein Mittel, so daß Siegfried und sein Sohn Schmerzenreich bald in tiefes Leid versanken.

Die Gräfin ließ alle Schloßbewohner zu sich rufen, gab allen ihren Segen und tröstete ihren geliebten Schmerzenreich, den sie ungern allein zurückließ. Endlich entfloh ihr frommer Geist dem schwachen Leib und ging ein in das ewige Leben.

Siegfried und sein Sohn verharrten in stummer Trauer, alle Diener und Frauen im Schloß jammerten. Die Hirschkuh, die der Gräfin aus der Wildnis in das Schloß gefolgt war, ging mit gesenktem Haupt hinter dem Leichenzug her und klagte so laut, daß es die Menschen erbarmte. Nach dem Begräbnis legte sich die Hirschkuh auf das Grab und wich nicht mehr, bis sie verendete.

Mit Genoveva war dem Grafen alle Lust und Freude genommen. Oft ritt er zu der Höhle hinaus, in der Genoveva gelebt hatte. Wenn er dann vor dem Kruzifix auf den Knien lag, sprach er zu sich selbst: »Dies ist die Höhle, in der sich so viele Seufzer dem Mund meiner unschuldigen Gemahlin entrangen; hier hat sie fremde Sünden abgebüßt, warum solltest du an dieser Stelle nicht deine eigene Schuld büßen?« Er faßte den Vorsatz, in jener Höhle ein Einsiedlerleben zu führen. Sogleich kehrte er nach Trier zurück und bat den Bischof Hidulf um die Erlaubnis, eine Kapelle an dem Ort zu erbauen.

Als dann ein schönes Kirchlein in der Wildnis stand, wurde der Leichnam der frommen Genoveva dorthin gebracht, damit sie da ruhe, wo sie so lange ein hartes Leben geführt hatte. Und obgleich der Leichnam in einem marmornen Sarg lag, den kaum sechs Stiere hätten fortbewegen können, zogen ihn zwei Pferde so leicht, als ob es gar keine Last wäre. Wo der Trauerwagen vorüberkam, neigten sich die Hecken des Waldes, als schwankten sie vom Winde bewegt; ja, selbst die höchsten Bäume bogen ihre Äste tief zu Boden. So wurde der Leichnam der heiligen Frau beigesetzt und das himmlische Kreuz darüber errichtet. Dann berief der Graf seinen Bruder und sprach in Gegenwart seines Sohnes: »Lieber Bruder, ich habe mich entschlossen, die Welt zu verlassen und an dem Ort, wo meine Gemahlin gelebt hat, zu leben und zu sterben; deshalb setze ich Euch zum Vormund meines Sohnes Schmerzenreich ein. Ich bin überzeugt, auch er wird Euch Gehorsam und Ehrerbietung erweisen, wie ein Kind seinem Vater schuldig ist.«

Hierauf wandte er sich zu seinem Sohn: »Du hast es gehört, liebstes Kind, daß ich die Welt verlassen will und dir meine ganze Grafschaft übergebe. Dein Oheim soll hinfort dein Vater sein.«

Da antwortete Schmerzenreich: »Lieber Vater, wo Ihr leben wollt, will ich auch leben, wo Ihr sterben wollt, will ich auch sterben.« Alle wunderten sich über die Sprache des Knaben. Der Graf riet ihm weinend ab: »Mein lieber Sohn, das strenge Leben dort wird dir schwerfallen, dein zarter Leib wird es nicht aushalten!«

»Ach, besser als Ihr, mein Vater«, entgegnete der junge Schmerzenreich, »habe ich doch sieben Jahre lang die Probe bestanden!«

So überließ Schmerzenreich die Grafschaft seinem Oheim. Vater und Sohn nahmen Abschied von der Verwandtschaft und zogen in die rauhe Wildnis, um dort Gott bis an ihr Ende zu dienen. Sobald der kleine Schmerzenreich in der Wildnis ankam, erkannten ihn seine alten Gespielen, die wilden Tiere, wieder; sie kamen in großer Menge herbei und freuten sich über seine Ankunft. Vater und Sohn verbrachten ihr ferneres Leben im Andenken an die fromme Genoveva in der Einsamkeit und sind dort auch im Herrn entschlafen.

Griseldis

In Piemont am Fuß eines hohen Berges liegt eine ausgedehnte Herrschaft, die blühende Städte und lachende Fluren in sich schließt. Markgraf Walter, dem diese Landschaft gehörte, war ein schöner junger Mann, dessen ganze Neigung nur der Jagd gehörte. Die Regierung seines Landes vernachlässigte er und hatte keine Lust zum Heiraten. Wenn gute Freunde zu ihm von seiner Vermählung sprachen, pflegte er zu erwidern: »Ich mag meine Freiheit nicht verkaufen. Solange ich ledig bin, tue ich, was ich will; wenn ich aber verheiratet bin, so muß ich oftmals tun, was meine Frau will.«

Seine Vasallen aber hätten es gern gesehen, wenn ihr Herr eine glückliche Ehe geschlossen und Erben hinterlassen hätte. Deswegen erschienen die Vornehmsten des Landes eines Tages beim Markgrafen und baten ihn, dem Land eine Herrin zu geben. Sie wollten ihm das schönste adelige Fräulein, das seiner würdig wäre, zuführen.

Auf diese Worte schwieg der Graf eine Zeitlang und dachte über den Vorschlag nach. Endlich erwiderte er: »Meine lieben Freunde, eure demütige Bitte nötigt mich, zu tun, was ich nie im Sinn gehabt habe. Denn ich hatte mir vorgenommen, meine Freiheit zu behalten. Nun aber unterwerfe ich mich freiwillig dem Willen meiner Untertanen, damit sie erkennen, daß ich sie liebe und wie ein Vater für sie sorgen will. Doch danke ich für euer Anerbieten, mir eine Gemahlin zu erwählen, die meinesgleichen sein soll. Diese Mühe will ich selbst auf mich nehmen. Eines aber sollt ihr mir versprechen und halten: daß ihr die Frau, die ich zu meiner Gattin auserwählen werde, als Markgräfin und als eure Herrin ehren und lieben wollt.«

Über diese Antwort des Grafen freuten sich die versammelten Adeligen und versprachen feierlich, die Frau, die er erwählen würde, als Herrin anzuerkennen, wer sie auch immer sein sollte.

Nach einigen Wochen befahl der Graf seinem Haushofmeister, alles für die bevorstehende Hochzeit vorzubereiten. Noch wußte niemand, wer die Braut sein sollte, und der Graf wollte es auch niemandem sagen, sooft er auch darum befragt wurde.

Als nun der bestimmte Tag gekommen und die geladenen Gäste in großer Menge versammelt waren, fehlte niemand mehr als die markgräfliche Braut. Da wunderten sich alle, manche glaubten sogar, es handle sich nur um einen mutwilligen Scherz.

Zuletzt fragten die Gäste den Grafen, warum sie denn eigentlich zur Hochzeit geladen seien. Er aber gab ihnen zur Antwort, die Braut sei schon auf dem Weg, alle sollten sich fertigmachen, ihr entgegenzugehen und sie mit gebührenden Ehren zu empfangen. So sammelten sich denn die Gäste und begaben sich zum Schloß hinaus. Vor ihnen ritt der Markgraf im Hochzeitsgewand, neben ihm fuhren in reich geschmückten Wagen einige Edelfrauen, die herrliche Brautkleider und den ganzen Brautschmuck wohl verschlossen mit sich führten. Als der Festzug in das nächste Dorf gekommen war, verbreitete sich ein dunkles Gerücht unter den Gästen, daß hier der Ort sei, wo der Graf sich seine Braut erwählen würde. Obgleich sich niemand vorstellen konnte, wer das sein sollte, hatten sich doch alle Bauernmädchen des Dorfes, zu denen das Gerücht gleichfalls gedrungen war, aus Neugier versammelt und warteten auf die seltsame Brautwahl des Markgrafen.

Nun lebte in diesem Dorf ein Mann namens Janikula, der ärmste unter allen Bauern, der eine einzige Tochter hatte, die Griseldis hieß. Die Jungfrau war arm, aber schön und tugendhaft und überragte an Klugheit alle ihre Gespielinnen. Sie hütete die wenigen Schafe ihres Vaters und war die meiste Zeit auf dem Feld, dennoch kochte sie alle Speisen für die Hausgenossen und verbrachte die halben Nächte mit Spinnen. Dieses Bauernmädchen hatte der Markgraf im Vorüberreiten oft gesehen und beobachtet. Schon lange hegte er eine aufrichtige Neigung zu ihr und war entschlossen, sich mit ihr zu vermählen.

Als die Hochzeitsgäste in das Dorf kamen, war die gute Griseldis eben am Brunnen gewesen. Da trat ihr der Graf entgegen und sprach: »Griseldis, wo ist dein Vater?« Das Mädchen verneigte sich tief und antwortete ehrerbietig: »Zu Hause, gnädiger Herr.« – »Er soll zu mir herauskommen«, sagte der Graf. Als der Bauer aus dem Haus kam, führte ihn der Markgraf ein wenig beiseite und redete ihn an:

»Mein lieber Janikula, willst du mir deine Tochter Griseldis zur Frau geben?« Der gute alte Mann erstarrte über diese Frage und wußte nicht, was er denken oder sagen sollte. Erst als der Graf ihn zu einer Antwort nötigte, stammelte er: »Gnädiger Herr, ich finde vor Schrecken keine Worte; aber wenn es wirklich Euer Ernst ist, meine arme Tochter zur Frau zu nehmen, so bin ich viel zu gering, Euch hierin zu widersprechen.«

Der Graf erwiderte: »Gut, so komm mit mir ins Haus; ich will deine Tochter über einige Dinge fragen.«

So mußten die Hochzeitsgäste draußen ein wenig warten, der Graf aber ging mit dem Alten in das Haus, nahm die Tochter bei der Hand und sprach: »Liebe Griseldis, willst du mein Weib werden?«

Der Jungfrau war zumute, als fiele der Himmel über sie herab, da sie diese Worte vernahm. Der Graf aber tröstete sie freundlich: »Fürchte dich nicht, meine liebe Griseldis, denn dich habe ich vor allen Frauen der Erde zu meiner Braut auserkoren; wenn du einwilligst, werde ich mich noch heute mit dir vermählen.«

Griseldis neigte sich in Demut und antwortete: »Gnädiger Herr, ich bin zwar einer so großen Ehre nicht würdig, aber wenn es Euer ernstlicher Wille ist, mich armes Bauernmädchen zu Eurer Gemahlin zu erheben, so darf ich mich meinem Herrn nicht widersetzen.«

Darauf erklärte der Graf mit ernster Miene: »Ehe ich dich zur Frau nehme, frage ich dich, Griseldis, ob du bereit bist, mir in allem gehorsam zu sein und alles, was ich wünsche, geduldig und ohne Klagen zu ertragen?«

»Gnädiger Herr Graf«, versicherte die Jungfrau, »ich verspreche, nichts von dem, was Ihr mir tun oder befehlen werdet, übel aufzunehmen, und solltet Ihr mich auch sterben heißen.« Diese Worte gefielen dem Grafen und er sagte: »Wenn du das tun willst, bin ich zufrieden.«

Damit nahm er sie bei der Hand, führte sie zum Hause hinaus und erklärte vor allen Anwesenden: »Diese Jungfrau hier ist meine Braut, sie wird Eure gnädige Frau sein, die ihr ehren und lieben sollt.«

Dann befahl er den Edelfrauen, sie mit herrlichen Brautgewändern zu schmücken, damit sie ihrem neuen Stand gemäß in des Grafen Haus einziehen könne. Die Frauen nahmen das Mädchen in ihre Mitte und schlossen einen dichten Kreis um sie, so daß niemand sehen konnte, was geschah. Hier nahmen sie der Jungfrau ihre bäuerlichen Kleider ab und schmückten sie so schön, daß man sie kaum wieder erkennen konnte. Sodann führten die Frauen sie dem Markgrafen zu, und dieser zog den bereitgehaltenen Trauring hervor, steckte ihn der Jungfrau an den Finger und verlobte sich mit ihr vor allem Volk. Hierauf ließ er die Braut auf ein schneeweißes Pferd setzen und geleitete sie mit Ehren nach seinem gräflichen Schloß. Das Volk lief scharenweise nach und rief mit jubelnder Stimme: »Es lebe Griseldis!« Die Trauung wurde noch am gleichen Tag mit großer Feierlichkeit in Anwesenheit zahlreicher Gäste vollzogen.

Ehe ein Jahr zu Ende gegangen war, schenkte Griseldis zur höchsten Freude des gesamten Landes einem lieblichen Mägdlein das Leben. Nur mit ihrem Gatten schien eine Veränderung vorgegangen zu sein. Er zeigte über diese Geburt keine sonderliche Freude, und es schien, als wäre ihm ein Sohn viel lieber gewesen als eine Tochter. Der Graf wollte durch seine Handlungsweise die Treue seines Weibes auf die Probe stellen.

Eines Tages berief er Griseldis allein zu sich in sein Zimmer und begann mit ernster Miene: »Liebe Griseldis, du bist mir lieb und wert, aber meine adeligen Freunde sind mit dir unzufrieden, und meine Untertanen wollen dir, als einer armen Bäuerin, nicht unterworfen sein, da du mir eine Tochter geboren hast, während doch alle einen Erben gewünscht hätten. Und weil ich gern mit meinen Freunden und Untertanen in Frieden leben möchte, sehe ich mich genötigt, ihrem Urteil zu folgen. Zugleich frage ich dich, ob du das tun willst, was du mir versprochen hast, nämlich nichts übelnehmen, was ich dir befehlen würde.«

Griseldis antwortete unerschrocken: »Du bist mein gnädiger Herr, ich und mein kleines Töchterlein sind dir unterworfen. Tu daher mit uns, was dir gefällt.«

Über diese Antwort wurde der Graf innerlich so bewegt, daß er sich der Tränen kaum erwehren konnte. Dennoch blieb er äußerlich ernst und bemerkte streng: »Ob dir diese Antwort von Herzen kommt, wird sich bald zeigen!«

Nach diesen kurzen Worten ging er hinaus, ohne sich seinen innern Schmerz merken zu lassen. Sogleich berief er einen seiner treuesten Diener und befahl: »Gehe zu meiner Gemahlin und fordere von ihr das kleine Töchterlein! Wenn sie es dir nicht gutwillig gibt, so nimm es mit Gewalt! Sag ihr, ich hätte befohlen, daß du es nehmen sollst, damit es getötet werde. Dabei achte genau darauf, wie sich die Mutter benimmt, und berichte mir alles gründlich!«

Der Diener erschrak über diesen Befehl heftig und beschwor seinen Gebieter, das unschuldige Geschöpf zu schonen. Aber der Graf hieß ihn mit zornigen Worten tun, wie er befohlen.

So ging denn der Diener zu der Gräfin und sprach traurig zu ihr: »Gnädige Frau, ich bin leider der Träger einer schlechten Botschaft. Unser Herr muß sehr erzürnt über Euch sein; denn er hat mir befohlen,

Euch Euer Kind zu nehmen und es zum Scharfrichter zu tragen, damit es getötet werde. Ich habe zwar den Herrn um Schonung gebeten, aber seinen Zorn dadurch nur größer gemacht. Gebt mir darum Euer Kind!«

In diesem schweren Augenblick bewies Griseldis die übernatürliche Stärke ihres Herzens. Ohne Zögern antwortete sie dem Diener: »Das Kindlein gehört unserm Herrn; er kann damit machen, was er will. Nimm es und trag es zu ihm; ich will mich seinem Befehl nicht im geringsten widersetzen.« Dann nahm sie ihr liebes Töchterlein aus der Wiege, küßte es herzlich und gab es dem Diener mit freundlicher Miene, ohne eine Träne zu vergießen.

Der Diener aber konnte die Tränen nicht zurückhalten und bedauerte das unschuldige Kind so schmerzlich, daß endlich der standhaften Mutter selbst das Herz weich wurde. »Trag das liebe Englein nur eilig fort!« flüsterte sie; »Gott mag es beschützen.« Also brachte der Diener das Kind zu seinem Vater, dem er genau erzählte, wie bereitwillig Griseldis ihr Kind hergegeben. Der Graf wunderte sich nicht wenig, daß sein Weib noch viel standhafter gewesen sei, als er selbst gemeint hatte.

Er hatte keineswegs die Absicht, dem Kinde ein Leid zuzufügen, sondern wollte es heimlich anderswo erziehen lassen. Deshalb ließ er es durch eben jenen Diener, der es der Mutter abgenommen hatte, seiner Schwester überbringen, die in Bologna mit einem Grafen vermählt war. In einem Brief wurde der ganze Verlauf der Sache ausführlich erklärt und sie um Erziehung des Kindes freundlich ersucht.

Die Gräfin nahm das Kind ihres Bruders liebevoll auf und ließ dem Grafen mitteilen, daß das junge Fräulein aufs sorgfältigste erzogen und seine Abkunft geheimgehalten werde.

Inzwischen konnte Griseldis nicht erfahren, wo ihr liebes Töchterlein hingekommen, weil außer dem Diener niemand davon wußte. Sie glaubte deswegen, daß man das unschuldige Kind getötet habe. So unsäglich sie das schmerzte, so ließ sie sich doch ihr inneres Leid nicht anmerken. Dem Grafen aber war es unbegreiflich, wie sie den Schmerz um ihr Kind so zu unterdrücken vermöge, daß ihr nicht der geringste Seufzer entschlüpfte. Er begann, sie immer höher zu schätzen, und seine Liebe wuchs von Tag zu Tag.

Vier Jahre vergingen, da schenkte die Gräfin einem Sohn das Leben, worüber nicht nur die Eltern des Kindes, sondern auch alle ihre Verwandten und Untertanen aufs höchste erfreut waren.

Als das Kind zwei Jahre alt war, wollte der Graf die Geduld seiner Gemahlin noch weiter auf die Probe stellen und sprach zu ihr: »Liebes Weib, ich habe geglaubt, unsere Untertanen würden sich über den neugeborenen Sohn freuen, aber sie erklären mir rund heraus, sie wollen den Enkel des Bauern Janikula nach meinem Tod nicht zum Herrn haben. Um Ruhe und Frieden mit ihnen zu haben, muß ich das unschuldige Blut heimlich ums Leben bringen lassen.«

Ruhig erwiderte die Gräfin: »Lieber Herr, ich habe Euch versprochen und wiederhole es, daß ich nichts anderes will, als was Ihr mir befehlen werdet. Verfahrt also mit mir und meinem Söhnlein, wie Ihr wollt, ich werde Euch nicht im geringsten widersprechen.«

Tief bewegt über den rührenden Gehorsam seiner Gemahlin entfernte sich der Graf. Als er allein war, traten ihm die Tränen in die Augen, aber er beschloß trotzdem, sein Vorhaben auszuführen, um die Treue seiner Gemahlin später um so höher zu erheben. Der Diener wurde gerufen und wieder zur Gräfin geschickt, um ihr das Kind abzunehmen.

Diese trat, ohne ein Wort zu sprechen, zu der Wiege, nahm ihr Söhnlein in ihre Arme, drückte es innig an ihr Herz und übergab es dem Diener mit den Worten: »Nimm dieses unschuldige Kind und trage es zu seinem Vater! Ich hoffe, sein väterliches Herz wird sich seiner erbarmen und vielleicht noch Mittel finden, es zu verschonen. «

Stumm nahm der Diener das Kind, und als er das Zimmer verlassen hatte, quollen ihm vor Mitleid die Tränen aus den Augen. Seinem Herrn aber erzählte er, wie tapfer sich die Gräfin bei Übergabe ihres Kindes betragen habe. Der Graf küßte sein liebes Söhnchen voll väterlicher Liebe, dann befahl er dem Diener, es zu seiner Schwester nach Bologna zu bringen. Dieser schrieb er aufs neue einen freundlichen Brief, worin er ihr mitteilte, warum er seiner Frau beide Kinder abgenommen habe. Er bat sie dringend, sie so zu erziehen, wie es sich für Grafenkinder schicke. Seine Schwester tat es auch, doch wunderte sie sich oft im stillen, was ihr Bruder mit den Kindern weiter vorhabe.

Der Graf aber sprach jetzt nicht selten mit seiner Gemahlin von ihren zwei lieben Kindern, doch konnte er ihr nicht einen einzigen Seufzer entlocken oder in ihrem Gesicht die Spur von Trauer bemerken.

Aber gerade diese vollständige Ergebenheit seiner Gattin reizte den Grafen, sie weiter auf die Probe zu stellen und sich so gegen sie zu benehmen, daß sie sich kränken mußte. Daher tat er, als ob es ihn sehr reue, daß er eine arme Bäuerin geheiratet habe. Bald verbreitete sich das

Gerücht in der ganzen Markgrafschaft, der Graf wolle sich von seinem Weib scheiden lassen und eine andere heiraten, die ihm an Stand und Reichtum gleich sei. Dieses Gerücht kam auch der Gräfin zu Ohren. Sie aber ließ sich dadurch in ihrer Liebe und Treue nicht beirren, sondern ertrug alles mit großer Geduld.

Bald darauf berief der Graf die vornehmsten Hofleute zu sich und erklärte, daß ihm von Rom die Erlaubnis zugekommen sei, sich von seiner Gemahlin zu scheiden und eine andere Frau zu heiraten. Er ließ Griseldis benachrichtigen und vor die versammelten Herren führen. »Meine liebe Griseldis«, begann er, »ich kenne deine treue Liebe zu mir, trotzdem sehe ich mich gezwungen, mich einer andern Frau zuzuwenden. Denn meine Freunde und Untertanen wollen, daß ich mir eine ebenbürtige Gemahlin nehme, damit meine Grafschaft nach meinem Tod von rechtmäßigen Erben regiert werde, und hiemit kündige ich dir unsere bisher bestandene Ehe auf. Du sollst daher meinen markgräflichen Hof verlassen und nicht mehr mit dir nehmen, als du mitgebracht hast.«

Ergeben nahm die geduldige Griseldis diese Worte des Grafen hin und antwortete demütig: »Gnädiger Herr, ich habe mich nie für Eure Gemahlin, sondern immer nur für Eure Dienerin gehalten. Darum danke ich Euch für die große Ehre, die mir in diesem Hause ohne mein eigenes Verdienst widerfahren ist. Ich bin bereit, in das arme Haus meines Vaters zurückzukehren. Eurer künftigen Gemahlin will ich meinen Platz einräumen, und ich wünsche, daß mein Herr mit ihr zufriedener ist, als er es mit mir war. Wenn Ihr mir aber befehlt, daß ich nicht mehr mitnehmen soll, als ich hergebracht habe, so kann ich nur meine Treue mit mir nehmen.«

Darauf zog sie ihre kostbaren Kleider aus, legte allen Schmuck ab und behielt nur eine schlichte Leinenkleidung an. Nun zog sie auch ihren Trauring vom Finger, reichte ihn dem Grafen und bemerkte: »Mittellos bin ich aus meines Vaters Haus gegangen, und ich will auch mittellos wieder dahin zurückkehren. Nur um eines bitte ich, laßt mir dieses leinene Gewand, damit ich in Ehrbarkeit fortziehen kann.«

Dieser klägliche Anblick rührte alle Anwesenden, der Graf aber konnte sie vor Mitleid nicht ansehen; dennoch ließ er sie in diesem Aufzug von sich gehen.

Die arme Griseldis aber schritt barfuß, mit bloßem Haupt zum Schloßtor hinaus, und alles Gesinde im Schloß folgte ihr trauernd und weinend; denn allen war sie wegen ihres freundlichen Wesens lieb und wert. Im Freien angelangt, konnte die standhafte Griseldis, die im eigenen Unglück stets stark gewesen war, aus Mitleid mit den Ihrigen die Tränen nicht zurückhalten. Ihr Vater und alle Nachbarn kamen ihr jammernd entgegen. Der alte Janikula fiel seiner Tochter um den Hals und konnte vor Schmerz kein Wort hervorbringen. Sie aber begrüßte freundlich ihren Vater: »Beruhigt Euch! Vergeßt nicht, daß alles nicht ohne Gottes Willen geschehen sein kann.«

Der Alte erwiderte: »Wie sollte mein Herz nicht vor Leid zerspringen, liebe Tochter, wenn ich dich in diesem elenden Aufzug sehe, da ich doch weiß, daß du schuldlos bist. O wie falsch ist die Liebe des Grafen! Mir hat diese Heirat nie recht gefallen; immer habe ich gefürchtet, daß sich deine Freude in Leid verkehren könnte.« Dann führte der alte Vater seine verstoßene Tochter an der Hand in seine Strohhütte. Dort öffnete er einen Schrank, wo die Bauernkleider, die Griseldis am Tag ihrer Vermählung ausgezogen hatte, noch wohlverwahrt lagen; diese nahm er heraus und reichte sie seiner Tochter.

Nun wohnte Griseldis wieder bei ihrem Vater. Mit keinem Wort klagte sie über den Grafen und ihr eigenes Unglück. Der Graf aber konnte ihre Abwesenheit nicht länger ertragen. Er schickte daher einen Diener nach Bologna, sein Schwager möge eilig mit seiner Schwester zu ihm nach Piemont kommen und ihm seine Kinder zurückbringen. Inzwischen ließ er das Gerücht verbreiten, seine neue Braut wäre schon unterwegs, und alles wurde zur zweiten Hochzeit aufs beste vorbereitet. Die Hochzeitsgäste waren auch schon geladen, und einen Tag bevor der Schwager des Grafen aus Bologna ankam, auf dem Schloß versammelt.

Jetzt ließ der Graf Walter Griseldis aus ihrem Dorf holen und erklärte: »Griseldis, meine Braut kommt morgen schon an, und ich werde sofort mit ihr Hochzeit halten. Niemand kennt mein Haus so genau wie du; reinige daher mein Schloß, schmücke es aus und bereite alles, was nötig ist, hohe Gäste zu beherbergen!«

Griseldis verneigte sich vor ihrem früheren Gemahl und erwiderte: »Gern, gnädiger Herr! Ich halte es für eine besondere Ehre, daß ich Euch dienen darf, und ich fühle mich dazu verpflichtet um der vielen Wohltaten willen, die ich von Euch empfangen habe.« Hierauf ergriff sie einen Besen, scheuerte das ganze Schloß von oben bis unten, schmückte die Zimmer aus und arbeitete wie eine Magd des Hauses.

Tags darauf traf der Graf von Bologna mit seiner Frau und mit der vermeintlichen neuen Braut ein. Markgraf Walter ritt ihnen mit allen geladenen Gästen feierlich entgegen. Jedermann wünschte der neuen Braut Glück und Segen. Diese war ein schönes junges Fräulein von zartem Körperbau; denn sie war kaum zwölf Jahre alt. Mit großer Feierlichkeit wurde sie in das Schloß geleitet, jeder Diener und jede Magd mußte vor sie treten und der künftigen Gebieterin Glück und Segen wünschen. Als letzte unter allen kam Griseldis, warf sich in ihren Bauernkleidern demütig auf die Knie, küßte der Braut die Hand und brachte die ergebensten Wünsche vor. Dann trat sie in die Reihe der Mägde zurück.

Lange wunderte sich der Graf über die unbegreifliche Demut und Geduld seiner Gemahlin. Da beschloß er, ihrem Elend ein Ende zu machen, rief sie herbei und sprach zu ihr: »Was hältst du, Griseldis, von meiner neuen Braut; ist sie schön genug?«

»Ja freilich«, erwiderte sie, »ich meine, eine schönere und sittsamere könntet Ihr nicht finden. Darum wünsche ich Euch von Herzen Glück.«

Jetzt vermochte sich der Graf nicht länger zu halten und rief: »Sieh dir doch diese meine Braut genauer an, Griseldis, und besinne dich, ob du sie nicht kennst.« Griseldis tat ihre Augen weit auf und blickte das Fräulein lange an, vermochte sich aber ihrer nicht zu entsinnen. Da setzte der Graf hinzu: »Griseldis, kennst du denn deine Tochter nicht mehr, die du mir vor zwölf Jahren geboren hast?«

Starr vor Staunen blickte Griseldis den Grafen an. Dieser aber fuhr fort: »Meine geliebte Griseldis, fasse dich! Die vermeintliche Braut ist deine und meine Tochter, und dieser junge Herr ist unser lieber Sohn. Du aber bist meine einzige auserwählte und geliebteste Gemahlin, außer der ich nie eine andere gehabt habe und haben will.«

Mit diesen Worten erhob er sich vom Tisch und umarmte seine Griseldis und dann seine beiden Kinder. Griseldis aber schwanden vor Freude die Sinne. Als sie wieder zu sich gekommen war, fiel sie zuerst ihrer Tochter, dann ihrem Sohn um den Hals und stammelte unter Freudentränen: »Nun will ich gern sterben, da ich meine geliebten Kinder wieder gesehen!«

Unterdessen hatte der Graf Griseldis' beste Gewänder herbeibringen lassen. Die Edelfrauen umringten sie wieder wie einst in ihrem Dorf, nahmen ihr die Bauernkleider ab und schmückten sie aufs herrlichste. So trat sie wie einst aus dem Kreis hervor in unverwelkter Schönheit und wurde von den Frauen dem Grafen zugeführt. Die Hochzeitsgäste standen um sie herum, Graf Walter aber hielt seine Gemahlin an der Hand und erklärte vor allen Anwesenden feierlich: »Meine geliebte Griseldis, ich bezeuge hier vor Gott und allen Menschen, daß das, was ich getan, nicht aus bösem Willen geschehen ist, sondern nur, um Eure Geduld zu erproben und Eure hohen Tugenden der Welt zu offenbaren. Von nun an will ich Euer treuer Gatte, ja Euer demütiger Diener bleiben. Eure lieben Kinder, die ich Euch eine Zeitlang genommen habe, stelle ich Euch hier wohlerzogen wieder zu, damit Ihr Eure Freude an ihnen habt! Weil aber alles zu einem Hochzeitsfest bereit ist, will ich mich aufs neue mit Euch vermählen und durch das Band der Treue ewig in Liebe mit Euch verbunden sein.«

Graf Walter von Piemont lebte mit seiner Griseldis noch viele Jahre in Eintracht und Glück und hinterließ seinem Sohn ein stattliches Erbe von Gütern und Herrschaften.

Die vier Heymondskinder

Nach der Krönung Kaiser Karls des Großen zum König der Frankenstämme wurde in der Stadt Paris ein großes Festmahl veranstaltet, an dem unter vielen Adeligen auch Graf Heymon von Dordone aus dem Geschlecht Bourbon teilnahm, der dem König viele treue Dienste gegen die Heiden geleistet hatte. Dieser besaß viele Länder und Städte und war ein strenger Mann, den nicht nur seine Untertanen fürchteten, sondern auch der Kaiser und die Herren von Frankreich wegen seines Ernstes und seiner Ritterlichkeit hochachteten.

Kaiser Karl der Große, der nun auch König von Frankreich war, saß mit seiner Krone in aller Majestät und Herrlichkeit beim Mahl, die Königin an seiner Seite. An einem der Tische befand sich Heymon von Dordone mit seinen Freunden und Rittern, darunter Heymerin von Bourbon und Hugo von Bourbon, Heymons Neffe, ein blonder Jüngling, der sehr gewandt war und viele fremde Sprachen konnte.

Nach dem Mahl stand Hugo von seinem Tisch auf, ging zu dem König und sprach ehrerbietig: »Allergnädigster Herr und König, es ist Eurer Majestät ohne Zweifel bekannt, daß meine lieben Vettern, Heymon von Dordone und Heymerin von Bourbon, anwesend sind. Beide haben Euer Majestät treu gegen die Heiden gedient, haben beinahe ganz Spanien bezwungen und viele Gefahren ausgestanden, wofür sie noch keine Belohnung empfangen haben. Deswegen bitten sie, Eure Majestät wolle sie doch einer Gnade würdigen oder wenigstens mit ihren eigenen Gütern belehnen, damit sie ihre Standeswürde besser wahren können.«

Als König Karl diese Bitte des Jünglings unwillig abschlug, versetzte Hugo von Bourbon ernst: »Gnädigster König, wenn Eure Majestät meine Vettern für ihre treuen Dienste unbelohnt läßt, wird das Eurer Majestät wenig Ehre bei andern Fürsten einbringen!« Auf diese Worte ergriff der König zornig sein Schwert und schlug Hugo von Bourbon zu Boden, daß er bald darauf starb. Großes Wehklagen entstand im Saal, alle Tische wurden über den Haufen geworfen, und draußen entspann sich ein heftiger Kampf.

Da sprach der König zornig: »Ich gelobe bei Gott, ich will sie aus dem Land vertreiben samt ihren Freunden!« Darauf ließ er alle Herzoge, Grafen und Ratsherren zusammenkommen und eine Beratung abhalten.

Heymon und seine Freunde wurden für Räuber erklärt und mußten in aller Eile das Land verlassen.

Der König aber nahm alle ihre Güter und gab sie seinen Anhängern. Racheschnaubend fielen Heymons Leute des Nachts aus den Wäldern, wo sie sich verborgen halten mußten, raubten, plünderten und verbrannten alles, was sie außerhalb von Stadtmauern fanden. Heymon hatte einen Vetter im Gefolge namens Malegys, einen stolzen Ritter, der ein Schwarzkünstler war und es besonders arg trieb. Der Krieg währte sieben Jahre.

Endlich wurden die Franken dieser langwierigen Fehde überdrüssig. Sie baten den König, Frieden mit Heymon zu schließen. Zögernd bewilligte der König ihren Wunsch. Es wurde ein Gesandter an Heymon, der zu Pierlamont lag, abgefertigt mit dem Vorschlag, König Karl wäre bereit, seinen Vetter Hugo neunmal mit Gold auszuwägen; damit solle der Frieden mit ihm beglichen sein. Aber Heymon erwiderte dem Gesandten zornig: »Sagt Eurem König, ich will keinen Frieden, sondern den Krieg weiterführen, solang es mir möglich ist; denn ich kann Hugo von Bourbons Tod nicht mit Geld vergelten lassen!«

Mit dieser Antwort Heymons kamen die Gesandten wieder zu König Karl, worauf er sie nochmals mit dem Anerbieten zu Heymon sandte, wenn Heymon mit ihm Frieden schließen würde, wolle er ihm überdies seine Schwester Aya zur Gemahlin geben und alle Güter rückerstatten, die er ihm und seinen Freunden genommen hätte, und zwar als freies Erbgut ohne Lehen. Er möge zu ihm nach Senlis kommen, da wolle er den Frieden besiegeln.

Als Heymon diesen Vorschlag des Königs hörte, rüstete er sich mit seinen Freunden auf das herrlichste und zog nach Senlis. Vor der Stadt kam ihm König Karl mit seinen Verwandten samt fünfhundert Rittern entgegen. »Mein Freund Heymon«, sprach er, »ich habe unrecht getan, daß ich deinen Vetter Hugo erschlug. Verzeihe es mir um Gottes und seines Sohnes willen! Ich will ihn dir neunmal mit Gold auswägen, meine Schwester Aya will ich dir zur Gemahlin geben samt allen Gütern, die ich dir genommen, und allem, was du von den Heiden noch erobern wirst.« Als Heymon dieses Versprechen vernommen, einigte er sich mit dem König, und es wurde der Friede geschlossen.

Als der erste Tag zu Ende ging, dachte Heymon wieder an die Weigerung des Königs und schwur, er wolle seines Vetters Hugo Tod doch noch rächen und alles erschlagen, was von des Königs Geschlecht wäre.

Heymon aber zog nach seiner Hochzeit bald wieder in einen Krieg gegen die Heiden. Während seiner Abwesenheit schenkte seine Gattin ohne sein Wissen in einem Frauenkloster einem Sohn das Leben, den man Rittsart taufte. Seine Paten waren der Bischof Turpin und Graf Wilhelm. Diese bestellten für das Kind heimlich eine Amme und gaben ihm ein Schreiben mit, daß es ehrlicher Eltern eheliches Kind und von hohem Stand sei. Niemand sollte erfahren, wem es gehörte; denn die Mutter fürchtete, Heymon könnte das Kind, als von König Karls Geschlecht, nach seinem Eid töten lassen, wenn er davon erführe. Mittlerweile kehrte Heymon, der gegen die Heiden gestritten hatte, wieder in die Heimat zurück.

Ihren zweiten Sohn gebar Frau Aya wieder im Kloster, so daß es niemand erfuhr. Auch dieses Kind, Writsart genannt, wurde in aller Stille erzogen. Mit dem dritten Sohn ging es ebenso; er erhielt den Namen Adelhart.

Jahre später zog Heymon neuerdings in den Krieg und blieb sieben Jahre aus. Schon hatte sich das Gerücht verbreitet, daß er tot sei, und Frau Aya begann um ihn zu trauern, da kam Heymon wieder nach Hause; er hatte schwere Wunden im Krieg empfangen, saß aber trotzdem mit Harnisch und Schild auf seinem Pferd.

Als der Himmel Frau Ayas Ehe mit einem vierten Sohn, Reinold, segnete, ließ sie ihn wie die früheren heimlich aufziehen.

So besaß Heymon vier Söhne, von denen er nichts wußte. Der vierte Sohn war ein schöner junger Held, größer und stärker als die andern. Auch König Karl hatte einen Sohn, der Ludwig hieß. Reinold und Ludwig waren gleichen Alters. Als Reinold aber fünfundzwanzig Jahre zählte, war er fast um einen Fuß größer als Ludwig.

An Ludwigs Geburtstag wollte König Karl seinen Sohn feierlich zum König von Frankreich krönen lassen; denn er selbst war schon hochbetagt. Er ließ deshalb die zwölf höchsten Herren von Frankreich berufen, den Papst, Bischöfe, Könige, Herzoge und Grafen. Als alle versammelt waren, stand er auf und erklärte: »Ihr Herren, ihr seht mein hohes Alter, die Herrschaft in Frankreich fällt mir bereits schwer. Daher bitte ich euch, meinen Sohn Ludwig als König anzuerkennen und ihn zu krönen; denn er ist ein junger Held und kann die Herrschaft wohl antreten.«

Auf diese Rede des Königs erhob sich Bischof Turpin im Namen der andern Herren und sprach: »Allergnädigster Herr und König, das kann diesmal noch nicht geschehen; denn Euer Hof ist noch nicht vollzählig versammelt.«

Da fragte der König: »Wer sollte noch fehlen? Ich meinte, ich hätte die Edelsten des Landes und die mächtigsten Herren der ganzen Christenheit hier versammelt.«

Darauf antwortete der Bischof: »Es fehlt der allertapferste und kühnste Held der Welt, von hohem Geschlecht und Herkommen, der unbezwungen und frei ist und seine Güter von keinem Menschen zu Lehen hat als von Gott allein.«

Da erwiderte der König: »Das kann nur Heymon von Dordone sein; er hat mir den Tod geschworen. Wenn es euch aber ratsam scheint, daß ich ihn hieher berufen lasse, so will ich nach ihm schicken!«

»Gnädigster König«, entgegnete Bischof Turpin, »wir alle halten es für gut, daß Ihr die Krönung vierzig Tage aufschiebt und Heymon hierher beruft. Ihr müßt ihm freies Geleit zusagen, und wenn er trotzdem nicht kommen wollte, so stellt ihm die einundzwanzig edelsten Herren Eures Königreiches als Geiseln.«

Diesen Rat fand der König für gut und sandte den Grafen Roland, Wilhelm von Orleans, Bertram und Bernhard nach Pierlamont, um Heymon zur Krönung seines Sohnes Ludwig nach Paris einzuladen.

Als die vier Herren vor die Burg kamen, stand Frau Aya eben an einem Fenster und blickte ins Feld hinaus. Sie erkannte die Reiter bald und dachte: »Was mögen die vier Ritter wollen; ich fürchte, sie eilen in ihren Tod!« Als die vier Ritter vor Heymon traten, fielen sie dem Grafen zu Füßen, und Graf Roland begann mit freundlichen Worten: »Gnädigster Herr Heymon, wir kommen als Gesandte König Karls von Frankreich, der Euch freundlich ersucht, nach Paris zu kommen und an der Krönung seines Sohnes Ludwig zum König von Frankreich teilzunehmen. Er wird Euch diesen Dienst vergelten; denn er hat die Krönung um Euretwillen vierzig Tage aufgeschoben.«

Als Heymon diese Botschaft hörte, erbleichte er vor Zorn, sprach aber kein Wort. Da redeten sie ihn wieder an, er möge sich entscheiden, ob er zur Krönung kommen wolle oder nicht. Heymon aber antwortete abermals nichts. Da sahen die vier Gesandten einander bestürzt an. Frau Aya aber nahm einen silbernen Becher voll Wein und sprach: »Liebster Vetter Roland, nehmt und tut einen Trunk, ich will jetzt Euer Schenk sein!« Da ergriff Roland den Becher und trank; darauf gab er ihn den andern dreien, daß jeder einen Schluck tun sollte. So hieß sie Frau Aya willkommen. Darnach wandte sie sich an ihren Gemahl Heymon: »Gnädiger Herr, ich bitte Euch, gebt diesen Herren Antwort; denn es sind Eure eigenen Verwandten und die Vornehmsten des Königreiches.«

Heymons Zorn ließ nach, und er sprach zu seiner Gattin: »Liebste Gemahlin, wenn ich wirklich Antwort geben soll, so muß ich erklären, daß ich der unseligste Mann im ganzen Königreich bin.« Erstaunt fragte sie: »Warum, lieber Herr?« – »Weil«, entgegnete er, »Gott uns in zwanzig Jahren, die wir verheiratet sind, keine Erben gegeben hat, die unser Land und unsere Güter nach unserem Tod erben könnten, damit sie nicht in die Hände unserer Feinde kommen. Nun weiß ich bestimmt, daß Ludwig nach meinem Tod meine Güter beschlagnahmen wird, und diesen Mann soll ich krönen helfen? Nein, ich komme nicht; denn ich bin ihm mehr feind als seinem Vater.«

Da ließ sich Frau Aya vernehmen: »Gnädiger Herr, wenn Ihr nun Kinder hättet, wolltet Ihr sie töten?« Darauf erwiderte Heymon: »Geliebte Gattin, ich sage Euch, wenn ich Kinder hätte, ich wollte ihnen mehr schenken, als ein Vater seinen Kindern schuldig ist.« Da rief Frau Aya fröhlich aus: »Dann sind die Worte nicht so ernst zu nehmen, die Ihr einstmals geschworen habt, daß Ihr alles töten wolltet, was von meinem Stamm ist?«

»Aya«, erklärte Heymon, »böse Eide kann man vergessen! Hätte ich Kinder, so würde ich fröhlicher sein, als ich jetzt bin!« Nun jubelte Frau Aya: »Wollt Ihr mir versichern, gnädiger Herr, daß Ihr ihnen nichts zuleide tun werdet, dann will ich Euch Eure Kinder zeigen!«

Als Heymon diese Worte hörte, kam ihm das sonderbar vor, und er bemerkte: »Ich will es gern tun, aber ich kann nicht glauben, daß ich jemals Kinder gehabt habe.« Da nahm Frau Aya den Grafen bei der Hand und bat: »Geht mit mir, ich will sie Euch zeigen!« Darüber war Heymon hocherfreut; ehe er davoneilte, forderte er die Ritter auf, etwas zu warten, er wolle dann Antwort geben, nur müsse er zuerst seine Kinder sehen.

Darauf ließ Heymon den Saal, in den man seine Söhne geführt hatte, prächtig ausschmücken, denn er wollte seine Söhne zu Rittern schlagen.

Zuerst nahm er Rittsart vor, zog ihm zwei vergoldete Sporen an und gürtete ihm ein Schwert um; dann hieß er ihn niederknien, schlug ihn zum Ritter und sprach: »Steh auf, mein Sohn Rittsart; von nun an sollst du gegen Heiden und Türken streiten ganz nach Rittersart. Ich reiche dir hier das Schwert, das mein Vater mir gegeben hat, womit ich Heiden und Türken besiegte.«

Darnach ließ er Adelhart vor sich treten, schlug ihn zum Ritter und sprach: »Ich erkläre dir, zur Ritterschaft gehört viel! Ich gebe dir weder Haus noch Burg, du mußt sie mit deiner Hand von den Heiden und Türken gewinnen, wie ich es getan habe.«

Hierauf nahm er Writsart vor und handelte so, wie er mit den beiden andern getan hatte. Schließlich ließ er auch Reinold zu sich kommen. Der hatte seine Sporen schon umgeschnallt, aber das Schwert hängte Heymon ihm um wie den andern; Reinold war so hochgewachsen, daß Heymon auf einen Stuhl steigen mußte, als er ihn zum Ritter schlug. Darauf sprach Heymon zu seinem Sohn: »Steh auf, Reinold, und sei mutig wie ein Ritter. Ich überlasse dir Pierlamont, Montagne und Montfaucon; du sollst nicht vergessen, gegen die Türken zu kämpfen.« Nun brachte man vier schöne, wohlgezierte Rosse; das stärkste gab er Reinold.

Als Reinold das Pferd musterte, schien es ihm zu schwach; er schlug den Gaul mit der Faust auf den Kopf und rief: »Das Pferd ist viel zu leicht für mich!« Darnach holte man ihm ein anderes Roß aus der Stadt, das stattlicher war; das schlug er ebenfalls vor den Kopf, daß es zusammenbrach. Nun brachte man ihm noch ein drittes Pferd, das war noch stärker als die vorigen; da sprang er darauf, daß dem Pferd das Rückgrat brach und es bald darnach einging.

Als Heymon das alles sah, freute er sich über seines Sohnes Kraft und erklärte: »Reinold, ich kenne noch ein Pferd, das heißt Beyart, es ist in einem alten Turm verwahrt; niemand darf hinzu wegen seiner Wildheit. Es ist so geschwind wie ein Pfeil, schwarz wie ein Rabe, hat Augen wie ein Leopard und besitzt keine Mähne.«

Reinold meinte lachend: »Vater, das wäre ein Pferd für mich!« Da antwortete Heymon: »Ziehe deine Rüstung an, das rate ich dir, und versuche, ob du es zwingen kannst. Aber sieh dich vor, denn der Hengst ist sehr bösartig und läßt niemand an sich herankommen; er frißt Steine wie andere Pferde Heu!« Als Reinold das hörte, höhnte er: »Soll ich mich gegen ein Pferd wappnen? Das wäre wohl eine große Schande! »Dennoch folgte er seinem Vater und wappnete sich, als ob er in den Krieg ziehen wollte, nahm einen Stock in die Hand und ging zum Stall, wo das Roß stand. Außer Vater und Mutter folgten ihm einige Ritter und Frauen, um zu sehen, was Reinold mit dem Pferd treiben würde.

Als er aber im Stall an das Tier herantrat, schlug ihn das Pferd vor den Kopf, daß er ohnmächtig zu Boden fiel. Entsetzt jammerte Frau Aya: »O Gott, mein Sohn Reinold ist tot!« Heymon aber rief: »Reinold, steh auf und zwinge das Roß, ich schenke es dir!« Die Mutter wiederum klagte: »Ach, lieber Gott, wie soll er das Roß zwingen, er ist doch tot!« Heymon hieß sie schweigen, »denn«, sagte er, »er ist meines Geblüts; er wird wieder aufstehen.«

Indessen kam Reinold wieder zu sich, stand auf und nahm seinen Stock, um das Roß damit zu zwingen. Aber Beyart faßte ihn beim Hals und warf ihn vor sich in die Krippe. Da schlug Reinold mit dem Stock so kräftig auf das Pferd ein, daß er ihm den Zaum ins Maul brachte. So zäumte er das Roß, sprang darauf und ritt aus dem Stall. Er saß so fest auf dem Pferd, als ob er darauf gewachsen wäre und sprengte über zwei Gräben, deren jeder über vierzig Fuß breit war. Auf diese Weise bezwang er das Roß, bis es müde geworden. Dann ritt er wieder in den Stall.

Nun reiste Graf Heymon mit seinen vier Söhnen in voller Rüstung, als ob sie in den Kampf ziehen wollten, nach Paris; in ihrer Begleitung waren die Grafen Roland, Wilhelm, Bernhard und Bertram. Als König Karl vernahm, daß Graf Heymon mit seinen vier Söhnen ankomme, machte er sich samt seinem Gefolge auf, den Grafen Heymon mit den Seinigen feierlich zu empfangen und einzuholen.

Doch der junge König Ludwig war damit nicht einverstanden und sprach: »Wie, Vater, wollt Ihr dem entgegengehen, der Eurer Majestät und den Eurigen todfeind ist und sie verfolgt hat, wo er nur konnte?« Da erklärte König Karl: »Mein Sohn, ich will den Zank und Streit ruhen lassen; er hat lang genug gewährt. Darum mach dich fertig, du mußt mit mir kommen und deine Vettern freundlich empfangen.« Als sie zusammentrafen, begrüßte König Karl den Grafen Heymon und seine Söhne gütig und mit allen Ehren; es war das erstemal seit dreißig Jahren, daß er Heymon sah. Aber der junge König Ludwig beachtete Heymon nicht, sondern schwieg. Graf Roland trat zu ihm und verlangte, er solle Graf Heymon samt seinen vier Söhnen auch freundlich begrüßen. Ludwig jedoch antwortete ihm, er habe mit Heymon und seinen vier Söhnen nichts zu schaffen.

Ritter und Frauen, die Reinold sahen, fragten einander: »Ist das Ritter Reinold, des Heymons Sohn? Er ist wirklich der stattlichste und erhabenste Fürst von ganz Frankreich!« Das hörte König Ludwig und ärgerte sich sehr darüber, denn er meinte, es wäre keiner vornehmer, keiner ritterlicher und keiner redegewandter als er. Deswegen meinte er höhnisch: »Wo hat man denn je gehört, daß Heymon selbst Kinder gehabt hat?«

Darauf ging er zu Reinold, bot ihm die Hand und hieß ihn willkommen. Dieser dankte ihm freundlich. Nun sprach König Ludwig: »Vetter, Ihr habt ein schönes Pferd; wollt Ihr mir's nicht verehren? Ich gäbe Euch viel dafür.« – »Lieber Vetter«, antwortete Reinold, »wenn ich es jemand gebe, so sollt Ihr der erste sein; aber jetzt kann ich es nicht tun, weil kein anderes Tier mich tragen kann als dieses.«

Ärgerlich grollte Ludwig: »Jetzt sehe ich, er ist von keinem geringen Geschlecht; wenn ich aber gekrönt bin und die Macht habe und die Lehen austeile, so will ich ihm auch nichts geben!« Als dies Reinold hörte, rief er zornig König Ludwig zu:

»Ich habe vernommen, daß Eure Majestät mir keine Lehen geben will. Darnach frag' ich gar nicht, ich bedarf ihrer gottlob auch nicht; mein Vater hat mir soviel hinterlassen, daß ich von Eurer Majestät nichts brauche.«

Als nun Zeit war, Tafel zu halten, befahl König Ludwig, daß man den vier Heymonskindern kein Essen und Trinken vorsetzen sollte, auch ihre Rosse sollten kein Futter erhalten.

Doch Reinold dachte, er müsse zu essen haben, koste es was immer. Deswegen erhob er sich, stieß die Küchentür mit einem Fußtritt auf, daß sie in Stücke sprang, und stürmte in die Küche. Dort nahm er etliche Speiseschüsseln und wollte sie seinen Brüdern reichen. Der Koch aber schrie: »Laß die Schüsseln stehen, du loser Vogel, oder du wirst mich kennen lernen!« Erbost schlug Reinold den Koch mit der Faust zu Boden und ging mit den Speisen zu seinen Brüdern.

Als man König Karl meldete, warum Reinold den Koch geschlagen habe, meinte er: »Ihm ist recht geschehen, wenn er meinem Vetter das Essen verweigerte, das jeder Fremde erhält.« Von da an erhielt Reinold alles, was sein Herz begehrte, so sehr sich König Ludwig auch ärgerte. Nun kam der Marschall zu Reinold und tadelte ihn: »Junger Herr, Ihr habt dem Koch unrecht getan, daß Ihr ihn erschlagen habt; wenn er mit mir verwandt wäre, so wollte ich seinen Tod an Euch rächen.« Da hänselte Reinold: »Ihr wagt es nicht!« Nun wurde der Marschall zornig und schlug nach Reinold; der aber streckte den Marschall mit einem Faustschlag zu Boden und gab ihm einen Fußtritt, daß er weit in den Saal rollte. Da bemerkte König Ludwig zu seinem Vater: »Gnädigster Herr

Vater, wenn Ihr diesen Übermut an Eurem Hof ungestraft laßt, wird es Eurer Majestät wenig Ehre bringen!« Doch König Karl gebot, daß niemand an Reinold Hand anlegen solle.

Das Fest ging weiter, man ließ Musik klingen, und die Fröhlichkeit dauerte bis in die Nacht hinein. Da ließ König Ludwig wieder gebieten, man solle Heymons vier Söhnen kein Bett anweisen. Als Reinold das hörte, sprach er zornig zu seinen Brüdern: »Was gilt's, wir bekommen heute nacht noch das beste Lager!« Um Mitternacht nahm er seine Waffe zur Hand, machte einen großen Tumult und trieb alle aus den Betten, so daß gegen dreißig davon frei waren. Dann legte er sich mit seinen Brüdern in die besten Schlafstätten und schlief in Ruhe bis in den Tag hinein.

Am nächsten Morgen klagten die Vertriebenen dem König Karl, wie es ihnen ergangen wäre und wer das getan hätte; zugleich verlangten sie, der König solle Reinold strafen. Da schalt der König: »Wie, ihr laßt euch alle von einem einzigen vertreiben? Dafür kann ich keine Strafe verhängen; denn er hat eine ritterliche Tat getan!«

Am gleichen Tag wurde König Ludwig in die Kirche geführt, um zum König von Frankreich gekrönt zu werden. Bischof Turpin hielt das Amt, der Patriarch von Jerusalem diente dabei, und alles geschah mit großem Gepränge.

Als das Königsmahl vorüber war, begann man mit schönen Frauen zu tanzen, und es war große Freude bei Musik und Saitenspiel. Dann legte sich König Karl zur Ruhe, und König Ludwig ließ alle Edlen vor sich kommen und teilte Lehen und große Geschenke aus nach Verdienst und Würde. Nur Heymons Kindern gab er nichts. Als diese erfuhren, daß die Lehen ausgeteilt und sie leer ausgegangen waren, klagten sie es ihrem Vater. Der eilte zornig zu König Karl und sprach: »Allergnädigster Herr und König, Eurer Majestät Sohn, König Ludwig, hat Lehen und viele Geschenke unter die Edelleute ausgeteilt, nur meinen Kindern hat er nichts gegeben, obwohl sie Euch und ihm allezeit Gehorsam geleistet haben; ich wüßte nicht, daß sie sich je ungebührlich gegen Seine Majestät verhalten hätten.«

König Karl erwiderte: »Dich, Rittsart, setze ich mit heutigem Tage zum Markgrafen in Spanien ein, weil du der älteste unter deinen Brüdern bist; dich, Adelhart, mache ich zum Markgrafen in Polen; Writsart, dir gebe ich eine Landschaft zwischen Paris und Löwen; dich aber, Reinold, will ich nicht vergessen; dir gebe ich ganz Artois, Hennegau, Angers und Valois zum Lehen.«

Die Brüder fielen demütig auf ihre Knie und dankten dem König Karl; jeder empfing seine Lehen mit großen Freuden. König Ludwig aber ärgerte sich, als er von dieser Belehnung hörte, und sagte:

»Ich muß einmal sehen, ob meine Edelleute auch stark und mächtig genug sind, die Waffen zu führen, und will's mit einem Steinwurf erproben. Vorweg erkläre ich, daß ich der Stärkste bin im ganzen Königreich.«

Alle Herren und Edelleute schwiegen. Darauf wiederholte Ludwig seine Worte. Nun wurde Heymon zornig, konnte die Überheblichkeit Ludwigs nicht länger ertragen und antwortete: »Herr König, seid Ihr so stark, dann dankt Gott dafür. Ich weiß einen Jüngling von zwanzig Jahren, wenn der seine Stärke gebrauchen wollte, so würfe er den Stein weiter als Ihr, wenn Ihr Euch auch noch so sehr anstrengen würdet!«

Zornig legte König Ludwig den Mantel ab, nahm den Stein und warf ihn dreißig Fuß weit. Darnach warfen die Edelleute einer nach dem andern, aber keiner brachte ihn so weit wie König Ludwig, der sich stolz an Heymon wandte: »Was sagst du nun, Alter? Wo ist dein Sohn Reinold? Lauf und hole ihn, daß er gegen mich werfe!«

Diese Rede verdroß Heymon so sehr, daß ihm die Augen überliefen. Trotzdem ging er und rief seinen Sohn, der samt seinen Brüdern im Garten war. Als Reinold seinen Vater so zornig sah und bemerkte, daß ihm die Tränen über die Wangen liefen, verließ er die Gesellschaft, kam zu seinem Vater und fragte: »Lieber Vater, warum seid Ihr so traurig?«

Graf Heymon erzählte seinem Sohn zornig, was König Ludwig zu ihm gesprochen und daß er ihn einen alten Griesgram gescholten. »Mein Sohn«, schloß er, »wenn du des Königs Übermut nicht dämpfst, muß ich sterben. Ich bitte dich, nimm den Stein und wirf mit ihm um die Wette, damit er sieht, daß andere auch etwas gelernt haben und als Männer bestehen können, damit ich nicht als Lügner erscheine!« Reinold entgegnete: »Vater, es geziemt sich nicht, daß ich es tue; denn Ludwig ist nun einmal unser König und soll recht behalten; seine Reden entspringen nur seiner Jugend, ich will nichts mit ihm zu tun haben.« Heymon aber erklärte nochmals: »Mein Sohn, wenn du mich in dieser Schande zurückläßt und den Stein nicht wirfst, so muß ich sterben.« Da sprach Reinold: »Gut, Vater, ich will den König im Werfen überwinden, und wenn er der Teufel selbst wäre!«

Als sie nun zu der Stelle kamen, wo König Ludwig den Stein geworfen hatte, nahm Reinold ihn auf und schleuderte ihn um einen Fuß weiter als König Ludwig. Darüber ärgerte sich der König heftig, weil ihn vorher keiner hatte überwinden können. Er ließ sich den Stein bringen und warf ihn diesmal noch weiter als Reinold. Reinold aber hob auch den Stein zum Wurf auf und warf ihn noch viel weiter als König Ludwig. Da ergriff der König den Stein von neuem und schleuderte ihn noch einmal mit solcher Kraft, daß ihm Blut aus Mund und Nase lief. Aber Reinold blieb endgültig der Sieger.

Als Heymon sah, daß sein Sohn den Preis erhielt, sprang er vor Freuden auf und dankte Gott. Zu Reinold aber sprach er: »Mein Sohn, weil du dich so ritterlich gegen König Ludwig gehalten hast, schenke ich dir jetzt mein Roß Beyart. Hättest du gewollt, du hättest den Stein gewiß noch weiter geworfen! »Reinold dankte seinem Vater lachend für das Geschenk.

Während König Ludwig sich zornglühend entfernte, begegneten ihm seine Räte, Guillon, Herr von Rodes und Makarius Foukon. Alle drei waren böse, hinterlistige Menschen. Sie rieten dem König, Graf Adelhart, Heymons zweiten Sohn, zu einem Schachspiel aufzufordern mit dem Vorschlag, wer fünf Partien nacheinander gewinne, solle des andern Kopf zum Preise erhalten. König Ludwig werde gewiß Sieger sein und sich auf diese Weise für Reinolds Hochmut rächen können.

Dieser Rat gefiel nun König Ludwig außerordentlich; denn er meinte, keiner im ganzen Königreich sei ihm im Schachspiel überlegen; deshalb ließ er sofort Adelhart zu sich kommen und sprach zu ihm: »Ich will mit dir Schach spielen, und wer fünf Spiele hintereinander gewinnt, der soll dem andern das Haupt abschlagen.« Darauf erwiderte Adelhart: »Gnädigster Herr König, ich spiele nicht um so großen Einsatz; auch wäre es eine Schande, wenn Eure Majestät sich mit meinen Belangen beschäftigen wollten; aber um Städte und Schlösser will ich mit Euch spielen.« Da schwur der König einen Eid bei seiner Krone, er wolle um nichts anderes spielen als um sein Haupt. Darauf erklärte Adelhart: »In Gottes Namen, wenn es nicht anders sein kann, so muß ich spielen«, während Guillon flüsterte: »Das wird ein guter Spaß werden!«

König Ludwig gewann drei Spiele nacheinander, worüber er übermütig wurde und zu Adelhart bemerkte: »Wenn ich auch gegen deinen Bruder im Stein werfen verloren habe, so will ich doch dir den Kopf abschlagen!« Als Adelhart das hörte, wandte er ein: »Gnädigster Herr König, wenn ich das Spiel gegen Eure Majestät verlöre, wolltet Ihr nicht Geld oder Gut dafür annehmen?« Der König aber erwiderte: »Nein, ich tausche dein ganzes Geld und Gut nicht für deinen Kopf.« Da flehte dieser zu Gott, er möge mit Ehren aus diesem Spiel kommen.

Die beiden spielten weiter, jeder tat sein Bestes, um zu gewinnen. Schließlich gewann Adelhart das Spiel. Darüber geriet der König in heftigen Zorn. Bald darnach gewann Adelhart das zweite, das dritte, das vierte und das fünfte Spiel. Als er nun fünf Spiele gewonnen hatte, dankte er Gott und sprach zum König: »Mein lieber Vetter und gnädigster Herr König! Eure Majestät wissen, daß ich Euer Haupt gewonnen habe. Aber ich will es nicht, denn mich dauert Euer Leben; doch bitte ich Euch, ein andermal nicht mehr um ein so hohes Pfand zu spielen!«

Wütend über diese Worte ergriff der König das Spielbrett und schlug damit Adelhart ins Gesicht, daß ihm das Blut herablief. Zufällig kam sein Bruder Reinold daher und sah, daß er blutete; er fragte, wer ihn geschlagen habe. Adelhart wollte nicht Auskunft geben, daß es König Ludwig getan, sondern antwortete: »Niemand!« »Du lügst«, rief Reinold, »du sollst mir sagen, wer es getan hat.« Endlich erklärte Adelhart: »Ich habe mich gestoßen.« Reinold glaubte es nicht, zog sein Schwert und bedrohte Adelhart. Daraufhin erzählte er seinem Bruder den ganzen Verlauf. Da meinte Reinold: »Dieses teure Pfand, das du da gewonnen hast, will ich mir nicht entgehen lassen.«

Die beiden Brüder gingen nun zu ihrem Vater und erzählten ihm den Vorfall. Heymon befahl sogleich, man solle zum Aufbruch rüsten. Reinold aber rief: »Ich will des Königs Haupt haben, koste es, was es wolle«, nahm sein blankes Schwert unter den Mantel und begab sich mit Adelhart an den Hof.

Als sie dort ankamen, war König Ludwig gerade dabei, Lehen auszuteilen, sein Vater Karl folgte dem Geschehnis. Sogleich ergriff Reinold den jungen König beim Haar, enthauptete diesen und gab den Kopf Adelhart. Dabei rief er: »Da hast du, was du im Schachspiel gewonnen hast!«

Als König Karl den Leichnam seines Sohnes vor sich liegen sah, forderte er seine Edlen ergrimmt auf, den Tod seines Sohnes zu rächen. Sofort waffneten sich zweihundert Ritter und verfolgten Reinold, der bereits mit seinem Bruder die Flucht ergriffen hatte. Als die beiden bei ihrem Vater ankamen, der wohlgerüstet draußen auf dem Feld mit dreihundert Mann lag, rief Reinold: »Vater, wir müssen die Flucht ergreifen; ich habe König Ludwig das Haupt abgeschlagen und es meinem Bruder Adelhart gegeben! König Karl ist nunmehr unser Feind.« Da erklärte Heymon: »Das will ich nicht tun. Die Bourbons sind niemals geflohen, sondern haben allezeit den Feind erwartet; und wenn jemand von den Meinigen jetzt fliehen will, so soll er sofort des Todes sein.«

Als Reinold das hörte, sprang er fröhlich auf sein Roß Beyart, die andern Brüder stiegen gleichfalls wohlbewaffnet zu Pferd; so zogen sie frohgemut König Karl entgegen.

Es kam zu einem erbitterten Kampf, in dem die Übermacht des Königs schließlich den Sieg davontrug. Heymons Mannen wehrten sich tapfer, bis fast alle gefallen und ihre Pferde erschlagen waren. Als Reinold sah, daß seine Brüder ihre Pferde verloren hatten, hieß er sie hinter ihn auf den Beyart springen, und so jagten sie davon, während ihr Vater Heymon sich noch tapfer zu Fuß wehrte. Endlich rief ihm der Bischof Turpin zu: »Heymon, gib dich gefangen!« Da antwortete ihm Heymon: »Ja, Herr Bischof, in Euer Geleit und in Eure Hand will ich mich ergeben!«

Reinold und seine Brüder waren inzwischen in dem Schloß Pierlamont angelangt. Dort erzählten sie, was sich ereignet habe, und befahlen, sie mit allem Nötigen zu versehen und dies sowie alle Kleinodien ihres Vaters auf ein Kamel zu laden, denn sie müßten flüchten. Sobald alles fertig war, berieten sie, wohin sie ihren Weg nehmen sollten, und beschlossen, nach Spanien zu reisen und den König Saforet zu besuchen; denn sie wußten, daß er sie gut aufnehmen würde, weil ihr Vater vorzeiten sieben Jahre bei ihm gewesen war. Als Saforet die vier Brüder von weitem kommen sah, erkannte er sie an ihren Waffen und sprach zu den Seinigen: »Die da kommen, sind die Kinder Heymons von Dordone; wenn sie bei mir bleiben wollen, will ich sie gern behalten; denn sie scheinen tapfer und kühn zu sein; und wenn sie die Art ihres Vaters haben, dürfen sie jedem Feind wohl unter die Augen treten!« Die Brücken wurden niedergelassen, und der König hieß sie herzlich willkommen. Er fragte, wo sie hin wollten und was sie begehrten. Da erwiderte Reinold: »Gnädigster König, ich und meine Brüder begehren bei Euch Dienst und Unterhalt.«

Hierauf erklärte König Saforet: »Ich schwöre bei meinem Gott Mahomet, ich will euch Unterhalt geben, und ihr sollt keine Not haben, wenn ihr mir treu dienen wollt! Geht in das Kastell und behaltet es zu eurer Wohnung und gebt mir euren Schatz zur Aufbewahrung! Wann es euch gefällt und ihr wieder fortziehen wollt, werde ich ihn euch wiedergeben; wollt ihr aber euer Leben lang bei mir bleiben, so will ich euch reichlich besolden!« Da gab Reinold dem König seinen Schatz und ritt mit seinen Brüdern zum Kastell. Sie blieben mehrere Jahre bei König Saforet in Spanien und leisteten ihm treue Dienste.

Nach vielen ritterlichen Taten verlangte Reinold vom König sein Gut wieder zurück, er müsse sich mit seinen Brüdern neu ausrüsten. Aber Saforet folgte ihm nichts aus. Darüber ergrimmte Reinold und sagte zu seinen Brüdern: »Wenn uns der König unser Gut nicht wiedergibt, will ich ihm antun, was ich König Ludwig getan habe.« Adelhart aber wendete ein: »Brüder, wenn ihr diesen König erschlüget, so müßten wir außer Landes gehen.« Doch Reinold erklärte: »Warum sollten wir länger bleiben! Man gibt uns ja nichts zum Lohn!« Er rief einen Diener und befahl ihm, er solle zum König gehen und ihn fragen, ob er ihnen Unterhalt und Kleider geben wolle oder den Schatz, den sie ihm zur Aufbewahrung überlassen hätten.

Der Diener ging zum König und richtete seinen Auftrag aus. Der König aber gab ihm zur Antwort: »Geh aus meinen Augen und sag deinen Herren, wenn sie viel Wesens machen, will ich sie hängen lassen!« Da sprach der Diener: »Gnädigster Herr, das wäre ein schlechter Lohn für die treuen Dienste, die sie Euch geleistet haben.« Nun befahl der König, den Boten zu ergreifen und für seine Worte zu strafen. Man schlug ihn und stieß ihn dann zum Palast hinaus.

Als er nun so übel zugerichtet zu Reinold kam, fragte dieser den Diener, wer das getan habe. Der aber erwiderte: »Das hat mir des Königs Marschall auf Befehl seines Herrn getan, weil ich dem König berichtete, was Ihr mir befohlen habt! Der König erklärte, ihr wäret Fremde und hättet euren Vetter ermordet, er wolle euch nichts wiedergeben!«

Erzürnt rief Reinold seine Brüder Rittsart und Writsart und sprach: »Ich befehle euch, das Roß Beyart aus der Stadt zu führen und euch heimlich zu waffnen; du aber, Adelhart, sollst mit mir zum König gehen. Wir wollen ihn fragen, ob er uns das wiedergeben will, was wir ihm zur Aufbewahrung überreicht haben. Wenn er es verweigert, so nehmen wir seinen Kopf für unsern Schatz!«

Darnach begaben sich Reinold und Adelhart an den Hof, wo der König mit allen seinen Edeln gerade bei der Tafel saß. Dort fielen beide auf die Knie und wünschten gute Mahlzeit. Der König sah sie an, sprach aber kein Wort. Da erklärte Reinold trotzig: »Gnädigster König, drei Jahre diene ich und meine Brüder Eurer Majestät, aber wir haben dafür bisher nicht einen einzigen Sporn an unsere Füße bekommen, geschweige denn unsere Löhnung. Wir bitten daher, uns unser Entgelt zu geben; es ist uns nicht möglich, länger so zu leben!« Aber der König sah sie nicht an.

»Herr König«, drängte Reinold, »gebt uns doch wenigstens unsern Schatz wieder, den wir Euch zur Aufbewahrung gegeben haben, und laßt uns unseres Weges ziehen! Außerdem will ich Euch sagen, daß ich mir's nicht gefallen lasse, daß man mir meinen Boten so jämmerlich geschlagen hat; wer das getan hat, den wird es noch reuen!« Zornig rief der König: »Genug! Und stündet ihr bis in alle Ewigkeit hier, ich würde euch nicht einen Groschen geben; denn ihr seid Fremde!« Und ein Markgraf setzte hinzu: »Warum soll man euch etwas geben? Es ist noch nicht lang her, daß du deinen Vetter, einen König, totgeschlagen hast; geht, wir geben euch nichts!« Nun zog Reinold empört sein Schwert und rief: »So sollt Ihr mit dem Leben zahlen!« Dann holte er aus und tötete den König.

Große Verwirrung entstand, jeder griff zu den Waffen, um den Tod des Königs zu rächen. Reinold floh mit seinem Bruder Adelhart zu dem Roß Beyart, und alle vier sprangen darauf. Dann gab Reinold dem Roß Beyart die Sporen und rief dem Pferd zu: »Du mußt uns heute aus der Not helfen!« Diese Worte verstand Beyart und schlug und zerriß alles, was es erreichen konnte, so daß die Brüder den Söldnern des Königs entrannen. Als sie einen sicheren Ort erreicht hatten, verbanden sie sich gegenseitig ihre Wunden.

Dabei meinte Adelhart: »Ich weiß nicht, Bruder, wo wir uns hinwenden sollen, damit wir unseres Lebens sicher sind.« Ratlos nickte Reinold.

Da ließ sich Writsart vernehmen: »Das wäre doch sonderbar! Soll es in der ganzen Welt keinen Platz mehr für uns geben?«

Rittsart aber sagte lächelnd: »Wenn ihr nicht wißt, wo wir bleiben können, so weiß ich einen Aufenthalt!«

»Wo denn, Bruder?« fragte Reinold.

»In Tarragona beim König Yvo«, erwiderte Rittsart; »der ist dem König Saforet todfeind; denn dieser erschlug Yvos Vater und auch zwei seiner Brüder und verwüstete sein ganzes Land!«

»Ja«, stimmte Reinold zu, »dort werden wir willkommen sein. Wir wollen dem König Yvo Saforets Haupt überreichen, das wird ihn günstig stimmen.«

Als dem König von Frankreich zu Ohren kam, daß Reinold mit seinen Brüdern in Tarragona bei dem König Yvo sei, schickte er einen Gesandten zu Yvo mit dem freundlichen Ersuchen, er möge ihm die vier Brüder ausliefern; denn sie hätten seinen Sohn Ludwig erschlagen. König Yvo berief sogleich heimlich seine Räte und setzte ihnen den Wunsch König Karls auseinander. Als erster erklärte der Herzog von Ripemont: »Gnädigster Herr, ich habe schon früher gehört, daß sich die vier Brüder gegen den König von Frankreich aufgelehnt und ihm seinen Sohn Ludwig erschlagen haben. Damit nun Eure Majestät nicht in des Königs von Frankreich Ungnade falle, halte ich es für ratsam, daß man sie ausliefere!« Ebenso riet auch Herr Andell.

Herr Hugo von Averna dagegen schalt zornig: »Das ist ein schändlicher Rat; wenn Eure Majestät das tut und sie dem König von Frankreich überliefert, so wird man Euch immerwährend einen Verräter nennen. Es wäre nicht klug gehandelt; denn sie haben manchen Heiden erlegt und Euch im ganzen Heidenland berühmt gemacht.«

Darauf fragte der König einen anderen Edelmann, namens Isoret, was er dazu sage. »Gnädiger Herr und König«, antwortete dieser, »es wäre Eurer Ehre zuwider, die vier Ritter nach Frankreich zu schicken, damit sie dort ums Leben kämen. Wenn Ihr König Karls Ungnade fürchtet, so laßt sie in ein anderes Land ziehen, wo sie vor ihm sicher sind.«

Dem König gefiel dieser Gedanke am besten; aber es tat ihm leid, Reinold und seine Brüder entlassen zu müssen, weil sie ihm so treue Dienste geleistet hatten. Da schlug Herr von Averna vor: »So gebt doch Graf Reinold Eure Tochter Klarissa zur Gemahlin und dazu ein ansehnliches Schloß. Er würde seine Sache gegen König Karl schon selbst vertreten, denn er ist von so gewaltigem Geschlecht, daß er dessen Macht nicht zu fürchten braucht; dann kann Eure Majestät in Ruhe leben.« Dieser Rat schien König Yvo gut, und er ließ die Brüder zu sich rufen.

»Hier habe ich ein Schreiben vom König Karl aus Frankreich«, begann König Yvo, als die vier Helden vor ihm standen, »worin der König wünscht, daß ich euch ihm ausliefern soll. Aber das tue ich nicht; ich will kein Verräter sein. Wenn ihr nach Polen oder nach Kalabrien oder anderswohin ziehen wollt, so will ich euch reich beschenkt entlassen.«

Da antwortete Reinold: »Allergnädigster Herr und König, schenkt mir jenen Felsen dort, ich will mir darauf eine starke Festung bauen, so daß ich den König Karl mit all seiner Macht nicht zu fürchten brauche.« König Yvo erwiderte: »Reinold, wenn ich dir diesen Felsen gebe und du eine Festung darauf erbaust, so beherrschst du mein ganzes Königreich!«

»Ach nein, gnädiger Herr«, verwahrte sich Reinold, »das will ich nicht tun, sondern ich gelobe Euch, wenn Euch jemand angreift, will ich Euch verteidigen, als ob Ihr unser Vater wäret.« Darauf erklärte der König: »Ich will es mir überlegen und dir dann die Antwort geben.«

Nachdem König Yvo den Vorschlag mit seinen Edlen eingehend besprochen hatte, ließ er Reinold vor sich kommen und sagte: »Reinold, mein lieber Sohn, wenn du und deine Brüder mir treu dienen wollen, will ich dir meine Tochter zur Gemahlin geben, dazu die Steinklippe und die Hälfte meiner Güter; du magst dir darauf ein Kastell bauen lassen, so stark und fest du willst, damit du vor König Karl sicher bist; er kann dir auf dieser Burg nicht an, und läge er hundert Jahre davor.«

Reinold dankte dem König, und bald darauf hielt er die Hochzeit. Nach dem Hochzeitsfest wurde sogleich mit dem Bau des Kastells begonnen. Man nahm lauter weißen Marmor dazu. Reinold nannte es Montalban oder Weißenstein.

Einige Zeit darauf unternahm König Karl mit seinem Neffen Roland und andern Rittern einen Zug nach St. Jakob in Spanien. Als sie durch König Yvos Land reisten, kamen sie an dem gewaltigen Kastell vorüber. Karl sah, daß es fast unüberwindlich war. Er fragte, wem es gehöre. Roland erkundigte sich bei einem Bauern und erfuhr, daß Reinold und seine Brüder darin säßen. Er eilte zum König zurück und meldete ihm dies. Voll Zorn gebot der König seinem Neffen, Graf Reinold zu sagen, daß er ihm das Kastell sowie seine Brüder ausliefern solle; in diesem Fall werde er ihnen alle Missetaten verzeihen. Wenn er sich aber weigere, werde es ihm übel ergehen. »Dann will ich«, schloß er, »mit meiner ganzen Macht kommen, das Land vernichten und ihn samt seinen Brüdern töten lassen.«

Roland ritt nach Montalban und richtete seinen Auftrag aus. Reinold aber erwiderte: »Ich gebe König Karl nicht eine Kirsche, mag er auch sieben Jahre in meinem Land liegen.« Als der König Reinolds Antwort erfuhr, schickte er König Yvo einen zornigen Brief, worin er ihm seine Freundschaft kündigte, weil Yvo Karls Feinde in seinem Land beherberge. Sobald er dann wieder nach Frankreich zurückgekehrt war, versammelte er eine Kriegerschar, zog in Reinolds Land und belagerte Montalban. Ein ganzes Jahr lag er im Land, verheerte weite Gebiete, hatte aber so große Verluste, daß er zuletzt abziehen mußte.

Nun herrschte wieder Frieden im Land. Eines Tages rief Reinold seine Brüder zu sich und sagte: »Liebe Brüder, es sind nun sieben Jahre her, daß wir unsere Mutter nicht gesehen haben; mein Herz sehnt sich nach ihr.« Da erwiderte Adelhart: »Bruder, du weißt wohl, daß unsere Eltern haben schwören müssen, daß sie uns alle vier dem König Karl ausliefern wollen!« Reinold aber meinte: »Das war ein gezwungener Eid. Es gehe, wie es wolle, ich muß meine Eltern sehen. Wir wollen im Wald auf die Pilger warten und sie bitten, daß sie mit uns die Kleider vertauschen. Dann gehen wir als Pilger durch das feindliche Land zu unsern Eltern.« Dieser Rat gefiel den Brüdern. Sie begaben sich in den Wald, wo sie nach einiger Zeit mit vier Pilgern die Kleider wechselten. Diese gingen zwar nicht gerade gern auf den Tausch ein, wagten sich aber den drohenden Worten Reinolds nicht zu widersetzen. Als Pilger verkleidet machten sich die Brüder nun zu Fuß auf den Weg nach Pierlamont. Sie fanden das Tor verschlossen. Da klopften sie an; der Torhüter kam und fragte, wer sie wären und was sie begehrten. Reinold entgegnete: »Lieber Freund, wir sind arme Pilger und kommen von Rom. Wir haben Hunger und Durst; deshalb bitten wir, gebt uns zu essen und laßt uns ausruhen!« Der Torhüter gab zur Antwort: »Ich darf euch nicht einlassen.« – »Warum?« fragte Reinold. »Das will ich euch sagen«, erwiderte jener; »weil unsere vier Söhne gefangen sein sollen, nämlich Rittsart, Writsart, Adelhart und Reinold. Aber ich sage Euch, Freund, Ihr seht Reinold ganz ähnlich, und wenn Euer Bart nicht so lang wäre, würde ich Euch für den stolzen Reinold halten!« Da entgegnete dieser: »Freund, ich bitte Euch um Gottes willen, laßt uns ein! Gott wolle die Brüder aus der Hand König Karls retten, falls er sie gefangen hat; sind sie aber anderswo, so wolle sie Gott beschützen!«

Die Worte Reinolds gefielen dem Pförtner, er öffnete das Tor, und sie traten ein und fanden ihre Mutter im Saal sitzen. Sie grüßten sie ehrerbietig. Dann begann Reinold: »Wir kommen von Rom und von St. Jakob in Spanien; wir haben noch niemals solchen Hunger gehabt wie heute; darum gebt uns etwas zu essen, damit Ihr des Segens unserer Pilgerfahrt teilhaftig werdet.« Frau Aya brachte ihnen zu essen und zu trinken. Als sie satt waren, sprach Reinold: »Gebt mir noch einen Trunk Wein, dann will ich König Karl, meinen Vetter, nicht mehr fürchten.« Als Frau Aya diese Worte Reinolds hörte, fiel sie ihm voll Freude um den Hals. Das sah einer der Edlen an ihrem Hof, der König Karl günstig gesinnt war; der sprach zu der Fürstin: »Ich sehe wohl, daß es Reinold, Euer Sohn, und seine Brüder sind, die seinerzeit König Ludwig erschlagen haben. Nun ermahne ich Euch, kommt Eurem Eid nach; laßt sie gefangennehmen und schickt sie König Karl von Frankreich. Wenn Ihr das nicht tut, will ich zum König reiten und ihm anzeigen, daß Ihr Eure Kinder, wider Eurem Versprechen, heimlich an Eurem Hof behaltet!«

Erzürnt rief Frau Aya: »Du Treuloser, willst du mein Verräter sein, obwohl du so lang mein Brot gegessen hast? Und wenn mein Bruder noch tausendmal mehr über mich erbittert wäre und ich ihm noch einen Eid schwören müßte, so wollte ich ihm meine Kinder doch nicht schicken, damit er sie töte!« Als der Ritter sah, daß er bei der Frau nichts ausrichtete, lief er zu Heymon, redete ebenso mit ihm und stieß noch mehr Drohworte aus, als er zuvor gegen die Frau gebraucht hatte. Da wurde Heymon zornig, ergriff einen Prügel und schlug den Verräter zu Boden; dann sagte er: »Du wirst dem König nichts mehr sagen!« Hierauf befahl er seinen Edelleuten, sie sollten sich waffnen und ihm seinen Sohn Reinold samt den Brüdern fangen helfen, damit er sie dem König Karl gemäß seinem Eid ausliefern könnte. Sie ergriffen ihre Waffen und gingen mit Heymon vor den Saal.

Als Adelhart das bemerkte, seufzte er und sprach: »Nun wolle uns der Herr und unsere Mutter beistehen; ich sehe meinen Vater kommen mit einer Menge Leute, um uns zu fangen!« Und zu seiner Mutter gewandt, bat er: »Mutter, wißt Ihr uns keinen Rat, wie wir unserm Vater entrinnen können? Reinold hat zuviel Wein getrunken und liegt im Schlaf!« Da entgegnete die Mutter: »Verwahrt die Tür, daß niemand zu euch kann!« Sie trugen Reinold in das Gemach und blieben mit gezogenem Schwert vor der Tür stehen.

Unterdessen kam Heymon mit seinen Leuten heran. Da rief ihnen Adelhart entgegen: »Ihr Herren, kommt mir nicht zu nah, oder ich wehre mich, so gut ich kann«, und schlug samt seinen Brüdern wuchtig auf sie ein. Dieser Streit währte zwei Tage lang, ohne daß Heymon etwas ausrichtete. Erst am dritten Tag erwachte Reinold aus seinem Schlaf. Da er sah, daß seine Brüder ermattet waren, hieß er sie zurücktreten, sprang unter ihre Bedränger und schlug so tapfer auf sie ein, daß viele ihr Leben lassen mußten.

»Ich sehe wohl, meine Kinder werden diesmal nicht gefangen«, seufzte Heymon, »denn Reinold ist tapferer als alle meine Leute. Er hat das beste Schwert, und wen er trifft, der ist verloren; darum laßt uns weichen!«

Als der König das hörte, ließ er eine Heerschar rüsten und zog nach Dordone, um Reinold samt seinen Brüdern gefangenzunehmen.

Von den Zinnen des Schlosses aus sah Reinold als erster, daß der König zur Belagerung des Kastells heranziehe und schon seine Sturmleitern anlegen ließ. Da eilte er zu seiner Mutter: »Hört, liebe Mutter, jetzt steht es übel; König Karl belagert uns, und wenn er uns in die Hände bekommt, müssen wir alle sterben! Gebt uns einen Rat!«

Frau Aya antwortete ihm: »Ziehe deine Pilgerkleider wieder an, dann will ich dich gern zum Tor hinauslassen.«

Reinold folgte seiner Mutter, verabschiedete sich von seinen Brüdern und machte sich wieder nach Montalban auf, wo er das Roß Beyart gelassen hatte.

Als Reinold dem König entronnen war, weinte die Mutter bitterlich und sprach zu Adelhart: »Ach, wie ist mir leid, meine Söhne, daß ihr in meinem Haus belagert werdet. Ich weiß keinen bessern Rat, als daß ihr euch demütigt und barfuß zum König geht; fallt ihm zu Füßen und bittet ihn um Gnade!« Die drei Brüder taten es und baten den König fußfällig, er solle ihnen ihre Missetat vergeben; sie wollten ihm ihr Leben lang mit Leib und Gut dienen. Da fragte der König nach Reinold. Die drei erklärten, sie wüßten nicht, wo er wäre. Nun befahl Karl, man solle ihnen Hände und Füße binden und sie gefangenlegen; er wolle sie so lang einkerkern, bis er auch Reinold dabei hätte, dann sollten sie alle sterben. Als Frau Aya dies hörte, fiel sie vor dem König nieder und bat, er solle ihre Söhne freilassen.

Reinold, der schon zu Montalban weilte, vernahm mit wildem Grimm von der Gefangennahme seiner Brüder. Sogleich ließ er sich seine Rüstung reichen, bestieg sein Roß Beyart und ritt nach Paris. Er dachte, man habe seine Brüder dorthin geführt, um sie zu henken; dann würde er Leib und Leben für sie eingesetzt haben. Plötzlich kam ein Jüngling dahergelaufen, den fragte Reinold, ob er gegen gute Belohnung eine Botschaft an König Karl von Frankreich ausrichten wolle; aber er müsse vom König sicheres Geleit begehren.

Der Jüngling erwiderte: »Ich will die Botschaft gern besorgen; denn ich bin Euer Diener.« Nun trug ihm Reinold folgendes auf: »Du sollst dem König öffentlich sagen, ich lasse ihn bitten, daß er meiner Brüder Leben verschone. Ich will ihm auch willig zu Füßen fallen und ihn um Verzeihung bitten. Dazu will ich ihm seinen Sohn Ludwig neunmal mit Gold bezahlen und ein goldenes Standbild machen lassen, so groß, als Ludwig gewesen ist, auch will ich eine Kirche erbauen zu Ehren Marias, der Mutter unseres Herrn. Außerdem will ich ihm mein Roß Beyart samt meinem Kastell Montalban zu eigen geben, wenn er nur mich und meine Brüder in Gnaden annimmt. Und wenn er mir den Aufenthalt in seinem Königreich verbietet, so will ich mit meinen Brüdern über See fahren, damit ich ihm aus den Augen komme. Wenn er aber unsere Dienste gebrauchen kann, so werden wir ihm allezeit willig dienen. Wenn sie dagegen der König hinrichten lassen wollte, so will ich meine ganze Macht darauf verwenden, sie zu befreien!«

Mit diesen Aufträgen eilte der Diener nach Paris, fiel vor König Karl demütig auf die Knie, brachte seine Botschaft vor, wie sie ihm Reinold aufgetragen hatte, und schloß mit den Worten: »Wenn aber Eure Majestät nicht Gnade erweisen will, so wird Reinold ins Land fallen, brennen und rauben, alle Kirchen und Klöster zerstören und alles Gold und Silber, das er darin findet, nehmen!« Da fragte der König: »Läßt mir mein Vetter Reinold nichts weiter sagen?« – »Ja, gnädiger Herr«, antwortete der Bote, »er sagte, wenn Eure Majestät durchaus nicht aufhören will zu zürnen, so wird er trachten, Euch in seine Hand zu bekommen und mit Euch umgehen, wie er es mit Ludwig getan hat.«

Mißmutig grollte der König: »Wahrhaftig, diese Botschaft ist mir nicht angenehm; ich hätte viel lieber etwas anderes gehört. Aber du bist klug, daß du vorher sicheres Geleit begehrt hast; denn wenn ich es nicht versprochen hätte, müßtest du auf der Stelle sterben.«

Nun fragte der König den Boten nochmals, ob er nichts mehr zu berichten hätte. Der antwortete: »Nein! Er läßt aber die zwölf Vornehmsten von Frankreich grüßen und empfiehlt dem Bischof Turpin, seine Brüder in Schutz zu nehmen, und bittet auch seine Verwandten und Freunde, für sie einzutreten. Und, gnädiger Herr und König, wenn sie hingerichtet werden sollen, so will er seine ganze Macht daran setzen, sie zu retten, und wenn es sein Leben kosten sollte.«

»Nun«, höhnte König Karl, »ich will sehen, wer so kühn sein wird, sich des Reinold anzunehmen; den will ich in drei Tagen henken lassen.«

Als der Diener diese Worte des Königs hörte, ging er traurig zu Roland und fragte ihn, ob er mit Reinold verwandt sei. Roland gab zur Antwort: »Ja, ich will ihn nicht verleugnen; er ist mein Vetter!« Der Jüngling aber entgegnete: »Das ist recht; wenn Ihr den jungen Helden verleugnet hättet, wärt Ihr von meiner Hand gestorben.« Er fragte hernach Bischof Turpin, ob Reinold mit ihm verwandt sei. Der Bischof erklärte: »Richtig, ich will immer sein Freund bleiben.«

Den Diener aber fragte der König: »Wann habt Ihr denn Reinold zum letztenmal gesehen?« Der Diener antwortete: »Herr und König, wenn ich die Wahrheit bekenne, so bin ich gestern bei ihm gewesen.« Der König forschte weiter: »Willst du mir sagen, wo Reinold jetzt ist? Ich will dir tausend Goldgulden schenken und dich vor aller Gefahr und vor seinen Verwandten schützen.« Aber der Bote wies dieses Ansinnen zurück: »Das will ich nicht tun, und wenn Eure Majestät mir noch ungezählte Gulden mehr geben wollte. Soll ich meinen eigenen Herrn verraten? Und das sollt Ihr wissen: Wenn ich bei Reinold wäre und Eure Majestät wollte ihn gefangennehmen, ich würde ihm mit ganzer Kraft beistehen!« Da zürnte der König: »Wenn ich dir nicht freies Geleit zugesagt hätte, wollte ich dich um dieser vermessenen Worte willen zur Rede stellen.«

Da der Bote länger als erwartet ausblieb, wurde Reinold unruhig und meinte, der König habe ihn gefangennehmen lassen. Die Sorge machte ihn so müde, daß ihn der Schlaf überfiel. Er ritt deshalb in den Wald, stieg vom Pferd und band es fest. Dann legte er sich auf seinen Schild und schlief ein. Indessen bekam das Roß Hunger, es zerrte so lange am Zügelzeug, bis es loskam, und trabte aus dem Wald hinaus, um zu weiden.

Währenddessen kamen mehrere Bauernknechte auf die Wiese, um Futter zu holen. Als sie das Roß auf der Weide wahrnahmen, sagten sie zueinander: »Ist das nicht das Roß Beyart, auf dem Reinold geritten ist, der unsern König Ludwig erschlagen hat? Wir wollen es sogleich fangen und unserm König Karl bringen, der wird uns unsere Mühe wohl belohnen.« Sie fingen tatsächlich das Roß und überbrachten es dem König nach Paris. Als die reisigen Männer das Roß Beyart sahen, gab es ein solches Geschrei, daß König Karl mit seinem Vetter Roland aus dem Palast trat, um zu sehen, was es gäbe. In diesem Augenblick kamen die Bauernknechte, brachten das Roß Beyart und übergaben es dem König. Dieser nahm das Geschenk freundlich an und befahl, man solle den Knechten Essen und Trinken und dazu ein reiches Geschenk geben; denn er schätzte das Roß so hoch, daß es nicht mit Gold zu bezahlen wäre. Darnach schenkte er das Pferd seinem Vetter Roland. Dieser dankte höflich dafür, dachte jedoch: »Ich wollte, daß es mein Vetter Reinold wieder hätte und die Diebe alle gehängt wären, die es ihm gestohlen haben.«

Nachdem die Knechte gegessen hatten, Heß sie der König zu sich kommen und fragte sie, wo sie das Pferd gefangen hätten. »Gnädigster Herr«, erwiderten sie, »wir haben es bei Vordel im Wald gefunden, da weidete es im Gras.« Als Karl noch wissen wollte, ob sie Reinold nicht auch gesehen hätten, erklärten sie, sie hätten nichts von ihm gehört.

Inzwischen war Reinold wieder erwacht und sah sich vergebens nach seinem Roß Beyart um. Wie von Sinnen verwünschte er sich selbst, sein Unglück, ja die Stunde seiner Geburt, riß schließlich seinen Harnisch und seine Sporen ab und schrie: »Was soll das alles, wo ich mein Roß Beyart verloren habe!«

Während er sich seinem Schmerz hingab, trat ein Mann aus der Hecke, der sich durch die Macht der Schwarzkunst in eine andere Gestalt verwandeln konnte: jetzt jung, bald alt, bald krumm oder wohlgestalt. Wenn er wollte, war er so häßlich, daß man sich vor ihm fürchtete, hatte einen langen Bart bis auf die Brust, Augenbrauen, die ihm in die Augen hingen, schien auch über zweihundert Jahre alt zu sein und ging an einem Stock. Dieser Mann trat zu Reinold und bot ihm einen guten Tag. Reinold dankte und erwiderte: »Ich habe keinen guten Tag gehabt, solang ich lebe.« Da sagte der Zauberer – es war Reinolds Vetter Malegys, den er aber nicht erkannte: »Herr Reinold, Ihr müßt nicht verzweifeln, Gott wird alles zum besten wenden.«

»Ja, Freund«, erwiderte Reinold, »mein Leid ist unaussprechlich; ich wollte lieber tot sein, als länger in solchem Elend bleiben.« Darauf sagte Malegys: »Herr, ich bin ein armer Mann; wenn Ihr mir etwas geben könnt, so will ich Euer und Eurer Brüder in meinem Gebet gedenken.« Reinold aber versicherte: »Ich habe nichts, was ich Euch geben könnte.« Da fielen ihm seine Sporen ein, die von echtem Gold waren. Die gab er dem Pilger und sagte: »Seht, da habt Ihr die Sporen, das ist das erste Geschenk, das mir meine Mutter Aya gab, als mich mein Vater, Graf Heymon, zum Ritter schlug. Gott schenk' ihr langes Leben! Auf die Sporen erhaltet Ihr gewiß zehn Pfund.«

Malegys nahm die Sporen und dankte mit den Worten: »Herr, ich bitte, habt Ihr nicht noch etwas, das Ihr mir geben könnt? Ich will um so mehr für Euch beten!« Da meinte Reinold unwillig: »Treibt Ihr Spott mit mir? Ich sage Euch doch, daß ich nichts habe.« Malegys aber bat: »Herr, gebt mir noch etwas, dann will ich Gott bitten, daß er Eure Brüder aus dem Gefängnis und Euch von Eurem Leid errette!« Als Reinold das hörte, gab er ihm seinen Nachtrock und erklärte: »Pilger, da könnt Ihr lang davon zehren; den gebe ich Euch um Gottes willen, daß er meine Brüder behüten wolle vor dem schmählichen Henkerstod, daß mir kein Leid widerfahre und ich der Gewalt König Karls entfliehen möge.«

Auf diese Worte nahm Malegys den Nachtrock, schlug ihn zusammen und steckte ihn in einen Sack. Dann bat er Reinold noch einmal: »Herr, habt Ihr nicht noch etwas zu geben? Ich bitte, schenkt es mir, ich will es in meinem Gebet wieder erstatten.« Als Reinold dies hörte, rief er zornig: »Du Wicht, spottest du meiner? Hab' ich dir nicht genug gegeben?« Er zog sein Schwert und schlug nach ihm. Malegys aber hielt den Schlag mit seinem Stab ab und sprach: »Schlagt mich nicht mehr, ich werde mich wehren!« – »Du wolltest dich wehren?« höhnte Reinold; »ich sage dir, wenn deiner Helfer so viel da als Bäume im Wald wären, würde ich es mit euch aufnehmen.« Doch Malegys warnte: »Reinold, ich sage Euch, Ihr wißt nicht, was ich kann, und wenn ihr mich mehr schlagt, so wird es Euch gereuen!«

Wutentbrannt schlug Reinold wieder nach Malegys; aber der wehrte den Streich abermals ab, kraft seiner Kunst verwandelte er sich in einen Jüngling von zwanzig Jahren. Darüber erschrak Reinold und dachte: »Was wird das wieder werden? Ein Unglück kommt nach dem anderen; meine Brüder sind gefangen, mein Roß ist dahin, König Karl will mich henken; jetzt kommt gar der Teufel und treibt seinen Spott mit mir.« Dabei zog er sein Schwert, schlug wieder nach Malegys und meinte, ihn totzuschlagen. Malegys aber wich dem Streich aus und rief mit heller Stimme: »Vetter Reinold, kennt Ihr mich nicht?« Reinold gab zurück: »Nein, wer seid Ihr denn?« Da sagte Malegys: »Ich bin Euer Vetter Malegys.« Als Reinold das hörte, rief er erleichtert aus: »Gott sei Dank! Vetter, Ihr seid meine einzige Hoffnung. Nehmt es mir nicht übel, daß ich Euch nicht erkannt habe. Ich bitte Euch, helft doch meinen Brüdern aus dem Gefängnis. Ich habe mein Roß verloren und kann ihnen nicht mehr beistehen!« Malegys erwiderte: »Hört, Vetter Reinold, was ich tun will: Ich will Euch mit meiner Kunst das Roß wieder verschaffen, aber Ihr müßt tun, was ich Euch befehle.«

Reinold atmete auf. »Vetter«, rief er, »ich will alles tun, was Ihr gebietet, und wenn es mein Tod wäre.« Malegys nahm nun einen Frauenmantel, gab ihn Reinold, damit er ihn über den Harnisch ziehe, dazu einen Hut, der voll Löcher war, und ein Paar alte Hosen, die er anziehen solle. Er selbst hängte auch einen Frauenmantel um, setzte einen alten Hut auf und verwandelte Reinold mit Hilfe seiner Kunst in die Gestalt eines uralten Mannes. Wer die beiden sah, der hätte sie für die zwei ärmsten Pilger gehalten. So gingen sie bis zu einem Wald und setzten sich dort in eine Hütte. Bald darauf kamen vier Mönche daher. Da sagte Malegys zu Reinold: »Wartet, ich will den Mönchen entgegengehen, denn ich will mit ihnen reden.«

Als Malegys zu den Geistlichen kam, grüßte er sie demütig und fragte, was sie Neues wüßten. Die Klosterbrüder erklärten, sie hätten gehört, am nächsten Sonntag werde Roland zu Paris den Frauen zu Gefallen das Roß Beyart reiten und hernach werde der König Gericht halten über Heymons Kinder und sie zu Paris henken lassen. Da sprach der Pilger: »Herr, ich sage Euch, sie können noch immer gerettet werden!« Der Mönch aber meinte: »Sie leben noch, aber sie werden dem Tod nicht entrinnen, den sie verdienen. Auch will Karl über Reinold noch Gericht halten und hat uns befohlen, den Missetäter in den Bann zu tun. Niemand soll ihn beherbergen noch ihm Essen und Trank geben; wenn sich aber jemand unterstünde, das zu tun, sollen wir ihn auch bannen.«

Als der Pilger die Mönche so reden hörte, dachte er aufgebracht: »Diese vier Schwarzen gehören erschlagen!«

Am Sonntagmorgen kamen Reinold und Malegys zur Brücke von Paris und sahen da eine Scheuer stehen, in der Stroh lagerte. Davon nahm Malegys einen Armvoll, trug es auf die Brücke und sagte: »Reinold, ich weiß, daß dir das Stehen schwer ankommt, denn du bist weit gegangen. Strecke dich auf das Stroh hin und ruhe dich aus!«

Bald darauf hatte Malegys auf einmal eine goldene Schüssel in der Hand, mit Edelsteinen geschmückt, hell wie die Sonne. In diese zauberte er einen wunderbaren Trank, der die Kraft hatte, daß jeder, der den Trank genoß, in allem dem Malegys gehorsam sein mußte. Darauf gab er Reinold seine goldenen Sporen zurück und sagte: »Vetter, bindet Eure Sporen wieder an Eure Füße!« Da fragte Reinold: »Was sollen mir die Sporen, da ich doch mein Roß Beyart nicht habe?«

»Vetter Reinold«, drängte Malegys, »legt sie an; ich will Euch das Roß mit meiner Kunst wieder zur Stelle bringen.«

Unterdessen kamen die Herren vom Hof mit großem Gefolge; viele Leute standen herum und besahen die Ritterschaft.

Als König Karl auf die Brücke kam, sah er Malegys und Reinold und zwischen ihnen eine schöne goldene Schüssel. Da sagte er zu Roland: »Seht, Vetter, da zwischen den zwei Pilgern steht eine wunderbare goldene Schüssel; sie mag wohl mehr als tausend Dukaten wert sein.« –

»Das ist wahr«, erwiderte Roland; »wir wollen fragen, wo sie die Schüssel her haben.«

Die beiden ritten also zu dem Pilger, Beyart aber führte man vor ihnen her. Das Roß schnaubte den Pilger an, erkannte Reinold und erwies sich sehr freundlich. Der König aber wandte sich an Malegys: »Freund, woher habt Ihr die schöne Schüssel?« Malegys antwortete: »Mein Herr, das Geld, das ich dafür gegeben habe, habe ich vor elf Jahren in Kirchen und Klöstern zusammengebettelt. Dann hab' ich die Schale weihen lassen; sie heißt der Heilige Gral; jeder, der daraus trinkt, wird alle seine schweren Sünden los, auch wenn er bis über die Ohren darin steckte gleich Maria Magdalena, als sie die Füße unseres Herrn mit ihren Tränen benetzte und mit ihrem Haar trocknete.«

»Vetter Roland«, rief der König, »das sind gewiß zwei von Gott gesandte Engel, denn das stumme unverständige Roß erweist ihnen Ehre!« Indes schwang Malegys seinen Stock und schlug das Roß Beyart, daß es einen Sprung tat. Der König fragte den Pilger: »Warum schlagt Ihr das Roß?« Malegys antwortete: »Es kam uns zu nah, und wenn ich's nicht geschlagen hätte, hätte es meinem Gesellen ein Leid getan; ich bitte deshalb, führt es ein wenig zur Seite, denn wir fürchten uns davor.« Da ließ der König das Roß Beyart auf die Seite führen und verlangte, daß Malegys ihm einen Trunk aus der Schüssel gebe, damit er von seinen Sünden frei werde. Er bot ihm dafür einen goldenen Pfennig. Darauf antwortete Malegys: »Gnädigster Herr und König, das darf ich nicht tun, außer wenn Ihr allen denen verzeiht, die Euch jemals erzürnten.« Der König entgegnete: »Freund, Reinold hat mir soviel Übles angetan, daß ich's ihm nicht vergeben kann. Und dann ist noch ein Mann namens Malegys, ein Schwarzkünstler, den kann ich noch viel weniger leiden. Ich wollte, ich hätte sie beide gefangen, ich ließe sie vernichten.« Nun verlangte der König abermals einen Trunk aus der Schüssel. Malegys aber erwiderte: »Herr König, hier liegt mein armer Bruder, der seit fünfzig Tagen weder gesehen, gehört, noch geredet hat; wenn er auf dem Roß Beyart reiten könnte, würde ihn das von all seinem Elend befreien.« Da sagte der König: »Freund, Ihr seid zur rechten Stunde hierhergekommen; denn Beyart wird hier geritten werden. Aber ich bitte Euch noch einmal, gebt mir einen Schluck aus der Schüssel, dann will ich Euern Gesellen das Roß Beyart reiten lassen.«

»Herr König«, erklärte Malegys, »es soll geschehen, aber laßt auch die Knechte, die da hinten stehen, einen Löffel voll nehmen.« Der König befahl, daß die Knechte vor ihm einen Trunk nehmen sollten. Darnach trank auch der König.

Als dies geschehen war, ließ der König das Roß Beyart an den Ort führen, wo Roland es reiten sollte. Unterwegs sagte der König zu Roland: »Lieber Vetter, ich bitte, laßt diesen kranken Pilger auf Euer Roß sitzen, damit er durch Gottes Hilfe gesund werde; Ihr verdient Gottes Lohn daran!« Roland erwiderte: »Ja, gnädigster Herr König, das will ich gern tun.« Er nahm den Pilger und hob ihn auf das Roß.

Sobald Reinold auf dem Beyart saß, setzte er seine Füße in die Steigbügel und sprach zu den Knechten, die das Pferd am Zügel führten: »Ich möchte gern einmal allein reiten!« Als Malegys hörte, daß sein Geselle wieder reden konnte, fragte er ihn, ob er auch sehen und hören könne? »Ja«, erwiderte dieser, »ich bin von allen meinen Krankheiten geheilt.«

Unterdessen merkte Reinold, daß man nicht besonders auf ihn achte, und stieß dem Roß die Sporen in die Weichen. Als dieses spürte, daß sein Herr wieder auf ihm saß, stürmte es mit ihm davon. Malegys tat sehr erschrocken, raufte sich die Haare und rief: »O gnädiger Herr König, mein Geselle wird sich den Hals brechen!«

Der König befahl eilig, man solle das Roß mit dem Pilger einholen und ihm helfen. Da ritten sie alle dem vermeintlichen Pilger nach, Roland und Ogier an der Spitze. Reinold sah sich öfter um und dachte: »Ach, wenn ich nur wüßte, ob mir meine Verwandten in böser Absicht folgen; aber es ist wohl besser, ich setze mich zur Wehr.« Daher zog er sein Schwert und wartete, bis sie in seine Nähe kamen, dann rief er ihnen zu: »Sagt, ihr Herren, habt ihr mir den Tod geschworen?«

Sie wußten nicht, daß es Reinold sei und waren aufs höchste erstaunt, als dieser sich zu erkennen gab. Alle versicherten ihm, daß sie ihm durchaus nicht feindlich gesinnt seien. Darnach bat Reinold den Bischof Turpin und die andern Herren, sie sollten seine Brüder, die noch in des Königs Hand seien, in ihren Schutz nehmen und nicht zulassen, daß sie zur Richtstätte geführt würden. Als sie dies zusagten, verabschiedete sich Reinold und ritt nach Montalban. Die Herren aber kehrten zum König zurück und meldeten ihm, daß sie das Roß Beyart nicht hätten einholen können. Darauf ließ der König die Knechte, denen das Pferd anvertraut war, auf der Stelle in Haft nehmen.

Bald darauf kam Malegys wieder nach Paris, um Reinolds Brüder zu retten; er bewirkte, daß die Fallbrücke vor dem Gefängnis niederging und das Tor sich öffnete; die Schlösser des Turms sprangen auf, und er betrat ungehindert das Verlies. Dort nahm er Adelhart, Rittsart und Writsart bei der Hand und löste ihnen die Fesseln. Die Brüder wußten nicht, daß es Malegys, ihr Vetter, war, sondern meinten, es wäre des Königs Diener, der sie heimlich umbringen wolle. »Ach«, riefen sie, »nun ist es um unser Leben geschehen!« Malegys beruhigte sie: »Liebe Herren, erschreckt nicht; ich bin Malegys, euer Vetter, ich will euch aus dem Gefängnis befreien.«

Als die Brüder dies hörten, waren sie von Herzen froh. Malegys nahm sie bei der Hand und führte sie aus dem Gefängnis bis an die Brücke vor der Stadt Paris; hier sagte er: »Ich habe nicht recht getan, euch ohne Wissen des Königs aus dem Gefängnis zu führen; ich will zu ihm gehen und ihn um Erlaubnis bitten.«

Da sprach Adelhart: »Vetter, ich bitte Euch, laßt uns gehen; denn ich weiß, er wird Euch keine Erlaubnis geben.« Malegys aber kehrte um, ging bis vor des Königs Bett und redete den Schlafenden an: »Herr König, ich kann nicht unterlassen, Euch kundzutun, daß ich meine Vettern aus dem Gefängnis geholt und bis an die Brücke vor Paris gebracht habe! Nun bitte ich, gnädigster Herr König, Ihr wollt mir erlauben, sie wieder nach Montalban zu führen.« Der König antwortete im Schlaf: »Nehmt Eure Vettern und tut mit ihnen, was Ihr wollt!« Er sagte das, ohne zu wissen, was er sprach.

Zufrieden lächelnd sah sich Malegys nach des Königs Krone um und nahm sie samt Karls Schwert vor dessen Augen mit sich. Dann brachte er die drei Herren samt der Krone nach Montalban. Als Reinold seine Brüder sah, sprang er vor Freuden auf und dankte seinem Vetter herzlich.

Am nächsten Morgen wußte der König nicht, ob er das alles gesehen und gehört habe oder ob es ihm nur im Traum so vorgekommen sei. Er ging daher, sobald er sich angekleidet hatte, nach dem Gefängnis, um nachzusehen. Als er dahin kam, fand er den Arrest offen und die Gefangenen fort. Zornig kehrte er in sein Gemach zurück. Unterwegs kam ihm Roland entgegen und begrüßte ihn. Da sagte der König: »Liebster Vetter Roland, ich muß Euch mein Unglück klagen. Vergangene Nacht, als ich im Schlaf lag, kam der Betrüger Malegys zu mir, wenn ich recht gesehen habe, und erklärte mir, er hätte Reinolds Brüder aus dem Gefängnis befreit. Er bat mich um Erlaubnis, diese nach Montalban führen zu dürfen. Ich bewilligte ihm ihre Freilassung und sah auch, daß er meine königliche Krone samt dem Schwert an sich nahm; ich fürchte, ich werde all dies nimmer bekommen!« Roland antwortete: »Herr König, wenn Ihr Malegys die Bewilligung erteilt habt, warum nehmt Ihr es ihm nun übel?«

»Roland, höhnt mich nicht!« verbat sich der König und ging mißvergnügt in sein Gemach.

Da König Karl nicht wußte, ob er je wieder zu seiner Krone kommen werde, ließ er eine neue, viel schönere und kostbarere anfertigen; auch ein Pferd, das dem Roß Beyart glich, hätte er gern besessen.

Auf den Rat des Ritters Dunay setzte er die neuangefertigte Krone ab Preis für den Sieger eines Wettrennens aus. Er hoffte dadurch zu erfahren, welches Pferd das beste im ganzen Königreich sei. Die Krone wollte er dem Sieger viermal mit Gold aufwiegen.

Das erfuhr auch Reinold von einem guten Freund, den er in Frankreich hatte; der kam in aller Eile zu Reinold nach Montalban und erzählte ihm des Königs Absicht. Reinold erwiderte: »Freund, wenn es meinem Vetter Malegys ratsam erscheint, will ich nach Paris reiten und das Kleinod gewinnen; denn ich weiß, es gibt kein Pferd, das meinem gleich ist im Laufen und Springen.« Malegys, von Reinold befragt, erklärte: »Reinold, zieht hin und nehmt Eure Brüder samt Euren Dienstmannen mit, damit Ihr besser geschützt seid. Ich selbst will auch mitreiten.«

Da ließ Reinold das Roß Beyart satteln, rüstete sich in aller Eile, und sie zogen aus. In Orleans hielten sie Mittagsrast. Nach der Mahlzeit gingen Malegys und Reinold in einen Garten, wo Kräuter und Blumen wuchsen; dort suchte Malegys etliche davon und stieß sie zusammen in einem Mörser; den Saft nahm er heraus und bestrich Reinolds ganzen Körper damit.

Dadurch veränderte Reinold die Farbe und sah viel jünger aus, als er war, so daß man ihn nicht erkennen konnte.

Darauf veränderte Malegys auch die Farbe für das Pferd Beyart; das Roß war früher ganz schwarz, jetzt wurde es so weiß wie Schnee. »Und nun«, erklärte Malegys, »wollen wir nach Paris reiten; denn jetzt kennt niemand Reinold und sein Roß, wie genau mancher es auch ansehen mag.«

Unterdessen hatte König Karl in Paris durch einen Verräter die Nachricht erhalten, daß Reinold mit seinen Brüdern auf dem Weg nach Paris sei. Sogleich erteilte er Folko von Morlin den Befehl, mit einem Heer von dreißigtausend Mann alle Straßen zu besetzen und Reinold samt seinen Brüdern gefangenzunehmen.

Während Folko seine Vorbereitungen traf, war Reinold mit seiner Schar bis auf vier Meilen an Paris herangekommen. Hier übergab er den Befehl seinem Bruder Adelhart, um mit Malegys nach Paris vorauszueilen. Vor der Stadt sagte Malegys zu Reinold: »Wenn man Euch etwas fragen wird, so antwortet auf bretonisch, und laßt Euch nicht merken, daß Ihr Französisch versteht.«

Plötzlich näherte sich Folko mit seiner Schar. Da meinte Reinold zu Malegys: »Vetter, was sollen wir tun? Wir wollen lieber umkehren, denn da kommt Folko von Morlin.« Darauf antwortete Malegys: »Reinold, Ihr habt keinen Mut mehr; reitet weiter und fürchtet Euch nicht, denn niemand kennt Euch und das Roß!«

Inzwischen ritt Folko mit dem Schwert in der Hand auf Reinold zu. Als er näher kam, meinte er, es wäre ein Knabe, und sah, daß er nicht gewappnet war. Da schämte er sich, senkte seine Waffe, nahm Reinold bei der Hand und fragte ihn: »Jüngling, wo kommst du her?« Reinold antwortete ihm auf bretonisch, Folko aber bat: »Rede französisch, denn ich verstehe dich sonst nicht – Jüngling«, setzte er hinzu, »ein so großes Pferd habe ich noch nie gesehen; es ist schier dem Roß Beyart gleich, das Reinold ritt, und wenn es ein Rappe wäre, so wäre ich sicher, es ist wirklich das Roß Beyart.« So ließ er Reinold weiterziehen.

Als der Ritter Dunay dann Folko fragte, ob es nicht Reinold gewesen sei, sagte Folko: »Nein, es war ein junger Mensch von vierzehn oder fünfzehn Jahren; er kommt aus der Bretagne!« Eilig ritt Dunay den beiden nach. Als er zu Reinold kam, nahm er seinen Zaum in die Hand und fragte ihn, wo er geboren sei. Reinold antwortete bescheiden: »In der Bretagne bin ich geboren.« Dunay forderte ihn auf: »Sprecht französisch, ich verstehe Euch sonst nicht.« Als er aber hörte, daß der Jüngling sonst keine Sprache reden konnte, meinte er: »Nun, so reitet denn weiter!«

Einige Zeit später fragte Dunay auch Malegys, woher der junge Held stamme. Malegys antwortete auf französisch: »Aus der Bretagne; er ist eines Grafen Sohn, der Land und Leute verloren hat.« – »Wie ist er denn zu dem Pferd gekommen?« erkundigte sich Dunay. »Das ist ein schönes, großes Roß, wie ich noch keines gesehen habe. Es gleicht im Wuchs dem Roß Beyart.«

»Kein Wunder«, erwiderte Malegys, »daß es so groß ist; es hat niemals etwas anderes gefressen als Korn und Brot, und das nur deshalb, weil der König hat verkünden lassen, er wolle seine Krone als Preis aussetzen für das beste Pferd. Darauf hat der Jüngling sein Pferd nur mit Korn und Brot füttern lassen; denn er hofft, die Krone zu gewinnen und den Preis davonzutragen.«

Nun fragte Dunay: »Habt ihr nichts von Reinold gehört?« – »Ich glaube, er ist noch hinter uns«, erwiderte Malegys kaltblütig. Dann verabschiedete er sich von dem Ritter Dunay und ritt Reinold nach. Dunay aber kehrte zu Folko von Morlin zurück und erklärte: »Ich glaube, wir warten vergeblich auf Reinold.« Folko teilte diese Ansicht und meinte, es wäre besser, umzukehren. Unter solchen Gesprächen kehrten sie wieder nach Paris zurück.

Auf die Frage des Königs, ob sie Reinold erwischt hätten, erklärte der Ritter Dunay: »Nein, gnädigster Herr König, es wäre nicht klug gewesen, den stolzen Ritter Reinold dort zu erwarten. Ich will Eurer Majestät einen andern Rat geben: Laßt alle Tore der Stadt sperren und an jedes Tor drei oder vier Bewaffnete stellen. Wenn nun Reinold mit einigen Pferden kommt und herein will, könnte man ihn sogleich ergreifen und Eurer Majestät gefangen ausliefern!«

Der König befand den Rat für gut und befahl, ihn auszuführen; er ließ die Stadt Paris bewachen, um den Ritter Reinold zu fangen. Reinold und Malegys kamen schließlich an die Stadttore. Aber niemand machte ihnen auf. Malegys rief einen der Wächter an: »Freund, warum läßt der König alle Tore verschließen? Ich wundere mich sehr, daß alle Teilnehmer am Wettkampf hier draußen bleiben müssen. Oder meinte der König, daß er alle guten Pferde schon drinnen hat?«

Der Torposten erwiderte: »Meine Freunde, es ist nicht deshalb geschehen; es ist uns nur um den Ritter Reinold zu tun.« – »Um Reinold?« forschte Malegys; »ich habe gehört, er sei noch hinter uns.« Darauf öffnete man das Tor und ließ die Reiter hindurch.

Als sie durch die Straßen von Paris ritten, bewirkte Malegys durch seine Zauberei, daß Beyart ganz mager und unansehnlich wurde.

Dann ritten sie zum Kampfplatz, wo das Rennen vor sich gehen sollte, und erwarteten dort den König, der mit seinem Gefolge bald erschien. Als die versammelten Herren auch Reinold sahen, spöttelten sie: »Der Knabe wird das Kleinod gewinnen, und das Roß wird ihm der König abkaufen!« Darauf gab Reinold bescheiden zurück: »Spottet nicht, Freunde! Wer weiß, vielleicht gewinne ich doch die Krone mit meinem unansehnlichen Roß!« Dies hörte ein Bürger, der daneben stand, und lachte: »Freund, ich rate Euch, reitet wieder in die Stadt zurück und schaut Euch um eine Kuh um, die kann weit ausschreiten, so kommt Ihr eher zu der Krone!«

Indes befahl der König, man solle das Rennen anfangen. Da sprach Malegys zu Reinold: »Nun, Vetter, tut Euer Bestes! Ich will wieder durch Paris reiten und auf der andern Seite der Seine warten.« Während sie miteinander redeten, waren die andern Ritter bereits ein gutes Stück geritten.

Da ließ Reinold seinem Roß die Zügel schießen, und es flog dahin wie ein Pfeil, den man von der Sehne schnellt, so daß es die andern Pferde leicht überholte und Reinold der erste am Ziel war. Er griff sofort nach der Krone, jagte über die Seine dahin und brachte so die Krone in Sicherheit. Als der König sah, daß Reinold mit der Krone fortritt, rief er ihm bestürzt nach: »Freund, zurück mit der Krone! Gebt sie mir wieder, ich will sie Euch viermal mit Gold bezahlen. Ich will Euch das Roß, mit dem Ihr die Krone gewonnen, abkaufen und Euch dafür geben, was immer Ihr von mir verlangt.« Aber Reinold rief zurück: »Herr König, dies Roß gehört mir, ich will es auch behalten. Wollt Ihr ein schönes Pferd haben, so seht, wo Ihr eins bekommt; ich weiß, Ihr findet keines, wenn Ihr die ganze Welt durchsuchen ließet, das Beyart gleich wäre. Ich künde Euch, Herr König, ich bin Reinold, und dies ist mein Roß Beyart. Die Krone aber will ich behalten und in Montalban zur ständigen Erinnerung an den stolzen Sieg aufbewahren; denn Kaufleute dürfen keine Krone tragen, es ist besser, mein Roß trägt sie! Mir scheint nämlich, Ihr wollt ein Roßtäuscher werden!« Dieser Hohn ärgerte den König, aber er machte gute Miene zum bösen Spiel und bat: »Lieber Vetter, gebt mir die Krone, ich will Euch zum Rentmeister über alle meine Güter einsetzen. Adelhart soll Marschall, Rittsart Küchenchef und Writsart Truchseß sein!« Reinold aber entgegnete: »Herr König, Gott weiß, wenn wir Euch dienten, könnte es uns übel bekommen.«

Währenddessen kam Malegys mit seinem Pferd in vollem Lauf dahergesprengt und fragte Reinold: »Vetter, wie ist es mit der Krone, wer hat sie gewonnen, habt Ihr sie?« Reinold antwortete: »Ja, ich habe sie mir genommen, ich danke den Sieg Gott und Euch, Vetter Malegys!« Da sprang Malegys voll Freude vom Pferd und küßte Reinold samt Beyart. Als der König das sah, fragte er den Zauberer: »Seid Ihr es, Vetter Malegys, oder täusche ich mich? Ich bitte Euch, überredet meinen Vetter Reinold, mir die Krone zu lassen; ich will sie ihm vierfach bezahlen. Dazu will ich ihm vier Monate lang Frieden geben, damit er nach Dordone reisen und seine Mutter besuchen kann.« Doch Malegys rief lächelnd: »Herr König, kommt und holt Euch die Krone.« Dabei schwang er sich in den Sattel, Reinold bestieg seinen Beyart, und sie ritten zu Reinolds Brüdern, die begierig auf ihre Rückkehr und die Krone warteten. Dann zogen sie gemeinsam nach Montalban.

Eines Tages befand sich Olivier in einem Wald außerhalb von Paris auf der Jagd. Da begegnete er Malegys, nahm ihn gefangen und brachte ihn nach Paris vor den König, der sich über diese Jagdbeute sehr erfreut zeigte. »Malegys, du falscher Dieb«, sagte er spöttisch, »weißt du noch, daß du mir vor kurzem, als Rittsart hier gefangen war, fast meinen Daumen abgebissen hast? Du sollst heute noch hangen.«

»Herr König, laßt mich leben, nur bis morgen«, bat Malegys.

»Nein«, erwiderte der König, »du könntest mir entlaufen.« Malegys schwur: »Herr König, ich will Euch dafür Bürgen stellen.«

Der König fragte: »Wer will denn dein Bürge sein?«

»Gnädiger Herr«, fiel Graf Roland ein, »Eure Majestät braucht nicht zu sorgen; Olivier und ich wollen uns verbürgen, daß er nicht entweichen wird.«

Unterdessen wurde es Essenszeit, und der König setzte sich mit seinen Edlen zur Tafel.

Als Malegys die andern essen sah, sagte er zum König: »Gnädiger Herr König, alle Eure Herren haben sich zum Mahl gesetzt, aber ich bin vergessen worden; ich denke, ich setze mich zu Eurer Majestät.« »Du ehrloser Schelm«, schalt der König erzürnt, »du wagst noch zu reden und sollst doch morgen hangen? Wenn ich an deiner Statt wäre, würde mir das Essen und Lachen vergehen!«

»Je nun«, meinte Malegys, »Herr König, heute abend bin ich noch frei; was morgen geschieht, das weiß ich nicht.«

»Malegys, schweigt«, mischte Roland sich ein, »kommt und eßt mit mir!«

»Das will ich tun«, antwortete Malegys; »ich will heute noch fröhlich sein und ein schönes Liedlein singen.« Damit setzte er sich zu Roland.

Sobald das erste Gericht auf die Tafel kam, fing Malegys an zu singen. Da rief der König: »Wie, Ihr habt noch Lust zu singen, obwohl Ihr morgen hangen sollt?«

»Herr König«, erwiderte Malegys, »Ihr habt noch keinen lustigern Menschen gesehen als mich, weil ich noch Zeit habe, bis morgen zu leben!« Der König aber höhnte ihn: »Du glaubst vielleicht, mit deinem

Gesang dich vom Galgen zu erlösen; aber deine Hoffnung ist umsonst!« Dann ließ der König ihn in das Gefängnis führen und befahl, ihm fünf Zentner Eisen anzulegen.

Als Malegys sah, daß es dem König ernst war, schrie er: »Herr König, wenn Ihr mich nicht freilaßt, will ich Euch mit Gewalt entlaufen. Erlaßt meinen Bürgen die Bürgschaft!« Der König aber erwiderte: »Ich brauche die Bürgschaft nicht; du wirst mir nicht entlaufen.«

»Ich will mich losmachen, ehe es Mitternacht ist!« beteuerte Malegys.

»Du aufgeblasener Wicht«, entgegnete der König, »wie wolltest du das zuwege bringen? Du bist fest genug geschlossen und trägst schweres Eisen am Leib; auch will ich das Gefängnis durch Diener bewachen lassen!«

Aber um Mitternacht gebrauchte Malegys seine Kunst, daß alle Schlösser abfielen und das Tor des Gefängnisses sich öffnete. Die Wächter sanken in Schlaf, und er nahm ihnen ihre Waffen. Dann ging er in des Königs Schlafgemach, schleppte Silbergeschirr mit sich, soviel er tragen konnte, und begab sich damit nach Montalban.

Am nächsten Morgen eilte König Karl in das Gefängnis, um Malegys richten zu lassen. Als er vor das Tor kam, fand er es offen, die Wächter alle schlafend liegen und die Stätte leer. Unmutig rief er: »Roland, steh auf, Malegys ist entkommen.« Nachdem der König schreiend die Wache zur Rede stellte, wurden alle wach und wollten nach ihren Schwertern greifen, siehe – da waren aber alle Waffen weg. Als König Karl dies sah, schalt er sie heftig, daß sie nicht besser Wache gehalten hatten. Ogier aber meinte: »Herr König, wenn Ihr ihn auch bis zum Galgen gebracht hättet, so entkäme er doch und nähme mit sich, was ihm gefiele.« Da schwur Karl, der Täter solle ihm nicht mehr entgehen, und wenn er schon zu Montalban wäre.

König Karl zog nun mit einer großen Kriegerschar nach Montalban, um die Burg zu belagern.

Die Herren aber verabredeten, dem König Vorstellungen zu machen, mit Reinold Frieden zu schließen, und Bischof Turpin fing an: »Gnädiger Herr König! Ihr wißt, daß Montalban eine feste Burg ist und die Belagerten nichts zu fürchten haben. Deshalb bitten wir, Eure Majestät wolle Reinold und seine Brüder in Gnaden aufnehmen und Frieden mit ihnen schließen. Was hilft es Euch, wenn das ganze Land mit Stadt und Burg zugrunde geht? Es wäre besser, Ihr ließet Eure Feinde mit uns gegen die Heiden ziehen.« König Karl aber wollte davon nichts wissen. »Nein«, rief er zornig, »ich will sie fragen lassen, ob sie das Kastell Montalban übergeben und sich gefangennehmen lassen wollen!« Da fragte der Bischof: »Herr König, welcher Bote soll diesen Befehl ausführen?«

»Roland«, erklärte der König, »ich weiß keinen Bessern als Euch. Geht zu Reinold und sagt ihm, wenn er mir das Kastell zu Montalban nicht übergeben will, so werde ich in seinem Land keinen Stein auf dem andern lassen.«

Dem Befehl gehorchend, zog Roland nach Montalban und wurde zu Reinold geführt. »Vetter Reinold«, begann er, »König Karl schickt mich, Euch aufzufordern, daß Ihr ihm das Kastell Montalban übergeben und mit allen, die in Montalban sind, zu ihm kommen sollt, barfuß und einen Strick um den Hals. Wenn Ihr das nicht tut, will er Euer Land verheeren, und wenn er Euch und Eure Brüder ergreifen kann, will er Euch aufhängen lassen.« Reinold erwiderte: »Wer mir als Landesherrn so zu drohen wagt und verlangt, ich solle ihm Land und Leut, Leib und Gut übergeben, der ist selbst des Todes würdig. Freund Roland, melde deinem König: Ich empfehle mich und meine Brüder seiner Gnade und bin bereit, ihm mit Leib und Blut zu dienen, sobald er uns in Gnaden aufnimmt. Wenn er es aber nicht tut, möge er sich vor mir hüten! Denn ich will ihm Schaden tun, wo es mir möglich ist, und Krieg gegen ihn führen, solang ich Leute aufbringen kann.«

Nachdem der König Reinolds Botschaft vernommen, versammelte er ein großes Heer. Reinold ließ gleichfalls sein ganzes Volk bewaffnen und befahl die Verteidigung des Landes.

Der Streit zwischen König Karl und Reinold währte sieben Jahre. Die Ritter kamen immer wieder mit der Bitte vor den König, er möge dem Krieg ein Ende machen. Endlich willigte Karl ein.

Als Reinold hörte, daß eine Versammlung der Ritter zu diesem Zweck ausgeschrieben war, erschien er in eigener Person vor dem König und grüßte ihn: »Gnädigster Herr, der König des Himmels und der Erde möge Euer Majestät Beschützer sein.« Karl erwiderte darauf: »Was grüßt du mich noch, du hast mir Schaden genug getan?« Reinold jedoch erklärte: »Herr König, den Schaden will ich wieder gutmachen, und für meine Missetat mögt Ihr mich bestrafen. Wenn es Euer Majestät gefällig ist, wollen wir uns mit Leib und Gut ergeben.« Darauf hieß der König sie abtreten, er wolle sich mit seinen Herren und Freunden in einer Versammlung beraten. Forcier jedoch flüsterte dem König ins Ohr: »Gnädiger Herr, gedenkt Euer Majestät nicht, daß Reinold Ludwig, unsern jungen König, erschlagen hat? Und diesen Reinold solltet Ihr in Gnaden annehmen?« Als Ogier das hörte, fürchtete er, Forcier würde noch mehr gegen Reinold wettern, und warf ein: »Schweigt, Forcier, laßt mich reden.«

Da mengte sich der Bischof Turpin in die Debatte: »Das ist wahr, diese Leute raten dem König stets so, daß er immerfort Krieg führen muß, wobei Land und Leute zugrunde gehen. Ich aber, Herr König, empfehle, Eure Majestät wolle Reinold mit seinen Brüdern in Gnaden aufnehmen und sich mit ihnen versöhnen. Dann mögen sie gegen die Heiden ziehen, denn sie sind die besten Kriegshelden, die ich im ganzen Reich kenne.«

»Nein«, entgegnete der König, »ich will nicht. Soll ich mich mit jenem versöhnen, der mir meinen Sohn und so viele Leute erschlagen hat?«

Als die Versammlung sah, daß sie nichts erreichen konnte, trennten sie sich, und der König gelobte, er wolle Reinold richten lassen. So schieden beide Parteien in Unfrieden voneinander.

Reinold ritt nach Montalban und rüstete sich zum Kampf. König Karl folgte ihm und schloß die Feste von allen Seiten ein. Aber wiederholt machte Reinold mit seiner Besatzung einen Ausfall und fügte dem Feind große Verluste zu. Hiebei wurde Malegys von den Königlichen gefangengenommen. Reinold war darüber sehr bestürzt und haderte mit dem Schicksal, das ihn überall und jederzeit verfolge.

Um Mitternacht entwich Malegys mit Hilfe seiner Kunst aus dem Gefängnis, schlich vor des Königs Bett und redete ihn leise an: »Herr König, kommt, wir wollen nach Montalban gehen!« Der König erwachte aus seinem Schlaf, sah Malegys vor seinem Bett stehen und wußte nicht, was er antworten solle; denn Malegys hatte ihn bezaubert. Er murmelte: »Ich wollte, wir wären schon auf dem Weg!« Malegys fuhr fort: »Herr König, steht auf, eilen wir!« – »Nein«, erwiderte der König, »ich will noch schlafen.« Da nahm Malegys Karl auf den Rücken und trug ihn schlafend nach Montalban. Dort legte er ihn in ein weiches Bett, lief zu Reinold und sagte ihm: »Vetter Reinold, ich brachte den König in Euer Kastell und gebe ihn Euch gefangen.«

Reinold fragte verwundert: »Vetter, wie geht das zu, daß Ihr den König gefangen habt? Ihr seid doch selbst sein Gefangener gewesen!«

Bald darauf erwachte der König, blickte um sich und sah Reinold samt seinen Brüdern vor sich stehen. Zutiefst erschrocken, erklärte er: »Dies hat Malegys mit Hilfe seiner Kunst vollbracht; Gott wird ihn dafür strafen!« Reinold fiel auf die Knie und bat den König um Gnade; der schlug sie ihm dennoch ab. Nun drohte Rittsart dem König: »Gnädiger Herr, wenn Ihr uns nicht in Gnaden aufnehmen wollt, müßt Ihr sterben.«

»Wie«, zürnte der König, »willst du, Bube, dich gegen mich auflehnen?« Reinold bat von neuem: »Wollt Ihr Euch mit uns versöhnen und uns in Gnaden aufnehmen?«

»Nein«, erklärte der König.

Als Malegys hörte, daß der König so hartnäckig war, warf er ein: »Herr König, versöhnt Euch doch mit Eurem Vetter!« Der König aber erwiderte: »Ich will's aber nicht tun. Verflucht sollst du sein, du Erzschelm, mit deiner teuflischen Kunst hast du mich hierher gebracht!«

Malegys sah, daß sich der König nicht erweichen lasse, und sprach: »Ich sehe, es ist alles vergebens, Gott behüte Euch!« Damit entfernte er sich, zog sich tief in die Wälder zurück und wurde Eremit; dies blieb er vier Jahre.

Der König aber begann von neuem: »Reinold, laßt mich in mein Lager, ich will Euch gute Antwort geben!« Reinold entgegnete: »Das ist uns lieb, Herr König, geht, wenn's Euch gefällt. Wir haben Euch nicht gefangen!«

Als die Gefolgschaft ihren König wieder sah, war sie froh, denn sie hatte schon gefürchtet, Malegys habe ihn getötet. Der König aber berichtete ihnen, wie ihn Malegys seinem argen Feind Reinold ausgeliefert und wie ihn Rittsart fast erschlagen hätte. Dann ließ er den Herzog von Bayerland zu sich kommen und befahl ihm, er solle nach Montalban reiten und Reinold befehlen, er möge kommen und sich in die Hände des Königs begeben. Der Herzog überbrachte seine Botschaft, wie sie ihm der König befohlen hatte.

»Das will ich tun«, antwortete Reinold, »sofern uns der König kein Leid zufügen und sich mit uns versöhnen will.« Der Herzog ritt zum König und berichtete ihm, was Reinold geantwortet hatte. »Wollen sie nicht freiwillig kommen, so will ich sie mit Gewalt zwingen«, schrie Karl erbost, »denn ich weiß, sie haben keine Verpflegung mehr.« Sofort ließ er das Kastell von allen Seiten berennen.

Traurig sagte Reinold zu Klarissa, seiner Gemahlin: »Nun muß Beyart sterben, denn wir haben sonst nichts mehr zu essen.« Er ging also in den Stall, um das Pferd zu töten; denn alle andern Rosse waren geschlachtet. Rittsart aber bat: »Bruder, laß Beyart am Leben, wer weiß, wie es noch kommen wird!«

Das Roß verstand diese Worte und fiel auf seine Knie, als ob es um Gnade bitten wollte. Als Reinold das sah, jammerte ihn das Tier, und er ließ es leben. Adelhart aber sprach: »Brüder, ich weiß einen andern Rat, damit wir uns noch eine Zeitlang halten können: wir wollen Beyart alle Tage, solang er es vertragen kann, Ader lassen und von seinem Blut leben, bis sich das Geschick zu unsern Gunsten wendet.«

Als Dunay, Herzog von Bayern, Graf Roland und Bischof Turpin erfuhren, daß auf dem Kastell der Hunger eingekehrt sei, erklärte der Bischof: »Es ist eine Schande, daß unsere Verwandten vor Hunger sterben sollen. Wir wollen den König bitten, er möge beim Sturm auf das Kastell Roland mit seinen Leuten den Vorzug lassen; dann soll dieser die Burg ohne des Königs Wissen mit Nahrung versehen.«

So geschah es auch, und Reinold mit seiner Mannschaft hatte fast wieder auf ein Jahr genug zu essen. Auch das Roß Beyart bekam nun so viel zu fressen, daß es innerhalb vierzehn Tagen wieder so stark war wie früher.

Nach einiger Zeit versammelte Reinold seine Brüder und sprach: »Liebe Brüder, ich rate, daß wir nach dem Kastell Ardane ziehen, da können wir uns besser halten als hier.« Als Frau Klarissa das hörte, fragte sie betrübt: »Liebe Freunde, warum wollt ihr mich in solcher Gefahr verlassen?« Reinold antwortete: »Weil wir in Ardane sicherer sind als hier und damit Ihr Euch desto besser aus den Vorräten erhalten könnt!« So nahm Reinold Abschied von seiner Frau und ritt mit seinen Brüdern bei dunkler Nacht hinaus, damit sie nicht gesehen würden.

Als die königliche Wache den Ausritt feststellte, wurde dem König gemeldet, daß Reinold mit seinen Brüdern auf dem schnellen Roß Beyart sich nach Ardane begeben wolle. Sogleich befahl Karl seinen Rittern, ihnen nachzusetzen. Alloret war am besten beritten und sprengte als erster auf Reinold zu. Er erreichte ihn, stellte ihn zum Kampf und stieß ihm seinen Speer durch den Schild, daß die Spitze des Speeres absprang und im Schild stecken blieb. Reinold fehlte seinen Gegner auch nicht und rannte ihm den Speer durch den Schild in die Brust, daß Alloret tot vom Pferd fiel. Dann rettete er sich vor dem König und seinen Scharen in die Burg Ardane. Der König aber schlug sein Lager vor Ardane auf und belagerte das Kastell von neuem. Er schwor, nicht von der Burg zu weichen, bis er sie in seiner Hand und Reinold samt seinen Brüdern gefangen habe. Das Roß Beyart aber wolle er auf der Stelle töten lassen. Reinold und seine Mannen waren in großer Sorge, weil sie fürchteten, sie könnten die Burg gegen die Streitmacht des Königs nicht allzulang behaupten.

Bald darauf bekam der König Nachricht, daß seine Schwester, Frau Aya, mit vielen Frauen und Herren angekommen sei, und begab sich in das Lager, um zu vernehmen, was sie wolle.

Als der König erschien, fiel ihm Frau Aya zu Füßen und bat ihn händeringend, er möge Reinold samt seinen Brüdern in Gnaden annehmen; denn der Krieg habe nun schon mehr als sieben Jahre gewährt. Auch die Herren von Frankreich schlossen sich dieser Bitte an. Als der König die Demut seiner Schwester sah, antwortete er gerührt: »Liebe Schwester, du handelst wie eine Mutter; darum will ich auf diese demütige Bitte hören; wenn mir Reinold sein Roß Beyart geben will, werde ich ihm und seinen Brüdern gnädig sein.« Frau Aya ging froh in das Schloß zu ihren Kindern und erzählte ihnen des Königs Willen. »Bruder«, rief Adelhart, »ich wollte tausendmal lieber den König zum Feind haben, als das bewilligen, was er da wünscht!« Das gleiche sagten auch die andern Brüder. Aber Reinold erklärte: »Liebe Brüder, wenn wir durch die Hingabe Beyarts Versöhnung erlangen können, wollen wir ihm das Roß geben; denn wir können dem König auf die Dauer nicht widerstehen!« Er bat seine Mutter, dies dem König zu sagen. Frau Aya überbrachte dem König die Antwort ihrer Kinder.

Vor der Burg Ardane kamen die Brüder mit König Karl zusammen, fielen ihm zu Füßen und baten um Gnade. Der König hieß sie aufstehen und sicherte ihnen im Beisein aller Edelleute und des ganzen Rats seine Begnadigung zu. Darnach nahm Reinold das Roß Beyart, überreichte das Pferd dem König und sagte: »Das Roß sei Eurer Majestät verehrt; tut damit, was Euch beliebt!« Der König nahm es an und folgte seinem alten Schwur; er ließ dem Pferd zwei Mühlsteine um den Hals binden und es von der Brücke in das Wasser werfen. Das Roß ging anfangs unter, kam aber bald wieder an die Oberfläche und fing an zu schwimmen. Als es seinen Herrn sah, schüttelte es die Steine ab, lief an Land und auf Reinold zu und stellte sich so freundlich an, als ob es sagen wollte: »Warum tust du mir das an?« Als der König das sah, rief er: »Reinold, gib mir das Roß wieder, es muß sterben!« Reinold erwiderte: »Herr König, ich verweigere den Wunsch Eurer Majestät nicht«, und übergab es ihm. Nun ließ der König dem Pferd an jeden Fuß einen Mühlstein binden und an den Hals zwei und es wieder in das Wasser werfen. Beyart tauchte aber wieder empor, sah seinen Herrn, schlug die Mühlsteine in Stücke und kam zu Reinold zurückgesprengt.

Mitleidig trat Adelhart zu Beyart hin und streichelte das Pferd. Der König und die andern Herren wunderten sich über die Stärke des Rosses und verlangten von Reinold zum drittenmal seinen Tod.

»Verflucht sollst du sein, Bruder, wenn du das Roß wieder hergibst«, rief Adelhart grollend. Reinold aber erklärte: »Bruder, schweig, soll ich um des Rosses willen des Königs Zorn wieder erregen?«

»Ach, Beyart«, seufzte Adelhart, »wie werden dir jetzt deine treuen Dienste gelohnt, die du meinem Bruder und uns allen erwiesen hast!«

Reinold aber führte das Roß dem König zu und sagte: »Wenn es nun nochmals an Land kommt, fange ich es nicht wieder; denn es tut meinem Herzen zu weh!« Da ließ der König dem Pferd einen Mühlstein an den Hals und an jeden Fuß zwei Mühlsteine binden und das Tier sodann wieder in das Wasser werfen. Er verbot nun Reinold, sich nach dem Roß umzusehen, sonst könne es nicht untergehen. Dennoch kam das Tier wieder über das Wasser, streckte den Kopf heraus und sah nach seinem Herrn wie ein Mensch, der um die Hilfe seines Freundes blickt. Aber es war vergebens. Schließlich ertrank es, weil es Reinold nicht ansehen durfte.

Verzweifelt über den Tod des treuen Gefährten, schwur sich Reinold sein Leben lang kein Pferd mehr zu reiten, keine Sporen mehr an seinen Füßen zu tragen und kein Schwert an seine Seite zu gürten, und gelobte Gott, ein Einsiedler zu werden. Er beschloß, sich in einen wilden Wald zu begeben, wollte aber vorher nach Hause ziehen, um seine Kinder zu sehen und zu bestimmen, was einem jeden gehören sollte, sobald sie erwachsen wären.

Als er nach Montalban kam, wurde er von seiner Gattin und seinen Kindern freudig empfangen. Frau Klarissa fragte ihn: »Wo sind Eure Brüder, Herr, und wo habt Ihr Beyart gelassen?« Da erzählte ihr Reinold den ganzen Verlauf der Ereignisse. Mit Tränen in den Augen hörte die Frau seinen Bericht. Als er geendet hatte, sagte sie: »Es ist mir leid, daß Ihr das Roß habt aufgeben müssen, doch ist mir des Königs Huld lieber; denn wir können seiner Macht doch nicht länger widerstehen.«

Hierauf ließ Reinold seine Kinder kommen und schlug seinen ältesten Sohn Aymerich zum Ritter. Er machte ihn zum Herrn über das ganze Land und gab ihm das Kastell Montalban. Seinen übrigen Besitz verteilte er an seine Frau und die andern Kinder, küßte sie alle herzlich und zog in der Nacht heimlich fort.

Am andern Morgen ließen sie Reinold überall suchen, konnten ihn aber zu ihrem größten Schmerz nirgends auffinden. Reinold aber erreichte die Wildnis; da begegnete ihm ein Einsiedler, der ihn fragte, wer er sei. Reinold antwortete: »Herr, ich bin der traurigste Mensch auf Gottes Erdboden; denn ich bin seit zwanzig Jahren nicht mehr fröhlich gewesen, weil ich Ludwig, den Sohn des Königs von Frankreich, erschlagen habe. Nun möchte ich Buße dafür tun; denn es reut mich von Herzen.«

Der Eremit antwortete: »Freund, Ihr seid ein großer Sünder; Ihr sollt auf Eure Knie fallen und Gott bitten, daß er Euch verzeihen wolle; denn seine Barmherzigkeit ist größer als Eure Sünden.«

»Herr«, sagte Reinold demütig, »ich will bei Euch bleiben und alles tun, was Ihr verlangt.« Da erklärte der Eremit: »Wurzel und Kräuter sollen Eure Speisen sein, ohne Unterkleidung und Schuhe müßt Ihr gehen und Armut und Elend leiden!«

»Ja, Herr, ich will alles auf mich nehmen«, nickte Reinold ergeben.

Drei ganze Jahre blieb er bei dem Eremiten im Wald, tat Buße und kasteite seinen Leib mit Fasten, Frost und Kälte so sehr, daß er krank wurde.

Der Eremit tröstete ihn in seinen Schmerzen: »Bruder, laßt es gut sein und vertraut auf den Herrn, er wird Euch nicht verlassen.« Er schickte sein Gebet zu Gott, weil er großes Mitleid mit Reinold hatte. Da hörte er eine Stimme vom Himmel, die sprach, Reinold müsse ohne Verzug in das Heilige Land ziehen und wider die Heiden streiten.

»Freund«, rief der Alte bewegt nun Reinold zu, »Gottes Engel hat mir befohlen, Euch zu sagen, daß Ihr unverzüglich in das Heilige Land ziehen und dort gegen die Ungläubigen kämpfen sollt.«

»Ach, Herr«, seufzte Reinold, »wie kann ich das tun? Es sind über fünf Jahre her, daß ich mich verschworen habe, kein Pferd mehr zu reiten und keine Waffen in meine Hand zu nehmen. Wenn ich den Eid bräche, könnte mich Gott dafür strafen!« Der Eremit aber beruhigte ihn: »Lieber Freund, seid Gott gehorsam und tut, was mir der Engel befohlen hat; zieht in seinem Namen!« Darauf schied Reinold unter Tränen von ihm und machte sich auf den Weg. Zu Fuß und zu Schiff kam er bis nach Syrien. Dort ruhte er sich acht Tage aus.

Als nun die Christen gegen die Heiden zu Feld zogen, lief Reinold zu Fuß mit wie ein Pilger. Kaum erfuhren die Türken, daß das Christenheer aus dem Hafen ausgezogen war, rückten sie ihm entgegen. Die Christen erschraken über die gewaltige Streitmacht der Heiden und machten Miene zu fliehen. Als Reinold dies sah, rief er mit lauter Stimme: »Bleibt, ihr Herren; setzt euch tapfer zur Wehr und zweifelt nicht, Gott wird uns aus der Not helfen und den Feind schlagen.« Er riß einen Baum aus der Erde und schlug damit auf die Türken ein. »O heilige Maria«, staunten die Christen, »was will denn dieser Pilger ausrichten, er hat weder Hosen noch Schuhe und keine Waffen und will sich mit einem Knüttel zur Wehr setzen; gebt ihm doch Waffen!«

Sogleich wurde ihm ein Harnisch gereicht. Mit frischem Mut drangen die Christen, Reinold immer voran, auf die Ungläubigen ein, trieben sie in die Flucht und zerschlugen das ganze Heer. Darauf zogen sie alle ins Gelobte Land.

Um dieselbe Zeit hörte Malegys, der sich schon viele Jahre in der Wüste aufhielt, eine Stimme vom Himmel, die ihm befahl, ohne Verzug den streitenden Christen zu helfen; da werde er auch seinen Vetter Reinold finden. Als Malegys das hörte, freute er sich darüber und eilte auf die Walstatt, wo ihn sein Vetter freundlich empfing. Als Reinolds Kampfgenossen das sahen, fragten sie, wer das wäre. Reinold antwortete: »Ich sage euch, wären Gott und dieser Mann nicht gewesen, ich wäre schon lange tot; denn er hat mich und meine Brüder mit seiner Kunst oft aus großer Gefahr gerettet; er heißt Malegys und ist mein Vetter.«

Unterdessen hatten sich die Sarazenen neuerlich gesammelt und wollten die Christen überfallen. Diese teilten sich in drei Heerhaufen, Malegys und Reinold stellten sich in die vorderste Schar, und so zogen sie dem Feind entgegen. Es kam zu einer erbitterten Schlacht, in der fast alle Heiden erschlagen wurden.

Als Reinold und Malegys wieder ins Lager zurückgekehrt waren, kam die Kunde, daß die Heiden die Stadt Jerusalem eingenommen hätten, worüber große Trauer herrschte.

Da sammelten die zwei tapfern Ritter das Volk, zogen mit einem starken Heer vor die Stadt Jerusalem und belagerten sie. Als die Türken erkannten, daß sie eingeschlossen waren, machten sie mit der ganzen Streitmacht einen Ausfall und wollten die Christen vertreiben. Aber diese erwarteten den Feind in Schlachtordnung.

In einem solchen Gefecht wurde der Ritter Malegys von einem Pfeil tödlich getroffen. Reinold wollte den Tod seines Vetters rächen und drang grimmig auf die Feinde ein, nur wenige kamen in die Stellung zurück.

Als schließlich der Hunger in die belagerte Stadt einkehrte, versuchten die Türken einen letzten Ausfall, um sich durchzuschlagen. Aber die Christen waren auf der Hut. Während des Kampfes gelang es Reinold, den Sultan gefangenzunehmen. Auf Reinolds Wunsch befahl er seinen Leuten, den Kampf einzustellen und dann Reinold die Stadt zu übergeben. Darauf ließ dieser die Obersten des Christenheeres versammeln und übergab ihnen den Sultan samt den andern Gefangenen.

Der Sultan bat die Christen, sie sollten allen Gefangenen die Freiheit geben, er wolle für sie gefangen bleiben und allen Schaden ersetzen. Die Obersten fragten Reinold, was er davon halte. Dieser gab ihnen zur Antwort, sie sollten tun, was ihnen gut scheine, er stelle es ihnen frei. Da ließen sie alle Gefangenen nach Hause ziehen und behielten nur den Sultan in Haft.

So war der Friede zwischen den Christen und Türken wiederhergestellt. Die Christen, die nun die Stadt Jerusalem wieder in ihrer Gewalt hatten, wollten Reinold krönen. Aber dieser weigerte sich; er dachte daran, daß ihm der Eremit befohlen hatte, wieder zurückzukommen, sobald sie die Heilige Stadt eingenommen hätten. Deshalb nahm er Abschied und begab sich zu Schiff nach Europa.

Als er in Marseille angelangt war, hörte er, daß zwischen Guillon und seinem Sohn Aymerich ein Streit ausgebrochen sei. König Karl hatte nämlich Reinolds ältesten Sohn Aymerich zu sich kommen lassen und mit allen Gütern seines Vaters belehnt. Dann hatte er ihn mit sich an seinen Hof geführt, wo er ihn allen andern Herren vorzog. Das verdroß die Räte sehr, weil er noch nicht großjährig war. Darum versuchten sie jetzt, Aymerich beim König anzuschwärzen, indem sie sagten, Aymerich hätte geschworen, die Schmach, die man seinem Vater samt dessen Brüdern angetan hatte, sowie den Tod des Rosses Beyart zu rächen. Daran war aber kein wahres Wort.

Als Reinold dies vernahm, zog er nach Paris und kam wie ein armer Pilger zu dem König. Dieser fragte ihn, ob er nichts Neues gehört hätte von der Stadt Jerusalem. Reinold erwiderte: »Gnädiger Herr und König, ich komme aus der Heiligen Stadt. Die Christen haben die Stadt Jerusalem und das ganze Land erobert, besonders durch die Hilfe zweier Männer, die früher hier ansässig waren.« Der König fragte, wer dies gewesen wäre. »Malegys und Reinold«, erwiderte der Pilger, »die haben den

Türken so tapfern Widerstand geleistet und so viele Feinde erschlagen, daß der Kampf siegreich endete; zuletzt ist Malegys gefallen.« Nun fragte ihn der König, ob er nicht wüßte, wo Reinold wäre.

»Gnädiger Herr«, gab Reinold zur Antwort, »er steht jetzt vor Eurer Majestät als ein armer Eremit.«

Als der König das hörte, begrüßte er ihn freundlich, und jedermann freute sich über Reinolds Rückkehr, vor allem aber sein Sohn, doch die Verräter ärgerten sich. Der König ließ Reinold sogleich kleiden und erwies ihm große Ehre. Aymerich aber erzählte ihm, wie es zum Kampf gegen Guillon gekommen sei.

»Mein lieber Sohn«, entgegnete Reinold, »fürchte dich nicht; Gott, der die Gerechten niemals verlassen hat, wird dich in der Not auch nicht verlassen.« Er blieb so lange bei seinem Sohn, bis die Zeit herankam, daß er mit Guillon kämpfen sollte, und in diesem Kampf gab Gott Aymerich Gnade und Sieg, daß er Guillon überwand.

Nach dem siegreichen Kampf beschloß Reinold, sein Leben in freiwilliger Armut und Einsamkeit zu verbringen und sein Brot im Schweiß seines Angesichts zu erwerben. Er zog seine kostbaren Gewänder aus und legte Bauernkleider an, entfernte sich heimlich aus des Königs Palast und ging auf das Land, wo er unbekannt allerlei Bauernarbeit verrichtete. Er nährte sich nur von Milch und Brot, trank Wasser und war damit zufrieden. Nun hörte er eines Tages, daß die Stadt Köln die heiligste Stadt in ganz Deutschland sei, ob der Reliquien der Heiligen, die dort aufbewahrt seien. Dies bewog ihn, dahin zu ziehen. Als der fromme Mann an den Rhein kam, begab er sich in das St.-Peters-Kloster, wo er dem Herrn diente. Gott gab ihm die Macht, Wunder zu wirken.

Zu dieser Zeit begann zu Köln der Bischof Agilolphus die St.-Peters-Kirche zu bauen und ließ deswegen in allen umliegenden Ländern Zimmerleute, Steinmetzen und andere Meister aufrufen: wer Geld verdienen wolle, der solle nach Köln kommen, da würde er Arbeit genug finden. Es kamen viele Arbeiter, auch Reinold bot sich an. Er wurde zum Oberhaupt aller Werkleute bestellt, tat selbst mit und arbeitete unermüdlich. Wenn die andern zum Essen gingen, schleppte er Steine herbei, daß ihrer fünf an einem genug zu tragen gehabt hätten. Sobald Ruhezeit kam, blieb er auf den Steinen liegen; er aß nur Gerstenbrot und trank Wasser, begehrte auch für den Tag nur einen Weißpfennig zum Lohn. Ein Werkmeister fragte ihn, wie er denn heiße und wo er zu Hause wäre.

Das wollte er aber nicht sagen und tat ruhig seine Arbeit. Da nannten sie ihn »St. Peters Werkmann«, weil er so fleißig bei der Arbeit war.

Als die Meister den Fleiß dieses einen Mannes sahen, warfen sie den andern Arbeitern Faulheit vor und erklärten, sie nähmen viel mehr Lohn als dieser Mann und täten nicht den vierten Teil seiner Arbeit. Aus diesem Grund wurden die andern Handwerksleute ihm feind, wollten ihn nicht länger dulden und faßten heimlich den Plan, ihn zu töten. An der Stelle, wo heute die St.-Reinold-Kapelle steht, warteten sie auf ihn, töteten ihn, steckten seinen Leichnam in einen Sack, füllten diesen mit Steinen an und warfen alles in den Rhein in der Hoffnung, der Sack würde untersinken und ihre Untat verschwiegen bleiben. Aber Gott ließ es nicht zu, sondern der Ballast kam wieder empor und schwamm ans Ufer, obgleich der Rhein sehr hoch ging.

Die Seele des Märtyrers Reinold aber wurde von den Engeln vor Gottes Thron geführt.

Einige Jahre später schickten die Bürger der Stadt Dortmund Boten zu dem Erzbischof von Köln und baten, er wolle ihnen etwas von den Heiligtümern senden, die sich in der frommen Stadt befänden. Der Bischof rief die Priesterschaft zusammen und beriet sich mit ihr, welche Reliquien er den Dortmundern geben solle. Während sie berieten, zeigte Gott ihnen an, daß sie die Überreste Reinolds hinsenden sollten.

Als der Sarg mit seinem Leib auf dem Wagen stand, rollte dieser ohne Pferde und ohne menschliche Hilfe bis nach Dortmund und blieb an der Stelle stehen, wo die Kirche von »St. Reinold« erbaut wurde, die noch heutzutage dort zu sehen ist.

So wurde der heilige Reinold Beschützer der Stadt Dortmund. Die Sage erzählt, Leute hätten einmal gesehen, wie er dort auf der Stadtmauer gestanden sei und den Feind, der den Ort belagerte, vertrieben habe.

Fortunat und seine Söhne

In der Stadt Famagusta auf der Insel Zypern wohnte ein edler Bürger namens Theodor; dem seine Eltern ein großes Erbe hinterlassen hatten. Jung und übermütig, führte Theodor ein schwelgerisches Leben und vertat damit viel Geld und Gut. Schließlich machten ihm seine Freunde den Vorschlag zu heiraten, weil sie hofften, die Ehe werde ihn von seiner leichtsinnigen Lebensweise abbringen. Er versprach wirklich, ihnen Folge zu leisten. Die Freunde sahen sich um und fanden endlich in Nikosia, der Hauptstadt der Insel, eine schöne Jungfrau, die Tochter eines Edelmanns, mit Namen Gratiana. Diese wurde ihm vermählt, ohne daß man weiter geforscht hätte, was für ein Mann Theodor sei. Nur auf den Ruf hin, daß er so reich und angesehen wäre, wurde ihm die Jungfrau zur Gemahlin gegeben und eine prunkvolle Hochzeit gefeiert. Als das Fest vorüber war, begann Herr Theodor mit seiner Frau musterhaft zu leben, so daß die Freunde Gratianas überaus zufrieden waren.

Inzwischen gebar Gratiana ihrem Gatten einen Sohn, der in der Taufe den Namen Fortunatus erhielt. Theodor war glücklich, doch fing er bald darauf sein früheres Treiben mit Festen und Turnieren aufs neue an, hielt viele Knechte und prächtige Rosse, ritt an den Hof des Königs, ließ Weib und Kind allein und fragte nicht, wie es zu Hause gehe. Heute verkaufte er einen Acker, morgen den andern, und das trieb er so lang, bis er nichts mehr zu verkaufen hatte, und war am Ende so weit, daß er weder Knechte noch Mägde zu halten vermochte und die gute Frau Gratiana zuletzt selber kochen und waschen mußte wie die ärmste Taglöhnerin.

Als die beiden sich viele Jahre später einmal zu Tisch setzten, hätten sie sich's gern gut gehen lassen, wenn sie es nur gehabt hätten. Der Vater sah seinen Sohn an und seufzte tief auf. Fortunat war nun achtzehn Jahre alt, konnte aber noch nichts anderes als seinen Namen schreiben und lesen. Aber aufs Weidwerk und Federspiel verstand er sich vortrefflich. Fortunat drang in seinen Vater: »Lieber Vater, sage mir, was liegt dir denn auf dem Herzen, daß du so betrübt bist? Habe ich dich denn auf irgendeine Weise erzürnt?«

Der Vater antwortete: »Mein Sohn, an meinem Kummer bist du nicht schuld, auch sonst niemand auf der Welt; denn die Angst und Not, in der ich schwebe, habe ich selbstverschuldet. Wenn ich daran denke, wieviel Ehre ich genossen, wie viele Güter ich besessen und auf wie un-nütze Weise ich alles vertan habe, was mir meine Eltern ersparten, wenn ich dann dich ansehe und daran denke, daß ich dir weder raten noch helfen kann, will mich der Schmerz fast erdrücken.«

»Liebster Vater«, erwiderte Fortunat auf diese Klagen, »sorg dich nicht um mich! Ich bin jung, stark und gesund, ich will in fremde Lande gehen und dienen; ich hoffe zu Gott, mein Glück zu finden. Du aber begib dich in den Dienst unseres gnädigen Herrn, des Königs; er verläßt gewiß dich und meine Mutter nicht bis an euer Ende.«

Damit stand Fortunat auf und ging mit dem Federspiel aus dem Haus dem Meer zu. Als er nun am Strand so hin und her ging, sah er im Hafen eine venezianische Galeere liegen, die von Jerusalem kam. Auf ihr befand sich ein Graf von Flandern, dem zwei Knechte unterwegs gestorben waren. Der Graf kam eben mit vielen andern Edelleuten, um das Schiff zu besteigen, das seine Anker lichtete.

»Ach«, dachte Fortunat traurig, »dürfte ich doch als Knecht mit diesem Herrn fahren, so weit weg, daß ich nie mehr nach Zypern käme!« Mit diesem Gedanken trat er dem Grafen in den Weg und sprach mit tiefer Verneigung: »Gnädiger Herr, wenn ich recht gehört habe, sind Euch ei-nige Knechte gestorben; vielleicht könntet Ihr einen andern brauchen.«

»Was kannst du denn?« fragte der Graf, und Fortunat antwortete: »Ich kann jagen und alles, was zum Weidwerk gehört, dazu, wenn es nötig ist, die Dienste eines reisigen Knappen versehen.«

»Du wärest mir eben recht«, erwiderte der Graf, »aber ich bin aus fernen Landen und fürchte, du ziehst nicht gern mit mir so weit fort.«

»O gnädiger Herr«, erklärte Fortunat, »und wenn Ihr noch so weit zöget, ich wollte viermal so weit mit Euch fahren!«

»Was muß ich dir zum Lohn geben?« fragte darauf der Graf. Fortunat sagte: »Ich verlange keinen Lohn, gnädiger Herr! Lohnt mich nach mei-nen Diensten!« Dem Grafen gefielen die Worte des Jungen, doch meinte er: »Aber die Galeere will gleich abfahren! Bist du fertig?«

»Gewiß, Herr«, erwiderte jener, warf das Federspiel in die Lüfte und trat, ohne Abschied von Vater und Mutter zu nehmen, in des Grafen Dienst.

Als die Galeere in Venedig angelangt war, ließ der Graf kostbare Pferde kaufen und erstand Kleinodien und herrliche Gewänder von Gold und Seide, und was sonst zu einer fürstlichen Hochzeit gehört; denn er wollte in der Heimat Hochzeit feiern. Obwohl er viele Knechte hatte, verstand doch keiner die welsche Sprache bis auf Fortunat; der war sehr geschickt im Reden und Handeln, weswegen ihn der Graf hochschätzte. Das merkte Fortunat und bemühte sich immer mehr, seinen Herrn zufriedenzustellen. Stets war er abends der letzte und morgens der erste auf Deck. Von den angekauften Pferden erhielt Fortunat eines der besten. Dies ärgerte die andern Knechte, und sie sahen ihn von diesem Augenblick an mit scheelen Augen an. Nichtsdestoweniger mußten sie es geschehen lassen, daß er an der Seite seines Herrn ritt, und keiner wagte es, ihn bei dem Grafen zu verlästern.

So kam der Graf von Flandern voll Freude heim und wurde von seinem Volk freundlich empfangen; denn alle liebten ihn. Nach wenigen Tagen hielt er Hochzeit mit der Tochter des Herzogs von Cleve am Rhein. Es gab ein herrliches Fest; Turniere und Ritterspiele aller Art wurden getrieben, alles in Anwesenheit schöner, edler Frauen. Unter allen Edelknechten aber war keiner, dessen Dienst und ganzes Wesen Frauen und Männern besser gefallen hätte als das Betragen Fortunats. Alle fragten den Grafen, woher er diesen Diener habe.

Als nun die Wettkämpfe der Herren beendet waren, beschlossen der Herzog von Cleve und der Graf, auch zwischen den Dienern der Herren, die bei der Hochzeit zugegen waren, einen Wettkampf zu veranstalten, und setzten als Preis zwei prächtige Kleinode aus. Bei diesem Kampf tat sich Fortunat besonders hervor und gewann den Siegespreis. Darauf erhob sich Neid und Haß unter den Dienern des Grafen von Flandern, während dieser sich freute, daß einer seiner Diener die Kleinodien gewonnen hatte.

Auch war ein alter, listiger Reiter namens Rupert unter ihnen. Dieser erklärte, hätte er zehn Kronen bar, so getraute er sich, den Diener dahin zu bringen, daß er, ohne von seinem Herrn oder sonst jemand Urlaub zu nehmen, eilends davonritte; dabei solle auf keinen von ihnen ein Verdacht fallen. Alle fragten ihn: »Lieber Rupert, wenn du das kannst, warum tust du es dann nicht?«

»Ohne Geld«, erwiderte er, »will ich nichts unternehmen. Spende jeder eine halbe Krone, und wenn ich ihn nicht vom Hof wegbringe, so soll jeder eine ganze Krone zurückbekommen.« Alle waren damit einverstanden; wer das Geld nicht bar hatte, dem liehen es die andern. So brachten sie fünfzehn Kronen zusammen, die überreichten sie Rupert, und dieser sagte: »Nun rede mir niemand drein und tue wie gewöhnlich!«

Hierauf machte er sich an Fortunat heran und tat freundlich mit ihm. Er erzählte ihm alte Geschichten, ließ Wein und gute Speisen holen, auch lobte er den Jüngling sehr und pries seine Schönheit und edle Geburt. Fortunat behagte das, nur wollte er zuweilen auch etwas auftischen, aber Rupert ließ es nie zu, sondern versicherte, daß er ihm lieber sei als sein Bruder.

Diese freundschaftliche Verbundenheit trieben sie so lange, bis die übrigen Diener ärgerlich schimpften: »Meint Rupert damit Fortunat wegzubringen? Der käme sogar schnell zurück, wenn er noch in Zypern wäre und wüßte ein solches Leben hier! Rupert hat sein Versprechen nicht gehalten, er muß uns dreißig Kronen ausfolgen!« Rupert erfuhr das und meinte spöttisch: »Habt Geduld, ich brauche euer Geld, um lustig zu sein!«

Als die beiden aber das Geld ganz verbraucht hatten, kam Rupert in Fortunats Zimmer und flüsterte: »Ach, lieber Fortunat, mir ist von meines Herrn Kanzler, der mein besonderer Freund ist, heimlich etwas mitgeteilt worden. Obwohl er mir streng verboten hat, es weiterzusagen, so will ich es dir, meinem guten Freund, doch nicht verschweigen; denn es ist ein Handel, der dich besonders betrifft. Du weißt doch, daß unser Herr Graf von Eifersucht geplagt ist, und daß dich unsre Gräfin nicht haßt, ist auch bekannt. So hat nun der Graf geschworen, und der Kanzler hat es gehört: er möchte für dich einen eisernen Vogelbauer anfertigen lassen, darin sollst du gefangen sitzen wie ein Kanarienvogel. Den Käfig will er aufhängen lassen zuoberst auf dem Boden des Schlosses, dort sollst du singen dürfen Tag und Nacht!«

Als Fortunat das hörte, zitterte er am ganzen Leib und fragte den andern, ob er nirgends einen Ausgang aus der Stadt wisse. »Auf der Stelle will ich fort«, rief er; »darum, lieber Rupert, hilf mir, daß ich wegkomme!«

»Lieber Fortunat«, antwortete Rupert, »die Stadt ist überall verschlossen, niemand kann aus und ein bis morgen früh. Aber bedenke, Fortunat, am Ende hast du es doch gut; du wirst es besser haben als alles Gesinde im ganzen Haus. Der Vogelbauer ist so groß, daß du bequem darin stehen und liegen kannst.«

»Eher wollte ich betteln gehn«, rief Fortunat, »und mein Lager jede Nacht woanders aufschlagen!« Scheinheilig meinte Rupert: »Mir ist leid, daß ich dir das alles gesagt habe; denn ich sehe, daß du fort willst! Und ich hatte gehofft, daß wir wie Brüder miteinander leben würden! Ja, der

Kanzler hat mir schon heimlich versprochen, daß dir niemand anderer dein Essen und Trinken in dein Vogelhaus bringen sollte als ich. Wenn du aber durchaus von hier fort willst, so darf ich dich nicht halten!«

»Freilich will ich«, drängte Fortunat ängstlich; »versprich mir nur, Rupert, daß du meine Abreise geheimhältst, bis ich drei Tage fort bin!« Rupert versprach ihm dies, und Fortunat nahm Abschied von dem falschen Freund.

Inzwischen war es Mitternacht geworden; dem armen Fortunat kam kein Schlaf. Jede Stunde dünkte ihn von Tageslänge; immer fürchtete er, der Graf könnte nach ihm schicken und ihn noch vor Tagesanbruch in den Vogelbauer stecken. Mit Angst und Sorge wartete er, bis der Himmel sich rötete. Ehe die Sonne aufging, war er gespornt, nahm sein Federspiel und seinen Hund, als ob er auf die Jagd gehen wollte, und ritt spornstreichs hinweg.

Als der Graf erfuhr, daß Fortunat ohne Abschied und ohne Sold fortgegangen sei, befremdete ihn dies sehr. Er fragte seine Diener, ob keiner wisse, was die Ursache dieser Flucht war. Doch keiner konnte Bescheid geben. Auch die Gräfin erklärte, es sei ihm nie ein Leid geschehen.

Darauf meinte der Graf: »Kann ich's jetzt nicht herausbringen, warum Fortunat so heimlich entflohen ist, so erfahre ich es doch später; sollte jedoch einer der Meinen schuld an seiner Flucht sein, so wird er es büßen.«

Als nun Rupert merkte, daß seinem Herrn so leid um Fortunat war, fürchtete er, einer seiner Gesellen könnte verraten, inwiefern er seine Hand im Spiel hatte. Er ging daher zu jedem einzelnen und bat, doch niemandem zu sagen, daß er der eigentliche Urheber der Flucht war. Sie gelobten ihm auch, das zu tun. Doch hätte jeder gern gewußt, mit welcher List er ihn dazu gebracht habe, so eilig davonzulaufen.

Inzwischen hatte Fortunat auf seinem Fluchtweg immer noch Sorge, man könnte ihm nachreiten, und sputete sich daher, so gut er konnte, bis er die Küste von Frankreich erreichte. Hier fand er ein Schiff, mit dem er nach England fuhr. Erst als er auf englischem Boden war, fing er an, wieder guten Mutes zu werden. Schließlich kam er nach London, wo Kaufleute aus allen Gegenden der Welt ansässig sind. Soeben war im Themsehafen eine Galeere aus Zypern mit wertvollem Kaufmannsgut und vielen Handelsleuten angekommen. Darunter waren zwei Jungen, die reiche Väter in Zypern hatten und denen viele schöne Waren anvertraut waren. Mit diesen jungen Leuten hatte sich Fortunat bald angefreundet. Sie waren noch nie außer Landes gewesen und begannen, das eingenommene Geld in leichtfertiger Gesellschaft zu verschwenden, bis es allmählich so weit kam, daß sie nicht mehr viel bares Geld hatten. Die jungen Leute beschlossen daher, heimzureisen. Sie bestiegen wieder die Galeere und fuhren ohne Waren, die sie hätten einkaufen sollen, heim.

Als Fortunat wieder allein war, ohne Geld, dachte er: »Hätte ich nur ein wenig Geld, so würde ich wohl in Frankreich einen Dienst finden.« Deshalb ging er zu einem seiner alten englischen Kumpane und bat ihn, er möge ihm einiges leihen, da er nach Flandern zu einem Vetter reisen wolle, der eine namhafte Geldsumme für ihn aufbewahre, die wolle er holen. Der Geselle aber erwiderte: »Was geht das mich an!«

Nun dachte Fortunat: »Es bleibt keine andere Möglichkeit, als zu arbeiten, bis ich entsprechend viel Geld erspart habe.« So bot er sich am nächsten Morgen auf dem Markt als Knecht an. Dort war ein steinreicher Kaufmann, der aus Venedig stammte, namens Geronimo Roberto. Dieser hielt sich viele Gehilfen, die er in seinem Gewerbe benötigte. Der dingte Fortunat und vereinbarte mit ihm einen Lohn von zwei Goldmünzen monatlich. Fortunat hatte im Londoner Hafen das Gut auf die Schiffe zu führen und es, wenn die Schiffe ankamen, zu entladen.

Zu gleicher Zeit hielt sich in jenen Tagen ein Florentiner, eines reichen Mannes Sohn, mit Namen Andreas, zu Brügge in Flandern auf, den sein Vater mit vielen Waren dorthin gesandt hatte. Der junge Mann verschleuderte die Fracht in kurzer Zeit und nahm noch dazu Wechsel auf seinen Vater auf. Bei der Suche nach neuen Geldgebern kam Andreas auch zu Geronimo Roberto, der dem jungen Mann in leichtsinniger Weise Geld vorstreckte, das jener aber nicht zurückzahlen konnte. Schließlich erklärte er: »Ich habe einen Mann gefunden, der wird für gute, sichere Bürgschaft sorgen.« Geronimo Roberto war damit zufrieden. Andreas aber fuhr fort: »Bereitet morgen ein ordentliches Essen, ich bringe einen Edelmann mit, der für den König von England Kleinodien an den Hof von Burgund zu bringen hat!«

Zur Mittagszeit brachte Andreas den vornehmen Gast. So aßen sie und waren guter Dinge. Als die Mahlzeit vorüber war, ging Geronimo wieder in seine Schreibstube. Andreas aber sagte zu dem Edelmann: »Kommt in meine Kammer hinauf, dort will ich Euch Kleinode zeigen.«

So gingen sie miteinander in eine Kammer, die lag über dem Saal, in dem sie gerade gegessen hatten. Als sie eingetreten waren, tat Andreas, als wolle er eine Truhe aufschließen, zückte sein Messer und tötete den Edelmann. Dann zog er ihm den goldenen Siegelring vom Finger, nahm die Schlüssel aus seinem Gürtel, eilte rasch in des Edelmanns Haus zu seiner Frau und sprach zu ihr: »Edle Frau, Euer Gemahl sendet mich, daß Ihr ihm die Kleinodien schickt, die er mir zeigen will. Als Bestätigung sendet er Euch hier Ring und Siegel und die Schlüssel zu dem Kästchen, worin die Kleinode liegen.«

Die Frau, nichts Böses ahnend, schloß das Kämmerlein auf, in dem das Kästchen sonst stand. Sie fanden jedoch die Kleinode nicht. »Geht, Herr«, meinte die Frau, »und sagt meinem Mann, wir können nichts finden, er soll selbst kommen und nachsehen.«

Während Andreas in des Edelmanns Haus zurückgekehrt war, floß Blut durch die Dielen hinunter in Robertos Schreibstube. Erschrocken rief der Kaufmann seine Knechte und fragte: »Woher kommt das Blut?« Diese sahen nach und fanden den Edelmann in der Kammer tot liegen. Während sie ratlos dastanden, kam der Schurke Andreas daher. »Was hast du getan?« schrien sie ihn an. »Warum hast du diesen Mann ermordet?« Er antwortete: kaltblütig: »Notwehr – der Böse wollte mich ermorden; denn er glaubte Kostbarkeiten bei mir zu finden! Darum macht kein Geschrei; ich will den Mann in den Hausbrunnen werfen, und wenn jemand nach ihm fragt, so sagt, als die Herren gegessen hatten, ginget ihr weg; seither habt ihr uns nicht mehr gesehen.« Dann warf er den Leichnam in den Brunnen und machte, daß er aus dem Land kam.

Der Tag, an dem der Mord geschehen war, ging zu Ende. Als Fortunat von der Stätte nach Hause kam, wo er seines Herrn Roberto Ware in ein Schiff geladen hatte, dünkte ihn, daß Gesellen, Knechte und Mägde nicht so fröhlich seien wie sonst. Verwundert fragte er die Wirtschafterin, was denn während seiner Abwesenheit geschehen sei. Die gute alte Haushälterin erwiderte: »Unser Herr hat einen Brief aus Florenz erhalten, daß ihm ein guter Freund dort gestorben ist; darüber ist er so bestürzt.« Dabei ließ es Fortunat bewenden und fragte nicht weiter.

Als der ermordete Edelmann weder am Abend noch am nächsten Morgen nach Hause zurückkehrte, wurde seine Frau unruhig und schickte Verwandte an des Königs Hof, um nachzufragen, ob etwa der König ihn in seinem Dienst fortgesandt hätte oder ob er sonst irgendwo wäre. Sobald der König hievon hörte, befahl er: »Begebt Euch schnell in sein Haus und seht, ob er nicht die Kleinodien weggebracht hat!« Denn dem König kam Verdacht, der Edelmann habe sich mit den Kostbarkeiten davongemacht.

Als man die Frau fragte, wo ihr Mann sei, gab sie zur Antwort: »Es ist heute der dritte Tag, daß ich ihn nicht gesehen habe.«

»Was sagte er denn«, fragten die Boten des Königs, »als er Euch verließ?« Sie erwiderte: »Er schickte mir einen Mann mit seinem Siegel und den Schlüsseln, ich sollte ihm die Kleinode senden; mein Mann wäre in Geronimo Robertos Haus, dort habe man auch viele Kostbarkeiten, die wollten sie besichtigen. So führte ich denn den Boten in die Kammer, aber die Kleinode fanden wir nicht, und so ging der Mann, sichtlich ungern, ohne sie fort.«

Als die Boten dies hörten, ließen sie alles aufbrechen, fanden aber die Kostbarkeiten nirgends. Dem König, dem dies gemeldet wurde, tat es leid um die schönen Kleinode. Niemand wußte, was in der Sache zu tun sei. Deshalb beschloß man zunächst, Roberto und sein ganzes Gesinde zu verhaften und Auskunft über das Schicksal des Edelmanns zu verlangen. Es geschah dies am fünften Tag, nachdem der Mann ermordet worden war.

Die Gehilfen des Richters warteten ab, bis im Haus Robertos alles beim Mahl saß. Dann umstellten sie das Haus und verhafteten alle: Schreiber, Koch, Stallknecht, Mägde und Fortunat. Diese führte man ins Gefängnis und verhörte jeden für sich allein, wobei auffiel, daß zwei Männer abwesend seien: der Edelmann und Andreas aus Brügge. Alle sagten einstimmig aus, nachdem die Gäste gegessen hätten, sei das Gesinde weggegangen, und nachher hätte es nichts mehr gesehen noch von ihnen gehört. Doch begnügten sich die Richter mit dieser Aussage nicht. Sie nahmen eine Hausdurchsuchung vor, untersuchten alle Ställe, Keller und Gewölbe, wo Roberto seine Kaufmannsgüter aufbewahrt hatte, ob der Edelmann nicht irgendwo begraben hege, aber sie fanden nichts.

Eben wollten die Gerichtsleute fortgehen, als einem, der ein Windlicht in der Hand trug, ein Brunnen hinter dem Haus auffiel. Der Mann eilte ins Haus zurück, nahm aus einer Bettstatt eine Handvoll Stroh, zündete es an seinem Licht an und warf es in den tiefen Brunnen. Mit lauter Stimme rief einer der Gerichtskommission: »Mord, hier im Brunnen hegt der Mann.«

Sofort wurde der Brunnen aufgebrochen und der Mann, dem die Kehle durchstochen war, heraufgebracht. Die Untat kam schnell vor den König und den Oberrichter.

So kam denn der Henker, nahm zuerst Geronimo, legte ihm Daumschrauben an und folterte ihn, damit er bekenne, wer den Edelmann ermordet habe und wo die Kostbarkeiten des Königs seien. Da erzählte nun Geronimo seinen Peinigern, wie alles vor sich gegangen war, und schloß: »Als die Mahlzeit vorüber war und ich in meiner Schreibstube saß, sah ich, wie durch die Decke Blut herabfloß. Ich erschrak und sandte meine Knechte nachzusehen, was es wäre. Die sagten mir, wie die Sachen stünden. Ich konnte mir nicht denken, wie es zugegangen war. Da kam der hinterlistige Andreas gelaufen und log uns vor, der Mann habe ihn ermorden wollen. Er nahm den Leichnam und warf ihn in den Brunnen; dann eilte er weg. Wo er sich im Augenblick aufhält, weiß ich nicht.«

Wie Roberto sagten auch die andern aus, so arg man sie auch folterte. Nur Fortunat, der auch gemartert wurde, konnte nichts bekennen; denn er war nicht im Haus gewesen, als der Mord sich ereignete.

Da man trotz schärfstem Verhör doch nichts Genaues erfuhr und die Kleinode nicht zum Vorschein kamen, wurde der König sehr zornig und befahl, daß man sie alle miteinander mit Ketten am Galgen anschmieden solle, damit sie niemand herabnehme. So wurden sie nacheinander angeschmiedet, bis nur noch der Koch und Fortunat übrig waren.

»Ach«, dachte dieser, »wäre ich bei meinem guten Grafen geblieben und hätte mich lieber zum Singvogel machen lassen, so war' ich doch jetzt nicht in diese Angst und Not gekommen!« Als man aber den Koch hängen wollte, schrie dieser mit lauter Stimme, daß es jedermann hören konnte, Fortunat wisse nichts von diesen Dingen. Der Richter glaubte selbst an seine Unschuld, doch wollte er ihn mit hängen lassen, gleichsam aus Mitleid, weil er doch von der empörten Menge totgeschlagen würde. Schließlich ließ er ihn aber doch frei und sprach: »Nun mach dich auf der Stelle aus dem Staub; denn die Weiber auf der Straße würden dich zu Tode schlagen!« Damit gab er ihm zwei Knechte bei, die ihn bis an die Themse geleiteten. Fortunat schiffte sich ein, so geschwind er konnte, und war froh, als er auf der offenen See war und England hinter sich hatte.

Nachdem des Edelmanns Frau dreißig Tage um ihren Gemahl, der den Schmuck in Verwahrung gehabt, getrauert hatte, lud sie wieder ihre Freundinnen und Nachbarinnen zu Gast. Unter diesen fand sich eine Frau, die auch erst kürzlich Witwe geworden war. Diese sprach: »Ich weiß ein Mittel, wie Ihr den Kummer um Euren toten Gemahl bald loswerden könnt. Schlagt Euer Bett in einer andern Kammer auf oder rückt wenigstens die Bettstatt an einen andern Ort.«

Als sie dann wieder allein war, dachte sie: »Das kann dem Andenken des Seligen nichts schaden!« und fing an, ihre Schlafkammer aufzuräumen. Dabei fand sie die Lade mit den Kleinodien unter dem Bett. Gleich erkannte die Frau das Lädchen, griff hastig danach und nahm es an sich. Dann berief sie ihre nächsten Verwandten, erzählte ihnen alles und bat sie um Rat, was sie mit den Kleinodien tun solle.

Sie sagten: »Es scheint uns das beste, auf der Stelle mit den Kleinodien zum König zu gehen. Überlaßt seinem Edelmut, ob er Euch etwas davon schenken will.«

Dieser Rat gefiel der ehrlichen Frau. Sie legte ihre schönsten Kleider an, bat um Audienz beim König und überreichte ihm die Lade, die sie in den Armen trug. Der König nahm das Kistchen, öffnete es und fand zu seiner großen Freude die fünf wertvollen Kleinode unversehrt darin vor. Es freute ihn, daß die Edelfrau so ehrlich war, und er hielt es für angemessen, sie zu belohnen, weil ihr armer Mann um dieser Kleinode willen sein Leben hatte lassen müssen. Er rief daher einen jungen Edelmann seines Hofes und sprach: »Lieber Freund, ich will eine Bitte an dich richten, die sollst du mir nicht versagen.« Der Jüngling erwiderte: »Herr, Ihr sollt nicht bitten, sondern gebieten, und ich werde allen Euren Geboten gehorsam sein.«

Nach einer kurzen Aussprache gab der König der schönen Witwe aus vornehmem Geschlecht den Jüngling zum Gemahl und beschenkte sie reichlich. Beide lebten auch wirklich in Frieden und Freuden miteinander.

Fortunat, mittellos an der französischen Küste angelangt, zog weiter nach der Bretagne. Dort durchschritt er einen wilden Wald, in dem er den ganzen Tag fortwanderte. Als es Nacht wurde, gelangte er zu einer alten Glasbläserei. Da wurde er froh; denn er meinte, hier Leute anzutreffen, aber leider war keine Seele zu bemerken. Die Nacht über blieb er hungrig und sorgenvoll in der ärmlichen Hütte. Sehnsüchtig wünschte er den Tag herbei; da, hoffte er, werde ihm jemand aus dem Wald helfen, damit er nicht Hungers stürbe. Am andern Morgen nahm er seinen Weg quer durch den Wald. Aber je weiter er ging, desto weniger konnte er aus dem Gehölz kommen, und so verstrich auch dieser Tag, ohne daß er eine Menschenseele traf. Als es Nacht wurde, begannen ihn seine Kräfte zu verlassen, denn er hatte zwei Tage lang nichts gegessen. Zufällig kam er an eine Quelle, aus der er mit großer Begierde trank. Dies gab ihm wieder ein wenig Kraft.

Auf einmal vernahm er Tritte im Wald und hörte einen Bären brummen. »Mit dem Sitzen«, dachte er, »ist es aus, das fliehen nützt auch nichts mehr, denn die wilden Tiere überholen die Menschen bald.« So bestieg er einen großen Baum zunächst der Quelle; von dem herab sah er zu, wie wilde Tiere kamen, um zu trinken. Unter den Tieren war auch ein junger Bär, der witterte Fortunats Spur und fing an hinaufzuklettern. Fortunat, in großer Furcht, stieg immer höher auf den Baum hinauf, der Bär ihm immer nach. Auf dem letzten Ast blieb Fortunat, zog seinen Degen und stach den Bären in den Kopf. Zornig ließ der Bär seine Vordertatzen vom Baum los und schlug so heftig nach Fortunat, daß er auch mit den Hinterbeinen ausglitt und mit großem Gerassel rückwärts vom Baum herabfiel. Fortunat aber blieb weiter auf dem Baum und wagte sich nicht herunter. Da er aber schläfrig wurde und unversehens vom Baum herabzustürzen fürchtete, stieg er endlich mit großer Angst leise herunter und legte sich ins Gras.

Als Fortunat erwachte, staunte er, denn eine schöne Frauengestalt stand neben ihm. Verzweifelt flehte er: »Liebe Jungfrau, ich bitte Euch, helft mir, daß ich aus diesem Wald komme; denn heute ist der dritte Tag, daß ich hungernd drin umherirre!« Darauf erzählte er, was ihm widerfahren war.

»Woher bist du denn?« fragte die Jungfrau. »Ich bin aus Zypern!« stammelte Fortunat. »Was gehst du denn hier in der Irre um?« fragte sie weiter. »Mich zwingt Armut dazu«, antwortete er; »ich suche einen Ort, wo ich mir mein tägliches Brot verdienen kann.« Da bemerkte die Jungfrau: »Ich bin Fortuna, die Göttin des Glücks; mir sind sechs Gaben verliehen, die ich weiterverleihen kann: Weisheit, Reichtum, Stärke, Gesundheit, Schönheit und langes Leben. Wähle dir eins unter den sechsen und überlege nicht lange; denn die Stunde, wo das Glück dir hold ist, ist bald vorüber!«

Fortunat zögerte nicht lange und rief: »Nun, wenn es sein soll, so will ich ›Reichtum‹ wählen, damit ich immer Geld genug habe.« Sogleich zog die Fee einen Säckel heraus, gab ihn dem Jüngling und sprach: »Nimm diesen Beutel! Sooft du hineingreifst, findest du darin zehn Goldstücke. Der Beutel soll diese Kraft haben für dich und deine Kinder und für jeden andern, der ihn besitzt, solange du und deine Kinder leben. Wenn ihr aber gestorben seid, hat seine Kraft ein Ende.«

Obgleich Fortunat in seinem Hunger nach nichts anderem verlangte als nach Speisen, gab ihm doch der Geldbeutel einige Kraft, und er erklärte: »O tugendreichste Jungfrau, ich danke Euch für Eure Gabe und will sie vergelten, soweit ich kann.« Die Jungfrau redete gütig zu Fortunat: »Zum Entgelt für mein Geschenk sollst du folgendes tun: Du sollst, solange du lebst, diesen Tag jährlich feiern, indem du darnach forschst, wo ein armer Mann ein Mädchen heiraten möchte, es aber vor Armut nicht tun kann. Diese sollst du mit vierhundert Goldstücken beschenken, zum Gedächtnis daran, daß du heute von mir beschenkt worden bist!«

»Ja«, rief Fortunat freudig, »edle Jungfrau, ich will das unvergeßlich in meinem Herzen bewahren und redlich halten!« Bei alledem jedoch war es Fortunat sehr darum zu tun, aus dem Wald zu kommen, und er setzte hinzu: »Schöne Jungfrau, helft mir nun auch aus diesem Wald hinaus!«

»Diese Irrfahrt war dein Glück«, erwiderte Frau Fortuna; »folge mir nach!« Mit diesen Worten führte sie ihn mitten durch den Wald und wies ihn an: »Geh nur geradeaus und kehre dich nicht um, sieh mir auch nicht nach, wohin ich gehe! Wenn du dies einhältst, wirst du bald aus dem Wald kommen.«

Fortunat befolgte den Rat der Jungfrau, eilte auf dem Weg fort, kam an das Ende des Waldes und sah ein großes Haus vor sich stehen, das eine Herberge war, wo die Leute, die durch den Wald reisten, zu rasten pflegten. In der Nähe des Hauses holte er den Geldsäckel hervor und griff hinein, um ihn zu probieren. Sogleich zog er zehn blanke Goldkronen heraus. Froh ging er in das Haus und rief dem Wirt zu: »Gib mir zu essen, Freund, denn mich hungert sehr; ich will dir alles gut bezahlen!« Diese Sprache gefiel dem Wirt, und er trug ihm das Beste auf.

Nun stillte Fortunat seinen Hunger und blieb zwei Tage lang in der Herberge. Dann kaufte er dem Wirt eine Rüstung ab und machte sich weiter auf den Weg. Zwei Meilen von der Straße befand sich ein kleines Städtchen mit einem Schloß, das ein Graf bewohnte, dessen Amt es war, im Auftrag des Herzogs der Bretagne den Forst zu schützen. In dieser Stadt ging Fortunat zu dem ersten Wirt und fragte ihn, ob es nicht edle Pferde zu kaufen gäbe. Der Wirt erwiderte: »Ja, erst gestern ist ein fremder Kaufmann hier angekommen mit fünfzehn untadeligen Pferden. Der hat unter diesen fünfzehn drei Rosse, für die ihm unser Herr Landgraf dreihundert Kronen geben wollte. Er verlangt aber dreihundertundzwanzig.«

Fortunat verließ den Wirt, ging in aller Stille in seine Kammer, zog da aus seinem Säckel auf sechzig Griffe sechshundert Kronen und steckte sie in seinen alten Beutel. Dann ging er wieder zu dem Wirt und sagte: »Wo ist der Mann mit den Rossen? Wenn mir die Pferde gefallen, so kann ich sie eher kaufen als der Graf!«

Dem Wirt kam es lächerlich vor, daß dieser ärmlich gekleidete Mensch der zu Fuß daherging, so großsprecherisch redete, doch führte er ihn zu dem Roßhändler. Fortunat musterte die Pferde, und alle gefielen ihm wohl. Doch wählte er nur die drei, die der Graf gerne gehabt hätte, zog seinen Beutel und bezahlte die dreihundertzwanzig Kronen, um die es sich handelte, auf der Stelle aus. Dann ließ er die Rosse ins Wirtshaus führen, schickte nach einem Sattler und hieß ihn Sattel und Zaumzeug aufs beste verfertigen. Dem Wirt aber gab er den Auftrag, ihm zwei reisige Knechte zu verschaffen, denen er guten Sold bezahlen wolle.

Während Fortunat diesen Handel abschloß, erfuhr der Graf den Kauf und wurde nicht wenig ärgerlich; denn er hatte im Sinn gehabt, die Rosse um lumpiger zwanzig Kronen willen am Ende doch nicht fallenzulassen. Zornig sandte er einen Diener zu dem Wirt und ließ ihn fragen, was denn das für ein Mann sei, der ihm die Rosse weggekauft habe. Der Wirt antwortete, er kenne ihn nicht, er sei zu Fuß gekommen als reisiger Knecht mit einem Harnisch. »Dem Aussehen nach«, berichtete er, »hätte ich ihm nicht auf eine einzige Mahlzeit trauen mögen, aus Furcht, er könnte ohne Bezahlung davonlaufen.«

Als der Graf nun hörte, daß der Käufer kein geborner Edelmann sei, befahl er voll Zorn seinen Dienern: »Geht hin und ergreift den Mann! Gewiß hat er das Geld gestohlen oder gar geraubt und den rechtmäßigen Besitzer ermordet!« So ergriffen sie Fortunat und führten ihn ins Gefängnis. Dann fragten sie ihn erst, woher er wäre. Er sei von der Insel Zypern, erwiderte Fortunat, aus einer Stadt, Famagusta genannt. Auf die Frage, wer sein Vater sei, antwortete er: »Ein armer Edelmann!« Der Graf forschte weiter, woher er denn das viele bare Geld habe. Zuversichtlich erklärte da Fortunat, er glaube nicht, sagen zu müssen, woher sein Geld komme.

Der Graf aber drohte: »Du wirst mir verraten, woher du dein Geld hast!« und dann befahl er, ihn auf die Folter zu spannen. Da erschrak Fortunat, doch nahm er sich vor, eher zu sterben, als die Eigenschaft des Säckels zu verraten. Wie er nun auf der Folterbank hing, rief er, man solle ihn herabnehmen, er wolle gestehen, wonach man ihn frage. »Ich fand einen Säckel, in dem sechshundertundzehn Kronen waren.«

»Wo ist der Säckel?« rief der Graf. »Als ich das Geld zählte«, erwiderte Fortunat, »tat ich's in meinen eigenen Beutel und warf den leeren Säckel in das Wasser.« Da wetterte der Graf: »Du elender Wicht, wolltest du dir aneignen, was mein ist? Wisse, daß mir dein Leib und Gut verfallen ist; denn was sich in dem Wald findet, das gehört mir!«

»Gnädiger Herr«, antwortete Fortunat, »ich wußte von diesem Eurem Recht ganz und gar nichts; ich hielt das Geld für ein Gottesgeschenk!«

»Wer nicht weiß, der soll fragen!« schrie der Graf. »Und kurzum, richte dich darnach, heute nehme ich dir dein Gut und morgen dein Leben!«

»Herr«, bat Fortunat flehend, »habt Erbarmen mit mir! Was soll Euch mein Tod nützen? Nehmt das gefundene Gut, wenn es Euch gehört, und laßt mir nur das Leben! Ich will Gott für Euch bitten alle Tage meines Lebens!« Es wurde dem Grafen schwer, ihn am Leben zu lassen. So nahm er ihm das Geld und die Rosse und gab ihm seine Rüstung wieder und überdies noch ein paar Kronen zur Zehrung. Aber am nächsten Morgen in aller Früh ließ er ihn aus der Stadt führen und schwören, sein Lebtag nicht mehr des Grafen Gebiet zu betreten.

Fortunat war froh, so davongekommen zu sein, aber er wagte nicht, seinen Säckel erneut zu probieren, denn er fürchtete, wenn man Geld bei ihm fände, würde man ihn abermals fangen. So ging er zwei Tagereisen, bis er an die Stadt Andegavis kam, die am Meer liegt. Hier waren viele Fürsten und Herren mit ihrem Gefolge versammelt; denn alle warteten auf die Königin, die ihre Hochzeit feiern sollte. Fortunat dachte: »Soll ich die Festlichkeiten und Ritterspiele mitmachen, wie ich es wohl könnte, dann ergeht es mir vielleicht wie bei dem Waldgrafen!« Doch kaufte er sich zwei schöne Rosse und nahm sich einen Knecht.

Die königliche Hochzeit währte sechs Wochen und drei Tage. Fortunat ritt oft an den Hof und sah alles mit an; dabei ließ er nie Geld und Geräte in der Herberge liegen. Dem Wirt gefiel das nicht; er fürchtete, der Fremde könnte ohne Bezahlung fortreiten, wie es ihm schon einmal geschehen war. Darum wandte er sich an Fortunat: »Mein lieber Gast, ich kenne Euch nicht. Seid so gut und bezahlt mir alle Tage!« Jener aber lachte: »Lieber Wirt, ich will nicht, ohne zu zahlen, wegreiten!« Damit zog er aus seinem Säckel hundert Kronen, gab sie dem Wirt und fügte hinzu: »Nehmt dieses Geld, und wenn Ihr meint, daß ich mehr verzehrt habe, so will ich Euch mehr geben, Ihr braucht mir keine Rechnung darüber auszustellen.« Der Wirt griff mit beiden Händen nach dem Geld und hielt von nun an Fortunat in großen Ehren.

Als Fortunat einmal bei andern Herren zu Tisch saß, kamen Sänger und Spielleute, um die Gäste zu unterhalten und damit Geld zu verdienen. Unter andern erschien auch ein armer Edelmann, der klagte den Herren seine Armut und erzählte, er sei aus Spanien, sei sieben Jahre in der Welt umhergezogen und habe auf diesen Fahrten sein ganzes Geld aufgezehrt; er bitte um eine Beisteuer, um wieder heimzukommen.

Fortunat, der auf die Reden des alten Edelmanns gelauscht hatte, dachte: »Könnte ich doch den Alten überreden, mich durch alle diese Länder zu führen; ich wollte ihn reichlich belohnen.« Als die Mahlzeit vorüber war, ließ er ihn holen und fragte, wie er heiße. »Leopold«, erwiderte der Edelmann. »Hab' ich recht gehört«, sprach Fortunat, »so bist du weit gewandert. Wolltest du mich führen, so würde ich dir ein Pferd geben und einen eigenen Knecht dingen, dich wie einen Bruder halten und dir einen guten Sold bezahlen.« Darauf erwiderte der alte Leopold: »Ich möchte wohl, aber ich bin alt, habe Weib und Kind, die wissen nichts von mir, und ich möchte sie gern wiedersehen.«

»Höre, Leopold«, bat Fortunat, »tu mir meinen Wunsch! Dann will ich mit dir nach Süden gehen, dein Weib und Kind, wenn sie noch am Leben sind, reich beschenken, und sobald wir nach Famagusta auf die Insel Zypern kommen, will ich dich, wenn du dort wohnen magst, mit Knechten und Mägden versehen und dein Leben lang aushalten!«

Leopold dachte: »Der junge Mann verheißt mir viel; wäre die Sache gewiß, so wäre es ein rechtes Glück für mein Alter!« Daher antwortete er: »Herr, ich will es tun, doch nur, wenn Ihr genügend bares Geld habt; denn ohne Geld vollbringt Ihr es nicht!«

»Sorge dich nicht«, beruhigte ihn Fortunat, »Geld weiß ich in jedem Land genug aufzutreiben.« So gelobten sie einander Treue in allen Nöten. Sogleich zog Fortunat zweihundert Kronen heraus und gab sie dem Ritter Leopold. »Geh«, sprach er, »und kaufe davon zwei gute Pferde! Spare kein Geld, dinge dir einen Knecht, und wenn du kein Geld mehr hast, will ich dir mehr geben. Du sollst nie ohne Geld sein!«

Solche Rede gefiel Leopold wohl. Er dachte: »Das ist ein guter Anfang«, und rüstete sich nach Herzenslust. Dasselbe tat Fortunat, doch nahm er nicht mehr als zwei Knechte und einen Knaben, so daß sie ihrer sechs waren. Dann einigten sie sich, in welcher Reihenfolge sie Länder und

Königreiche durchfahren wollten und begannen ihre Reise. – Als sie nur noch sechs Tagereisen von der Stadt entfernt waren, die Leopolds Heimat war, erinnerte der Alte seinen Herrn an dessen Versprechen, und Fortunat war bereit, mit ihm nach Hause zu reiten. So kamen sie endlich in die Stadt Valdris, wo Leopold zu Hause war. Er fand Weib und Kind, wie er sie verlassen hatte, und alle waren froh über seine Heimkehr. Weil Fortunat wußte, daß sie unbemittelt waren, gab er sofort Leopold hundert Nobel,[1] damit er alles Nötige beschaffe, dann wollte er zu ihm kommen und sein Gast sein. Leopold machte die nötigen Vorbereitungen, lud alle Verwandten und Freunde ein und hielt ein herrliches Festmahl, so daß die ganze Stadt davon sprach. Nach dem Mahl nahm Fortunat seinen Freund beiseite: »Leopold, jetzt nimm Abschied von Weib und Kind, hier hast du drei Beutel, in jedem sind fünfhundert Nobel; davon gib einen deinem Weib, den andern deinem ältesten Sohn, den dritten deiner ältesten Tochter!« Leopold dankte ihm von Herzen und erfreute damit Weib und Kinder.

Nun hatte Fortunat gehört, daß es nur noch zwei Tagereisen bis nach der Stadt sei, wo Sankt Patricius' Fegefeuer ist. Diese Stätte wollte er auch sehen. Sie ritten daher zu der großen Abtei. Hinter der Kirche befindet sich eine Tür, durch die man in eine finstere Höhle gelangt, die Sankt Patricius' Fegefeuer genannt wird.

Nachdem sie sich vom Abt verabschiedet hatten, ritten Fortunat und seine Begleiter wieder weiter, um ihre Reise fortzusetzen. Als sie nach Venedig kamen, hörten sie, daß der griechische Kaiser zu Konstantinopel seinen Sohn zum Kaiser krönen lassen wolle, weil er selbst schon hoch an Jahren war. Sie mieteten sich auf jener Galeere ein, auf der die Venezianer dem neuen Kaiser ihre Krönungsgeschenke senden wollten, und fuhren mit den Venezianern durch das Adriatische und Ägäische Meer nach Konstantinopel. Dort war so viel fremdes Volk zusammengekommen, daß man nicht genug Herbergen auftreiben konnte. So suchte Fortunat mit seinem Gefolge lange und fand auch zuletzt eine Unterkunft, die leider nicht gut war, denn der Wirt war ein Dieb.

Fortunat und seine Leute hatten eine eigene Kammer, die sie sorgfältig verschlossen; dadurch glaubten sie ihre Habseligkeiten hinlänglich gesichert. Der Wirt aber hatte einen heimlichen Eingang in diese Stube; denn er konnte an der hölzernen Wand ein Brett herausnehmen und

---

1   Nobel = Goldmünze im 14. und 15. Jahrhundert

wieder einsetzen, ohne daß es jemand merkte. Während sie alle beim Fest waren, untersuchte der Wirt alle ihre Säcke und Felleisen, aber er fand kein Geld darin. Das wunderte ihn, und er meinte, die Fremden trügen das Geld in ihren Kleidern eingenäht.

Als sie aber einige Tage bei ihm gewohnt hatten, rechneten sie mit dem Wirt ab. Da bemerkte dieser, daß Fortunat das Geld unter dem Tisch hervorbrachte und es seinem Freund Leopold gab, der dann die Rechnung bezahlte. Der Wirt war auch mit der Bezahlung zufrieden; denn Fortunat hatte den Ritter angewiesen, keinem Wirt etwas abzuhandeln, sondern immer soviel zu geben, als er verlangte.

Indessen nahte der Tag, an dem Fortunat seinem Versprechen gemäß einer armen Tochter einen Mann zu besorgen und sie mit vierhundert Goldstücken auszustatten hatte. Er wandte sich daher an den Wirt mit der Frage, ob er nicht einen armen Mann wüßte, der eine erwachsene Tochter hätte, die er nicht auszusteuern vermöchte; dem wolle er die Tochter anständig ausstatten. Der Wirt antwortete: »Ich weiß mehr als eine! Morgen will ich Euch einen braven, ehrbaren Mann bringen, der seine Tochter verheiraten soll!« Dies war Fortunat recht. Was dachte aber der Wirt? »Noch diese Nacht«, sprach er zu sich selbst, »will ich das Geld stehlen, solange sie es noch haben; warte ich länger, so geben sie es aus!« Und in der Nacht, als sie im besten Schlaf lagen, stieg er durch das Loch, durchsuchte alle Kleider und hoffte, große Bündel mit Gulden unter ihren Kleidern zu finden. Aber er fand nichts. Da griff er nach Leopolds Gürtel und schnitt den Beutel ab, der daran festgenäht war. Darin waren fünfzig Dukaten. Dann machte er sich über Fortunats Wams, fand dort den Zaubersäckel und schnitt ihn ebenfalls ab. Als er ihn leer fand, warf er diesen unter das Bett. Hierauf ging er zu den drei Knechten, fand aber nur wenig Geld in ihren Beuteln vor. Schließlich öffnete er leise Tür und Fenster, als ob Diebe von der Straße hereingestiegen wären.

Als Leopold erwachte und Tür und Fenster offen sah, schalt er die Knechte und fragte sie, warum sie heimlich bei Nacht ausgingen. Die Knechte aber versicherten, daß sie die Kammer nicht verlassen hätten. Da erschrak Leopold und sah sogleich nach seinem Geldbeutel; der war ihm abgeschnitten, nur der Rest hing noch am Gürtel. Sogleich weckte er auch Fortunat und rief: »Herr, unsere Kammer steht offen; das Geld, das ich von Euch hatte, ist mir gestohlen worden!« Als die Knechte dies hörten, schauten sie nach ihrem Geld; da war es ihnen nicht besser gegangen. Schnell schlüpfte Fortunat in seinen Wams, an dem er den Glückssäckel trug, und fand, daß er ihm auch abgeschnitten worden war.

Währenddessen kam der Wirt, tat sehr verwundert und fragte, was los wäre. Sie sagten ihm, all ihr Geld sei ihnen gestohlen worden. Da knurrte der Wirt: »Warum habt ihr euch nicht besser vorgesehen? Es ist so viel fremdes Volk hier; ich kann für niemand einstehen!«

Da sie sich aber gar so aufgeregt benahmen, ging er auch zu Fortunat, und als er ihn ganz verändert sah, fragte er: »Habt ihr denn so viel Geld verloren?« Sie sagten ihm, es sei nicht gar so viel gewesen. »Wie könnt Ihr denn so jämmerlich klagen um ein wenig Geld?« meinte der Wirt; »gestern noch wolltet Ihr einer armen Tochter eine Ausstattung geben!«

Aufseufzend antwortete Fortunat: »Mir ist mehr um den Säckel leid als um das Geld, das ich verloren habe. Es ist ein kleiner Wechselbrief darin, der niemand einen Groschen nutz ist als mir!«

Obwohl nun der Wirt ein Bösewicht war, erbarmte ihn doch Fortunats Jammer: »Laßt uns doch suchen, vielleicht finden wir den Säckel wieder!« Da schlüpfte einer der Knechte unter das Bett, fand ihn und rief: »Hier liegt ein leerer Säckel!« Er brachte ihn seinem Herrn und fragte ihn, ob das der rechte wäre? – »Zeig her!« stieß Fortunat hastig hervor. Da sah er, daß es wirklich sein Glückssäckel war, den man ihm abgeschnitten hatte. Nun sorgte sich Fortunat, durch das Abschneiden könnte er seine Kraft verloren haben, und doch durfte er vor den Leuten nicht hineingreifen. Da er vor Schrecken noch ganz außer sich war, legte er sich zu Bett. Unter der Decke machte er seinen Säckel auf und tat einen Griff hinein. Seine Hand füllte sich mit Gold, und so merkte er erleichtert, daß der Schatz noch seine alte Kraft besaß. »Ach«, seufzte er mit schwacher Stimme vor sich hin, »wer das Gut verliert, der verliert die Vernunft! Weisheit hätte ich erwählen sollen, eher als Reichtum, Stärke, Gesundheit, Schönheit und langes Leben! Die kann man keinem stehlen!« Und damit schwieg er und schlief ein. Am nächsten Morgen stand Fortunat mit seinem Gefolge auf und ging in die berühmte Sophienkirche. Darnach besuchten sie den Basar, wo Käufer und Wechsler feilschten. Hier gab er seinem Freund Leopold Geld und sagte: »Kauf uns fünf gute neue Beutel! Inzwischen will ich zu einem Wechsler gehen und Geld beschaffen; ich habe keine Freude, solang wir ohne Geld sind!«

Der Alte tat, wie ihm befohlen war, und brachte fünf leere Beutel. Inzwischen hatte Fortunat, sooft er konnte, in seinen Säckel gegriffen und tat in jeden der Beutel Dukaten; den ersten reichte er dem alten

Leopold für alle nötigen Ausgaben mit hundert Dukaten. Auch jedem der Knechte gab er einen Beutel mit zehn Dukaten. Sie sollten fröhlich sein, sagte er zu ihnen, jedoch achten, daß ihnen kein Schaden widerführe. Diese dankten voll Freude und versprachen es. In den fünften Beutel gab Fortunat vierhundert Dukaten und sandte nach dem Wirt, damit er ihm die arme Tochter herbeischaffe, die er gern aussteuern wollte.

Der Vater dieses Mädchens war ein Schreiner, ein ehrbarer, aber energischer Mann. Der sagte: »Ich will meine Tochter nicht zeigen. Wer weiß, ob Euer Herr nicht Unehrliches mit ihr vorhat. Will er ihr etwas Gutes tun, so mag er zu uns kommen!« Der Wirt berichtete das Fortunat und meinte, er würde über solche Worte ungehalten sein. Diesem aber gefiel die Begründung des Mannes, und er befahl: »Führt mich zu dem Mann!«

Die beiden gingen in des Schreiners Haus, und Fortunat begann: »Ich habe gehört, daß du eine heiratsfähige Tochter hast. Laß sie herkommen und ihre Mutter dazu!« Der Mann rief Mutter und Tochter herbei, aber sie schämten sich, denn sie hatten zerrissene Kleider an. Da bat Fortunat: »Jungfrau, tretet hervor!« Das Mädchen war schlank und schön, deshalb fragte er den Vater nach ihrem Alter. »Zwanzig Jahre«, sagten die Eltern. »Warum ist sie noch nicht verheiratet?« forschte er weiter. Die Mutter rief: »Wir haben nichts, um sie auszusteuern!« Darauf meinte Fortunat: »Wenn ich ihr eine gute Aussteuer gebe, wißt ihr dann einen braven Mann für sie?«

»Gewiß weiß ich einen«, rief die Mutter; »unser Nachbar hat einen Sohn, der ist ihr gut; hätte sie etwas Geld, er nähme sie gern!«

»Wie gefiele Euch Eures Nachbars Sohn?« fragte Fortunat die Jungfrau. »Ich will nicht wählen«, antwortete diese, »wen mir Vater und Mutter geben, den will ich nehmen, so ist es Brauch in unsrem Land!« Die Mutter konnte nicht schweigen: »Herr, sie sagt nicht die Wahrheit«, rief sie, »ich weiß, daß sie ihn lieb hat und von Herzen gern haben möchte!«

Sogleich sandte Fortunat nach dem Jüngling, und als dieser kam, gefiel er Fortunat vortrefflich. Er nahm daher den Beutel mit den vierhundert Dukaten und schüttete sie auf den Tisch. Dann sagte er zu dem Jungen, der auch nicht viel über zwanzig Jahre zählen mochte: »Willst du diese Jungfrau zur Ehe? – Und Ihr, Jungfrau, wollt Ihr den Jüngling zur Ehe? So will ich Euch dies wenige Geld als Mitgift geben!«

Der Jüngling erwiderte: »Wenn Euch die Sache ernst ist, mir ist sie recht!« Und sogleich wurden alle Vorbereitungen für eine feierliche Hochzeit getroffen.

Fortunat ging schließlich wieder in seine Herberge zurück. Leopold wunderte sich im stillen, daß sein Herr so freigebig war und das Geld geradezu wegwarf, während er vor kurzem noch so kläglich gejammert hatte über das Wenige, das ihm gestohlen worden war. Der Wirt aber ärgerte sich sehr, daß er den Beutel mit den vierhundert Dukaten nicht gefunden, obwohl er alle Säckel und Taschen durchsucht hatte. »Wenn der Mann so viel auszugeben hat«, murrte er bei sich selbst, »so werde ich ihm doch auch noch die Taschen leeren!«

Nun wußte der Halunke, daß sie des Nachts ein großes Kerzenlicht brennen ließen, das sie eigens zu diesem Zweck hatten machen lassen. Als sie nun einmal wieder bei des Kaisers Festen waren, schlich sich der Wirt abermals in ihre Kammer, bohrte Löcher in die Kerze, tat Wasser hinein und überklebte sie wieder, so daß die Kerze, nachdem sie zwei Stunden gebrannt hatte, von selbst erlöschen mußte. Beim Nachtessen gab er seinen Gästen den besten Wein, den er hatte, und meinte, sie sollten tüchtig darauf schlafen. Sie aber zündeten ihr Nachtlicht an, jeder legte sein Schwert an seine Seite, und dann glaubten sie ohne alle Sorge schlafen zu können.

Aber der Wirt schlief nicht, sondern als er das Licht erlöschen sah, kroch er durch das Loch, kam vor Leopolds Bett und fing an zu wühlen. Nun schlief aber Leopold in diesem Augenblick nicht. Schnell ergriff er sein Schwert und hieb nach dem Wirt, so daß dieser tot zusammenstürzte. Zornig rief Leopold den Knechten zu: »Warum habt ihr das Licht ausgelöscht?« Aber alle sagten, daß sie es nicht getan hätten. »Geh einer«, befahl er, »und zünde ein Licht an, die andern aber sollen sich mit Schwertern zur Tür stellen und niemand hinauslassen; denn es ist ein Einschleicher in der Kammer.« Ein Knecht lief sogleich fort und brachte ein Licht. Nun fanden sie den Wirt tot vor Leopolds Bett.

Als Fortunat das hörte, erschrak er. »O Gott«, stöhnte er, »bin ich nur nach Konstantinopel gekommen, um hier mein Gut aufs höchste zu gefährden und nun vielleicht mit all den Meinigen das Leben zu verlieren? O Leopold, hättest du ihn doch nur verwundet und nicht gleich getötet.«

»Es ist ja finster gewesen«, verteidigte sich der Ritter, »ich schlug nach dem Dieb, der uns schon früher bestohlen hatte. Da habe ich ihn leider tödlich getroffen. Wenn die Leute wüßten, über welcher Untat er totgeschlagen worden ist, so brauchten wir um unser Leben gewiß nicht besorgt zu sein.«

»Nein«, seufzte Fortunat, »wir bringen es gewiß nicht dahin, daß wir den Wirt zum Dieb stempeln; das lassen seine Freunde nicht zu, da hilft weder Rede noch Geld!« Und vor Angst zitterte er am ganzen Leib.

Der alte Leopold jedoch behielt noch einige Fassung. »Seid nicht so verzagt«, tröstete er, »da hilft kein Trauern. Die Sache ist geschehen, wir können den Dieb nicht wieder lebendig machen. Laßt uns nachdenken, wie wir uns helfen können!« Fortunat antwortete ihm, daß er keinen Rat wüßte.

»Folgt mir«, erwiderte Leopold, »und tut, was ich heiße. Ich denke Euch sicher wegzubringen.« Diese Worte des alten Leopold machten alle froh. Der Ritter nahm den toten Wirt auf seinen Rücken, trug ihn hinter die Herberge, wo ein tiefer Ziehbrunnen war, und warf ihn kopfüber hinein. Dann kam er wieder zu Fortunat und sagte: »Nun habe ich uns den Dieb vom Hals geschafft, so daß man eine gute Weile nicht wissen wird, wo er hingekommen ist. Darum seid guten Mutes!« Den Knechten aber befahl er: »Geht zu den Rossen, fangt zu singen an und sprecht von lustigen Dingen! So wollen wir es auch machen. Sobald es Tag wird, wollen wir fortreiten!«

Diese Worte trösteten Fortunat, er fing an, fröhlich zu tun, mehr als ihm zumut war. Auch die Knechte stellten sich heiter, und als sie die Rosse gerüstet hatten, riefen sie den Hausknechten und Hausmägden, schickten nach einem guten Trunk, ließen den Knechten zu guter Letzt einen Dukaten und den Mägden auch einen und waren guter Dinge. »Ich hoffe, wir kommen in einem Monat wieder«, versprach Leopold; »dann wollen wir erst lustig sein!« Fortunat aber trug den Knechten und Mägden auf: »Grüßt mir den Wirt und die Frau Wirtin.« Mit so harmlosen Reden saßen sie auf und ritten von Konstantinopel weg, setzten über den Bosporus und begaben sich nach Kleinasien.

Erst als Fortunat sah, daß er keine Furcht mehr zu haben brauche, fing er an, wieder lustig zu werden und Scherzreden zu treiben. Und nun ritten sie an des türkischen Sultans Hof, sahen seinen großen Reichtum und seine vielen Krieger. Fortunat fühlte sich dort nicht wohl. Es zog ihn in die Stadt der Lagunen, nach Venedig. So bereisten sie viele Länder, bis er wieder nach Venedig kam. Nun dachte er fröhlich: »Hier leben viele reiche Leute; hier darfst du endlich auch merken lassen, daß du Geld hast.« Er fragte nach allen möglichen Kostbarkeiten und ließ sie sich zeigen. Und so hoch der Preis war, nie ging er ohne Einkauf weg. Weil die Venezianer dadurch nicht wenig Geld einnahmen, wurde er überall sehr geehrt.

Bei alledem hatte Fortunat nicht vergessen, in welcher Armut er zu Famagusta seinen Vater Theodor und seine Mutter Gratiana zurückgelassen hatte. Darum ließ er schöne Gewänder anfertigen und Hausrat kaufen. Damit fuhr er auf einer Galeere nach Zypern und landete nach mehrwöchiger Seefahrt in seiner Heimat Famagusta. Es waren nun fünfzehn Jahre, daß er die Stadt verlassen hatte. Bald nach seiner Ankunft erfuhr er, daß sein Vater und seine Mutter gestorben seien. Dies betrübte ihn von Herzen. Er mietete nun ein großes Haus, ließ alle seine Habe dorthin bringen, dingte Knechte und Mägde und fing an, ein prunkvolles Haus zu führen. Jedermann wurde aufs beste von ihm bewirtet, und die Leute wunderten sich, woher sein großer Reichtum komme; denn viele von ihnen erinnerten sich noch, daß er in großer Armut fortgegangen war.

Fortunats nächste Sorge war, das Haus seines Vaters zurückzuerwerben. Dann brach er die alten Häuser ab und baute an deren Stelle einen wunderbaren Palast. In der Nähe des Palastes ließ er eine Kirche errichten und darin Gräber für seine Eltern einbauen. Als alles fertig war, nahm er sich vor, eine Gemahlin zu suchen. Als die Einwohner erfuhren, daß er heiraten wolle, putzte jeder seine Tochter aufs schönste und dachte: »Wer weiß, ob meine Tochter nicht das Glück hat, jenen reichen Mann zum Ehemann zu bekommen!«

Unweit von Famagusta wohnte ein Graf namens Nimian, der drei Töchter hatte, die schöner waren als viele Mädchen. Diesem riet der König von Zypern selbst, daß er trachten sollte, Fortunat zum Schwiegersohn zu erhalten; er selbst bot sich an, für ihn den Freiwerber zu machen. Der Graf aber wandte ein: »Mein König, er hat weder Land noch Leute; mag er immerhin viel bares Geld besessen haben, so seht ihr doch, wieviel er verbaut hat, was keine Zinsen trägt; bares Geld ist geschwind vertan!«

Der König antwortete: »Ich weiß, daß er viele kostbare Kleinode besitzt, womit man eine ganze Grafschaft kaufen könnte. Weil er so viele Länder bereist hat, wird auch seine Klugheit und Erfahrung nicht gering sein. Wenn er nicht genug besäße, hätte er gewiß keinen so herrlichen Palast. Mein Rat ist noch immer: Du gibst ihm eine deiner Töchter, und wenn es dir recht ist, so will ich anfragen lassen. Fortunat gefällt mir, und ich würde es gern sehen, daß er eine edle Gemahlin hätte.«

Der Graf dankte dem König und ritt nach Hause zu seiner Gemahlin, der er alles erzählte. Die Gräfin war nicht dagegen, nur schien ihr Fortunat nicht edel genug. Auch das war ihr nicht recht, daß Fortunat die Wahl unter den drei Jungfrauen haben sollte; denn eine der drei Töchter war ihr besonders lieb. Doch folgte sie ihres Gatten Willen und sandte die Mädchen samt Gefolge an den Hof des Königs von Zypern.

Hier wurden alle drei Töchter vom König und der Königin mit Ehren empfangen und in den höfischen Sitten unterwiesen, nachdem sie auch zuvor schon guten Unterricht genossen hatten. Eines Tages ließ der König Fortunat zu sich bescheiden. Dieser rüstete sich in aller Eile und ritt fröhlich zu Hof, wo er aufs beste empfangen wurde.

»Fortunat«, sprach ihn der König an, »du bist mein Untertan. Ich meine, du solltest mir in dem folgen, was ich dir rate; denn ich will dein Bestes. Ich weiß, daß du im Sinn hast, eine Frau zu nehmen. Ich fürchte aber, du könntest eine wählen, die mir nicht genehm ist; deswegen möchte ich dir gern eine Gemahlin geben, die deiner würdig wäre.«

Hierauf erwiderte Fortunat: »Gnädiger Herr, es ist wahr, ich will mir eine Gemahlin nehmen. Da ich aber sehe, daß Eure Majestät selbst so herablassend ist, mir mit Rat und hoher Vorsorge entgegenzukommen, so will ich mein ganzes Vertrauen auf die Gnade meines Herrn setzen.«

»Nun«, dachte der König bei sich selber, »hier habe ich es leicht, eine Ehe zu schließen.« Und laut sprach er zu Fortunat: »Ich weiß drei schöne Töchter, alle drei sind Gräfinnen. Die älteste ist achtzehn Jahre alt und heißt Gemiana, die zweite ist siebzehnjährig, ihr Name ist Marsepia; die dritte, die erst fünfzehn Jahre alt ist, heißt Kassandra. Unter diesen dreien will ich dir die Wahl lassen; deshalb sollst du eine nach der andern kennenlernen. Oder willst du sie lieber alle drei auf einmal sehen?« Fortunat bedachte sich nicht lange. »Großmächtiger König«, sagte er, »wenn Ihr mir die Wahl gebt, so möchte ich sie alle drei zugleich sprechen und jede reden hören.«

Sogleich ließ der König seine Gemahlin wissen, sie solle ihre Hofdamen bereithalten; er selbst werde unter ihnen erscheinen und einen Gast mitbringen. Die Königin tat dies alles wie geheißen, denn sie wußte, warum es geschah. Als der König dann mit Fortunat zu seiner Gemahlin gehen wollte, bat sich sein Gast die Gnade aus, seinen alten Freund und

Diener Leopold mit sich nehmen zu dürfen; so gingen alle drei miteinander und betraten das Frauengemach.

Der König sprach: »Stellt mir die drei Jungfrauen Gemiana, Marsepia und Kassandra vor!« Die Mädchen standen auf, gingen durch den Saal und neigten sich dreimal, ehe sie vor den König traten.

Nach einigen kurzen Worten verabschiedete sich der König von der Königin und den übrigen Frauen und ging, gefolgt von Fortunat und Leopold, in seine Gemächer. Als sie in des Königs Zimmer zurückgekommen waren, sprach der König zu Fortunat: »Dein Wunsch ist erfüllt. Du hast alle drei gesehen und gehört. Nun sage, welche gefällt dir am besten?«

»Ach, gnädigster Herr«, erklärte Fortunat, »sie gefallen mir alle drei so gut, daß ich nicht weiß, welche ich wählen soll. Gönnt mir eine kleine Weile, damit ich mich mit meinem alten Diener Leopold beraten kann!« Der König bewilligte es, und beide entfernten sich.

Nun sagte Fortunat zu Leopold: »Du hast die drei Töchter so gut als ich gesehen und gehört! Nun rate mir so gut, als ob es deine eigene Sache beträfe.« Leopold erschrak über diese Worte. »Herr«, meinte er, »in dieser Sache ist nicht gut raten; denn dem einen gefällt oft ein Mädchen sehr, und seinem leiblichen Bruder gefällt es nicht. Der eine ißt gern Fleisch, der andere Fisch. Darum kann Euch in dieser Sache niemand besser raten als Ihr selbst. Doch nehmt eine Kreide und schreibt den Namen auf den Tisch an Eurer Ecke; ich will auf der andern Ecke meine Meinung hinschreiben!«

Fortunat stimmte zu. Jeder schrieb seine Meinung, und als sie es getan hatten und jeder des andern Schrift las, da hatten sie beide »Kassandra« geschrieben. Nun war Fortunat erst froh, daß seinem Leopold gefallen hatte, was ihm gefiel.

Sogleich eilte Fortunat wieder zum König und sprach: »Gnädiger Herr König! Mein untertäniges Begehren ist, daß Ihr mir Kassandra gebt!«

»Dir geschehe nach deinem Willen!« entgegnete der König und sandte sogleich zur Königin, daß sie zu ihm komme und die Jungfrau mit sich bringe.

Die Königin erschien mit Kassandra, und unverzüglich wurde die Trauung vollzogen. Aber die alte Gräfin war nicht vergnügt darüber, daß Fortunat die jüngste ihrer Töchter, die ihr gerade die liebste war, zur Frau erwählt hatte. Als ihr jedoch Leopold ein kostbares Geschenk übergab, ließ sie ihren Unmut fahren und begab sich mit ihrem Gatten zu dem König, der sie mit allen Ehren empfing und sich bereit erklärte, die Hochzeitsfeier auf seine Kosten abzuhalten. Aber Fortunat bat sich die Ehre aus, das Fest zu Famagusta in seinem neuen Palast feiern zu dürfen, ja, er wagte es, den König und die ganze königliche Familie in aller Bescheidenheit einzuladen. Der König erfüllte seinen Willen, und Fortunat ritt eilends nach Famagusta, um dort alles vorzubereiten.

Nach acht Tagen kam der König mit seiner Gemahlin und dem ganzen Gefolge, und es wurde ein herrliches Fest gefeiert. Am Morgen nach dem Fest stellten sich der König, sein Schwiegervater und seine Schwiegermutter bei Fortunat ein und forderten die Morgengabe für die Braut. Da erklärte Fortunat: »Land und Leute habe ich nicht, aber fünftausend bare Dukaten will ich ihr geben, dafür mag sie eine Burg mit Gebiet kaufen, damit sie einst versorgt ist.«

»Hier ist leicht Rat zu schaffen«, sprach der König; »weiß ich doch, daß der Graf von Ligorna dringend Geld braucht und Schloß und Flecken Lorgano, drei Meilen von hier, verkaufen muß, mit Land und Leuten und allen Liegenschaften. »Bald wurde auch der Kauf richtig gemacht, Fortunat erhielt Schloß, Flecken und Land um siebentausend Dukaten. Er machte seine Gemahlin zur alleinigen Besitzerin der Herrschaft.

Und als endlich aller Hochzeitstrubel vorüber war, ließ Fortunat seinen alten Reisegefährten Leopold rufen und stellte ihn vor eine dreifache Wahl. »Möchtest du heim, lieber Freund«, sprach er zu ihm, »so will ich dir vier Knechte geben, die dich geleiten sollen, und ich will dich dazu mit so viel Geld versehen, daß du zeitlebens dein Auskommen hast. Oder willst du hier zu Famagusta bleiben, so kaufe ich dir ein Haus und gebe dir so viel, daß du drei Knechte und zwei Mägde halten kannst und nie Mangel zu leiden brauchst. Oder willst du bei mir in meinem Palast wohnen und an allem teilhaben, so gut wie ich selber? Was du dir davon wählst, das sollst du haben.« Der alte Leopold dankte gerührt.

»Es ist mir nicht mehr möglich«, meinte er, »heimzureiten; ich bin alt und schwach und könnte unterwegs sterben. Käme ich aber auch heim, die Pyrenäen sind ein rauhes Gebirge, wo weder Wein noch edle Früchte wachsen, die ich jetzt gewöhnt bin. Daß ich meine Wohnung bei Euch nehmen soll, darf mir auch nicht in den Sinn kommen. Ich bin alt, Ihr habt eine junge, schöne Gemahlin. Darum wähle ich, wenn es Euch nicht unangenehm ist, das zweite, nämlich daß Ihr mir mein eigenes Hauswesen bestimmen mögt, worin ich mein Leben verbringen kann. Doch bitte ich, daß Ihr mich zu Rat zieht, solange uns das Leben gegönnt ist.«

Fortunat sagte dem Alten dies gern zu und nahm auch wirklich seinen Rat an. Er kaufte ihm ein eigenes Haus, gab ihm Gesinde, dazu alle Monate hundert Dukaten. Dem alten Leopold tat es wohl, daß er keinen Dienst mehr zu machen brauchte. Aber oft erschien er bei seinem jungen Freund. So pflegte er es ein halbes Jahr zu tun, dann wurde er krank, und es ging mit ihm zu Ende. Fortunat ließ seinen treuen Freund mit allen Ehren begraben.

Nach Jahren glücklicher Ehe erfreute Kassandra ihren Gatten mit einem Sohn, der in der heiligen Taufe den Namen Ampedo erhielt. Und nach Jahresfrist gebar ihm Kassandra einen zweiten Sohn, der Andolosius genannt wurde.

Zwölf Jahre hatte Fortunat mit seiner Gemahlin Kassandra in Liebe und Ruhe verlebt, da fing ihn der Aufenthalt in Famagusta zu langweilen an, wiewohl er alles hatte, was sein Herz begehrte. Er nahm sich vor, nachdem er in seiner Jugend alle europäischen Königreiche durchzogen hatte, auch die Länder der Heiden und Indien zu bereisen. Er erzählte seiner Gattin sein Vorhaben: weil er den halben Teil der Welt gesehen, wie er meinte – viele Erdteile waren noch nicht entdeckt –, so wolle er nun den andern Teil bereisen.

Kassandra erschrak darüber von Herzen und suchte ihn von seinem Vorsatz abzubringen. Es würde ihn gereuen, meinte sie. Wo er bisher umhergezogen, da hätten Christen gewohnt, auch er selbst sei noch jung und stark gewesen und hätte vieles ertragen können. Das sei jetzt nicht mehr so; das Alter vermöge nicht mehr, was der Jugend leicht falle. »Jetzt habt Ihr Euch gewöhnt, ein ruhiges Leben zu führen«, sagte sie. »Und hört Ihr denn nicht alle Tage, daß die Heiden nur darauf sinnen, die Christen um Leben und Gut zu bringen?« Dann fiel sie ihm um den Hals und bat ihn innig: »Allerliebster Fortunat, teuerster Gemahl, ich bitte Euch um Gottes willen, denkt an mich armes Weib und an Eure Kinder, schlagt Euch diese Reise aus dem Sinn und bleibt hier.« Kassandra weinte zu diesen Worten und war sehr traurig.

Fortunat suchte seine Gemahlin zu trösten: »Liebes Weib, verzweifle nicht! Es ist nur von einer kurzen Zeit die Rede; dann komme ich wieder heim. Und ich verspreche dir jetzt feierlich, daß ich dann nie mehr von dir scheiden will.«

Kassandra merkte, daß hier kein Bitten mehr half. Sie nahm daher ihre Kräfte zusammen und sprach: »Geliebter Mann, wenn es nicht anders sein kann, so komm bald wieder!«

Nun segnete Fortunat noch Weib und Kind und fuhr in seiner Galeere davon, die er sich zu diesem Zweck hatte bauen lassen. Nach einer glücklichen Fahrt kam er nach Alexandria in Ägypten. Sobald er sicheres Geleit hatte, um an Land zu gehen, verließ er das Schiff. Fortunat bat, daß man ihm Audienz beim Sultan ermögliche, damit er ihm sein Geschenk überreichen könnte. Bei der feierlichen Vorsprache fragte Fortunat, ob die Kleinode des Sultans Beifall fänden. Als dies bejaht wurde, ließ er den Sultan bitten, sie nicht zu verschmähen, sondern als ein Geschenk gnädig aufzunehmen. Der Sultan wunderte sich nicht wenig, daß ein Kaufmann ihm so viel verehren wollte. Schließlich nahm er das Geschenk an, glaubte jedoch, für ein so großes Geschenk dem Geber eine Gegengabe zusenden zu müssen. Daher schickte er hundert Zentner Pfeffer, die soviel wert waren wie Fortunats sämtliche Kleinode.

So war Fortunat schon einige Tage im Land, als er nun vom Sultan zu Gast gebeten wurde. Dies ärgerte die andern Kaufherren aus Europa, als sie dies erfuhren. Inzwischen kam die Zeit, an dem die Galeere von Alexandria in See stechen mußte; denn kein Schiff mit Kaufmannswaren durfte länger als sechs Wochen im Hafen bleiben. Fortunat wußte das. Er setzte an seiner Statt einen andern Kapitän ein, dem er befahl, mit der Galeere nach Spanien, Portugal, England und Flandern zu fahren und Handel mit dem überreichten Pfeffer zu treiben. Nach zwei Jahren sollte das Schiff wieder in Alexandria sein. Er selbst wollte noch zwei Jahre auf Reisen bleiben und es sich so einrichten, daß er zur festgesetzten Zeit auch wieder in Alexandria wäre. Träfen sie ihn dann nicht, so sollten sie annehmen, daß er nicht mehr am Leben sei. Dann sollte der Schiffsherr die Galeere samt dem Gut seiner Gemahlin Kassandra und seinen Söhnen nach Famagusta auf Zypern liefern. Dies versprach ihm der neuernannte Schiffskapitän.

Sobald sich Fortunat allein sah, bat er den Admiral um einen Geleitbrief und trat dann mit seinen Begleitern, aufs beste ausgerüstet, seine weitere Reise an.

Zuerst durchwanderten sie weite Wüsten, gelangten über Berge in das Land des Schahs von Persien, dann ging es in das Gebiet des großen Khans von Chaltei. Über kühne Hochpässe verlief der Reiseweg in das Tal des Indus und von dort durch Busch und Dschungel an den Indischen Ozean. Als Fortunat dies alles gesehen, dachte er mitleidig an seine Gemahlin Kassandra und seine beiden Söhne, und es kam ihn die Lust an, sie wiederzusehen. Er kehrte daher um und kam zur See nach der Stadt Lamecha in den heißen Gefilden Arabiens. Dort kaufte er sich ein Kamel und ritt durch die Wüste nach Jerusalem. Von da eilte er nach Alexandria, dem Sultan für alle Unterstützung Dank zu sagen, besuchte den Admiral wieder, freute sich des Wiedersehens, und wurde überall mit hohen Ehren empfangen. Mehrere Tage blieb er in Alexandria, da kam auch seine Galeere dahergefahren, mit kostbaren Waren beladen, dreimal so voll, als sie einstens Fortunat ausgesandt hatte. Er freute sich sehr, als er alle seine Leute frisch und gesund wiedersah, vor allem aber, daß sie ihm Briefe von seiner geliebten Gemahlin Kassandra mitbrachten.

Fortunat hatte nun keine Ruhe mehr; er ermunterte seine Leute, bestens zu verkaufen, um recht bald wieder in See stechen zu können. Aber der Sultan, der von der Eile hörte, wollte nicht haben, daß Fortunat abreise, ohne vorher mit ihm ausführlich gesprochen zu haben.

Als Fortunat die ungeheuren Schätze des Sultans staunend bewunderte, erklärte der Sultan: »Ich habe noch eine Seltenheit in meiner Schlafkammer, die mir lieber ist als alles, was Ihr bisher gesehen habt.«

»Was mag das sein«, fragte Fortunat, »das so köstlich wäre?«

»Ich will es Euch zeigen«, erwiderte der Sultan und führte ihn in sein Schlafgemach. Hier ging der Sultan zu einem Kasten, langte ein unscheinbares Filzhütchen, dem die Haare schon ausgegangen waren, hervor und erklärte Fortunat, dies sei sein größter Schatz.

Fortunat fragte sogleich neugierig: »Gnädigster Herr, wenn es nicht wider die Ehrfurcht ist, die ich Euch schuldig bin, so möchte ich gerne wissen, was das Hütlein vermag, das Ihr so hochschätzt.«

»Das will ich Euch sagen«, erwiderte der Herrscher. »Das Hütlein hat die Eigenschaft, wenn ich oder ein anderer es aufsetzt, so ist er sofort dort, wo er zu sein wünscht!«

»O könnte ich den Hut haben!« dachte Fortunat; »er paßte gar zu gut zu meinem Säckel!« Dann wandte er sich an den Sultan: »Ich glaube, da der Hut eine so große Kraft hat, muß er auch recht schwer sein und nicht übel drücken!«

»Nein«, antwortete der Gefragte, »er ist nicht schwerer als ein anderer Hut!« Der Sultan hieß ihn sein Barett abziehen, setzte ihm das Hütchen selbst aufs Haupt und sagte: »Nicht wahr, es ist nicht schwerer als ein anderer Hut?«

»Wirklich«, meinte Fortunat, »ich hätte nicht geglaubt, daß der Hut so leicht sei und Ihr so töricht, ihn mir aufzusetzen!« – Und in diesem Augenblick wünschte er sich auf seine Galeere, wo er auch auf der Stelle war. Kaum befand er sich darin, ließ er die Segel aufziehen und fuhr davon.

Als der Sultan merkte, daß ihm Fortunat sein liebstes Kleinod entführt habe, und er zugleich, am Fenster stehend, die Galeere wegfahren sah, wußte er vor Zorn nicht, was er tun sollte. Er bot alle seine Söldner auf, Fortunat nachzueilen und ihn gefangenzunehmen. Seine Leute fuhren ihm auch auf der Stelle nach, aber die Galeere war nicht mehr zu sehen. Nachdem sie ihr einige Tage nachgesegelt waren, kehrten sie unverrichteter Dinge zurück.

Der Sultan hätte sein Kleinod gar zu gern wiedergehabt, und doch wußte er nicht, wie er es anfangen sollte. Schließlich entschied er sich, eine feierliche Botschaft an Fortunat nach Zypern zu schicken und bat den Vorsteher der Christen, Marcholandi, diese Reise zu unternehmen. Dieser erklärte sich dazu bereit. Sogleich ließ ihm der Sultan ein Schiff ausrüsten und es mit christlichen Seeleuten bemannen. Dann befahl er ihm, nach Famagusta zu segeln und Fortunat zur Herausgabe des Hütleins zu bewegen. Er wollte diesem dafür eine Galeere voll edler Gewürze senden. Wenn aber Fortunat die Herausgabe verweigere, sollte der Schiffshauptmann es dem König von Zypern klagen und ihn bitten, daß er Fortunat zwinge, dem Sultan sein geraubtes Kleinod zurückzuschicken.

Der Hauptmann versprach, die Botschaft auszurichten und allen Fleiß darauf zu verwenden, wofür ihm der Sultan reiche Belohnung verhieß.

So fuhr Marcholandi nach Zypern und landete im Hafen von Famagusta. Fortunat war zehn Tage vor ihm eingetroffen. Zärtlich wurde der Weltreisende von seiner Gemahlin Kassandra empfangen, und er selbst empfand große Freude, als er glücklich wieder daheim war. Die ganze Stadt war froh mit ihm.

Marcholandi wunderte sich nicht wenig, als er mit seiner Galeere ans Land kam und die ganze Stadt so vergnügt sah. Fortunat aber, der hörte, daß eine Botschaft des Sultans von Alexandrien nach Famagusta gekommen sei, konnte sich wohl denken, worum es sich handelte. Nach einigen Tagen kam der Schiffshauptmann zu Fortunat in seinen Palast und richtete seine Botschaft aus. »Der König, Sultan von Babylon, zu Alt-Kairo und Alexandria«, begann er, »mein allergnädigster Herr, entbietet dir, Fortunat, seinen Gruß durch mich, den Hauptmann der Christen zu Alexandrien, Marcholandi. Er ersucht dich, du wollest ihm sein wertvollstes Kleinod zurücksenden.«

Auf dieses Ersuchen antwortete Fortunat: »Mich wundert, daß der Sultan nicht klüger war, als er mir erklärte, was für eine Eigenschaft das Hütchen habe, und daß er mir's so unbedenklich auf mein Haupt setzte. Übrigens bin ich durch das Hütchen in große Angst und Not gekommen, die ich mein Lebtag nicht vergessen werde. Denn meine Galeere stand auf der offenen See, als ich mich in das Schiff hinein wünschte. Hätte ich es nur einen Fußbreit verfehlt, so wäre ich ums Leben gekommen. Und darum bin ich gesonnen, das Wunschhütlein, als geringe Vergütung für die ausgestandene Todesangst zu behalten, solange ich lebe.«

»Fortunat, laßt Euch raten!« drängte Marcholandi. »Wozu kann Euch das Kleinod nützen? Ich will Euch etwas anderes dafür verschaffen, das Euch und Euren Kindern viel nützlicher sein soll als das abgeschabte Hütlein. Ich verspreche Euch, daß der Sultan Eure Galeere mit dem besten Gewürz, Pfeffer, Ingwer, Muskatnüssen und Zimmetrinden voll beladen wird, bis auf hunderttausend Dukaten an Wert.«

Auf diesen Vorschlag antwortete Fortunat ganz kurz: »Mir ist nichts werter als des Sultans Freundschaft und die Eure, aber das Hütlein gebe ich nicht her.«

Mit dieser Stellungnahme begab sich Marcholandi zum König von Zypern und bat ihn, mit Fortunat zu unterhandeln, denn er fürchte, wenn Fortunat das Wunschhütlein nicht herausgebe, könnte daraus ein Krieg werden. Der König antwortete dem Schiffshauptmann: »Hat der Sultan etwas gegen Fortunat zu klagen, so mag er ihn vor Gericht belangen; dann soll ihm alle Genugtuung widerfahren.«

Marcholandi erkannte, daß die Heiden hier nichts ausrichten würden, machte seine Galeere wieder abfahrbereit und fuhr unverrichteter Dinge nach Hause.

Nachdem Fortunat der Welt Glück in Fülle genossen hatte, begann er ein ruhiges Leben zu führen, ließ seine Söhne mit großem Aufwand erziehen und hielt ihnen Fachleute, die sie in allem Ritterspiel unterrichteten, wozu besonders der jüngere Sohn, Andolosius, große Neigung zeigte. Bei jedem ritterlichen Stechen tat sich dieser besonders hervor und gewann den Preis, so daß alle sagten: »Andolosius bringt das ganze Land zu Ehren!«

Viele Jahre lebten sie glücklich; da verfiel die schöne Kassandra in eine Krankheit und starb trotz aller ärztlichen Hilfe. Fortunat kränkte sich darüber so sehr, daß seine Kräfte von Tag zu Tag abnahmen. Man berief die besten Ärzte und versprach ihnen die herrlichste Belohnung, wenn sie helfen könnten. Aber sie waren machtlos, Fortunat sah sein Ende vor Augen. Er ließ daher seine beiden Söhne Ampedo und Andolosius kommen und sprach zu ihnen: »Meine lieben Söhne, ich fühle, daß mein Ende nahe ist. Darum will ich euch sagen, wie ihr euch nach meinem Tod verhalten sollt, damit ihr bei Ehre und Vermögen bleibt, wie ich es bis an mein Ende geblieben bin.« Dann erzählte er ihnen, welche Eigenschaft der Glückssäckel habe. Ebenso teilte er ihnen das Geheimnis des Wunschhütleins mit und befahl, diese Kleinode nicht voneinander zu trennen und niemand etwas von dem Säckel zu sagen. »Denn«, schloß er, »ich habe den Säckel sechzig Jahre lang gehabt und keinem Menschen davon je ein Wörtlein gesagt. Noch eines muß ich euch befehlen, liebe Söhne: ihr sollt zu Ehren einer Jungfrau, von der ich mit diesem glückhaften Säckel beschenkt worden bin, jedes Jahr einer armen Tochter vierhundert Goldstücke zur Brautgabe schenken, an dem Ort, wo sich der eine von euch gerade mit dem Säckel befindet. Lebet wohl und lebt in Frieden!«

Das waren die letzten Worte Fortunats, bevor er seinen Geist aufgab. Die Söhne bestatteten ihren Vater mit großen Ehren in der Kirche, die er selbst gebaut hatte.

Da Fortunats jüngerer Sohn Andolosius während des Trauerjahrs sich nicht mit Turnieren und anderem adeligen Zeitvertreib vergnügen durfte, war er über seines Vaters Büchern gesessen und hatte darin gelesen, was für weite Reisen dieser gemacht hatte. Das erweckte in ihm solche Reiselust, daß er sich vornahm, ebenfalls auf die Wanderung zu gehen. Er sprach daher zu seinem Bruder Ampedo: »Lieber Bruder, wir wollen die Welt sehen und nach Ehren trachten, wie unser Vater es auch getan hat.«

Ampedo erwiderte seinem Bruder ruhig: »Wer wandern will, der wandere! Mich gelüstet es gar nicht darnach; mir gefällt es hier am besten. Laß mich in Famagusta bleiben und mein Leben in dem schönen väterlichen Palast beschließen!« Andolosius gab zurück: »Wenn du das willst, so laß uns die Kleinode teilen.«

»Willst du wirklich das Gebot unseres Vaters übertreten?« fragte Ampedo unwillig. »Weißt du nicht, daß sein letzter ernstlicher Wille war, daß wir die Kleinode nicht voneinander trennen sollen?« Andolosius entgegnete: »Was schert mich diese Rede! Er ist tot, ich aber lebe noch und will meinen Teil.« Ampedo bemerkte hiezu: »So nimm das Hütlein und gehe, wohin du willst!«

»Nein, nimm du es selbst«, widersprach Andolosius, »der Säckel bleibt mir!« So konnten sie nicht einig werden; denn jeder wollte den Säckel haben.

Endlich glaubte Andolosius die Lösung gefunden zu haben: »Jetzt weiß ich, wie wir es machen sollen, daß des Vaters Wille doch erfüllt wird. Laß uns aus dem Säckel zwei Truhen mit Goldgulden füllen, die behalte du hier für dich. Da magst du leben damit, so herrlich du willst, du kannst sie dein Leben lang nicht verzehren. Dazu behalte auch das Hütlein bei dir, damit du dein Vergnügen daran hast. Mir aber überlaß den Säckel! Ich will wandern und nach Ehren trachten. Wenn ich sechs Jahre auf Reisen war und wiederkomme, will ich dir den Säckel auf sechs Jahre überlassen. Auf diese Weise haben wir ihn doch gemeinsam und benützen ihn miteinander.«

Ampedo war ein nachgiebiger Mensch; er ließ sich den Vorschlag seines Bruders gefallen. Als Andolosius den Säckel hatte, freute er sich von Herzen. Er nahm Abschied von seinem Bruder und verließ Famagusta mit vierzig wohlgerüsteten Mannen auf einer neuen Galeere. Als er nach Überquerung des Mittelmeeres in Frankreich angekommen war, stieg er an Land und ritt zuerst an den Hof des Königs von Frankreich. Hier ließ er seinen Reichtum jedermann genießen, weswegen er auch bei aller Welt beliebt war. Bei allen Ritterspielen tat er sich hervor und war auch bei den Frauen gern gesehen.

Andolosius kam auf seiner Weiterfahrt glücklich in die große Stadt London, wohin vor vielen Jahren sein Vater aus Flandern geflohen war. Hier mietete er ein großes Haus und fing an Hof zu halten, als ob er ein Herzog wäre. Als dem König von England das zu Ohren kam, ließ er ihn fragen, ob er nicht an seinen Hof ziehen wolle. Andolosius dankte und wollte es mit Freuden tun und dem König gern mit Leib und Gut dienen. Nun war gerade zu jener Zeit ein Krieg mit dem König von Schottland ausgebrochen. Da zog Andolosius nebst großem Gefolge auf seine eigenen Kosten mit dem englischen König ins Feld und verrichtete so manche ritterliche Tat, daß er bald in hohem Ansehen stand.

Das Kriegsglück war dem schottischen König nicht hold, und deshalb bemühte er sich um einen Frieden. Andolosius kam wieder nach London zurück und wurde vom König, seiner Gemahlin und seiner Tochter

Agrippina, der schönsten Jungfrau in ganz England, empfangen. Da wurde Andolosius von so inniger Liebe zu der Königstochter ergriffen, daß er schwermütig zu sich selbst sprach: »Wollte Gott, daß ich von königlichem Geschlecht wäre! Wie wollte ich da um die Liebe der schönen Agrippina ringen!«

»Soviel ich höre«, bemerkte Agrippina, »seid Ihr an Königshöfen gewesen; habt Ihr denn keine Frau gefunden, die Euch gefallen hätte?«

»Ja«, erwiderte er, »ich habe an sechs Königshöfen gedient, habe manche schöne Frau gesehen, aber, gnädigste Prinzessin, Ihr übertrefft sie alle weit an Lieblichkeit, Ihr habt mein Herz so in Liebe entzündet, daß ich Euch nicht lassen kann. Ich weiß, es ist Unsinn, Eure Liebe zu begehren, da ich nicht so vornehm geboren bin wie Ihr. Ich flehe Euch an, versagt mir Eure Liebe nicht! Was Ihr von mir verlangen mögt, das soll Euch gewährt werden.«

Darauf erwiderte Agrippina: »Andolosius, sag mir die Wahrheit, woher du diesen Reichtum und das viele bare Geld hast. Wenn du mir das sagst, so wird sich dir mein Herz zuneigen!« Der Jüngling war unbeschreiblich froh; freudig rief er: »Ich will Euch die volle Wahrheit berichten; aber gelobt mir, Euer Versprechen treu zu halten!«

»O du liebster Andolosius«, antwortete sie, »du sollst an meiner Liebe nicht zweifeln; was dir mein Mund verhieß, soll die Tat erweisen.«

Auf diese Worte der Jungfrau zögerte Andolosius nicht länger mit seiner Entdeckung, zog seinen glückhaften Säckel heraus, zeigte ihn dem Fräulein und sagte: »Solang ich diesen Säckel habe, wird es mir an Geld nicht fehlen!« Bei diesen Worten fing er an, ihr tausend Goldstücke in den Schoß zu zählen, und erklärte: »Ich schenke sie Euch, wollt Ihr mehr haben, so zähle ich noch weiter. »Agrippina rief: »Jetzt wundert mich Euer kostspieliges Leben nicht mehr! Und nun will ich Euch auch mein Wort halten. Der König und die Königin sind heute abend nicht im Schloß. Daher will ich Euch in meinem Gemach empfangen, da wollen wir ein wenig miteinander plaudern. Aber der Kämmerin müßt Ihr auch ein schönes Geschenk machen, damit sie verschwiegen bleibt.«

Andolosius versprach dies mit jauchzendem Herzen und entfernte sich. Sobald er gegangen war, lief Agrippina zu ihrer Mutter und berichtete jubelnd, was sie erfahren hatte. Sie erzählte ihr auch, daß sie Andolosius verheißen habe, ihn diesen Abend zu empfangen. Zufrieden fragte die Königin: »Weißt du noch, Kind, was für eine Gestalt, Farbe und Größe der Säckel hatte?«

Sogleich ließ die Königin nach ihrer Tochter Beschreibung einen Säckel verfertigen, das Leder machten sie recht weich, als ob der Beutel schon alt wäre. Dann wurde ein starkes Getränk bereitet, dessen Genuß den Trinker in einen tiefen Schlaf versenken sollte. Als der Trunk zugerichtet war, unterwiesen sie die Kämmerin, am Abend Andolosius freundlich zu empfangen und in der Prinzessin Zimmer einzulassen. Hier sollte ihm Speise vorgesetzt und zuletzt der Trank in seinen Becher geschüttet werden.

Andolosius kam wie verabredet und wurde in Agrippinas Zimmer geführt. Diese grüßte ihn holdselig und setzte sich neben ihn. Süße Speisen wurden aufgetragen und ein goldener Pokal eingeschenkt. Diesen ergriff Agrippina, neigte sich zu ihrem Gast und sprach: »Andolosius, ich bringe Euch einen freundlichen Trunk.« Der Jüngling erhob sich, faßte den Becher mit Begierde und trank der Gastgeberin zu. So brachte sie ihm einen Trunk nach dem andern dar, bis er den zubereiteten Trank ausgetrunken hatte. Hernach verfiel er in einen tiefen Schlaf. Als Agrippina das sah, riß sie ihm das Wams vom Leib, trennte seinen Zaubersäckel ab und nähte den nachgemachten an seine Stelle.

Am andern Morgen brachte Agrippina den Säckel der Königin, und sie versuchten, ob er auch der richtige wäre. Mit dem ersten Griff zogen sie zehn Goldkronen aus dem Ledersack, und nun zählten sie soviel Goldgulden heraus, als sie wollten. Die Königin brachte dem König einen ganzen Schoß voll Gulden und erzählte ihm, wie sie mit Andolosius verfahren seien. Der König hätte den Säckel gern besessen und bat seine Gemahlin, die Tochter zu bewegen, daß sie ihn ihrem Vater übergebe, damit er nicht verlorengehe. Die Königin tat dies, aber Agrippina wollte ihn nicht herausgeben. Da bat die Mutter, wenigstens ihr den Säckel anzuvertrauen. Aber Agrippina wollte auch das nicht tun.

Als Andolosius erwachte, war es heller Morgen. Er sah niemand um sich als die alte Kammermeisterin. Diese fragte er, wo Agrippina sei. »Sie ist eben erst aufgestanden«, erwiderte die Alte; »meine gnädige Frau, die Königin, hat nach ihr gesendet. Aber, mein Herr, Ihr habt so fest geschlafen, daß ich gar nicht merkte, ob Euch der Atem noch ging. Mir war schon bange, Ihr möchtet gestorben sein!«

Als Andolosius hörte, daß er die Gegenwart der schönen Agrippina verschlafen habe, fing er an, sich selbst zu verfluchen. Die Kammerfrau wollte ihn beruhigen und meinte: »Seid doch nicht so trostlos! Es wird wohl wieder eine ruhige Stunde kommen, wo Ihr sie sprechen könnt!«

Aber Andolosius verwünschte die Alte. In seinem Quartier angelangt, riß er sein Wams auf und zog seinen Säckel heraus; er wollte seinem Diener Geld für Einkäufe geben. Aber als er nach alter Gewohnheit in den Säckel griff, spürte er nichts in seiner Hand. Er kehrte dem Geldsäckel das Innere nach außen; aber da war kein Geld mehr. Nun bekam er es mit der Angst zu tun und dachte an die Lehre, die sein Vater Fortunat auf dem Totenbett gegeben hatte, daß sie, solang sie lebten, niemand von dem Säckel sagen sollten. Nun war es zu spät, mit seinem Reichtum war es zu Ende.

Da berief er alle seine Leute und sprach: »Es sind nun bald zehn Jahre, daß ich euer Herr bin. Nun aber ist die Zeit gekommen, daß ich nicht mehr hofhalten kann. Ich entbinde euch deshalb eures Treueides, tue ein jeder, was ihm das beste dünkt. Ich habe kein Geld mehr außer hundertundsechzig Kronen. Davon schenke ich jedem von euch zwei, überdies mag jeder Roß und Harnisch behalten.«

Über diese Worte erschraken die Diener sehr. Sie konnten sich nicht erklären, wohin der Reichtum ihres Herrn auf einmal gekommen sei. Dann sagte einer: »Lieber Herr, wir wollen Euch nicht verlassen, sondern Rosse, Harnische und alles, was wir haben, verkaufen und bei Euch bleiben.«

»Ich danke euch allen für eure Treue, ihr lieben Leute«, antwortete Andolosius; »wenn sich das Glück wieder zu mir kehrt, soll euch das alles reichlich vergolten werden. Jetzt aber tut, was ich euch gesagt habe, und sattelt mir sogleich mein Pferd; ich will nicht, daß einer von euch mit mir reite.« Traurig brachten sie ihm sein Pferd, und er nahm von ihnen allen Abschied, saß auf, ritt an die Küste und nahm mit einem Segler den nächsten Weg nach Famagusta zu seinem Bruder Ampedo.

Als Ampedo seinen Bruder Andolosius sah, empfing er ihn mit herzlicher Freude, fragte ihn jedoch, warum er so allein komme und wo er sein Gefolge gelassen habe. Der aber erwiderte: »Ich habe alle entlassen; gottlob, daß ich selbst wieder heimgekommen bin!«

»Lieber Bruder«, fragte Ampedo, »wie ist es dir denn ergangen? Es gefällt mir gar nicht, daß du so allein gekommen bist!«

»Liebster Bruder, ich muß dir leider eine böse Nachricht verkünden. Mir ist es schlecht ergangen; ich bin um den Glückssäckel gekommen. Ach Gott, mir ist es herzlich leid, aber es läßt sich nicht ändern.«

Ampedo erschrak zutiefst und fragte jammernd: »Ist er dir mit Gewalt genommen worden, oder hast du ihn verloren?« Andolosius antwortete:

»Ich habe das Gebot, das uns unser teurer Vater als Vermächtnis hinterließ, übertreten und einer geliebten Frau davon gesagt. Sobald ich ihr's geoffenbart, hat sie mich darum gebracht; das hätte ich von ihr nicht erwartet!«

»Ach, hätten wir das Gebot unseres Vaters gehalten«, jammerte Ampedo, »und die Kleinode nicht voneinander getrennt!« Andolosius aber seufzte: »Lieber Bruder, es schmerzt mich so sehr, daß ich lebensüberdrüssig bin!«

Als Ampedo diese Worte hörte, wollte er ihn trösten und erklärte: »Laß es dir nicht so zu Herzen gehen! Wir haben noch zwei Truhen voller Dukaten, dann haben wir ja auch noch das Hütlein. Laß uns deshalb dem Sultan schreiben; er gibt uns gewiß noch immer sehr viel für den Zauberhut, dann haben wir genug, solang wir leben. Darum, Bruder, schlag dir den Säckel aus dem Sinn!« Aber Andolosius erwiderte: »Mein Wunsch wäre, du gäbest mir das Hütlein, dann hätte ich Hoffnung, damit auch den Säckel wiederzugewinnen!«

Ampedo machte große Augen zu diesem Vorschlag und schalt: »Ein Sprichwort heißt: ›Wer sein Gut verliert, der verliert den Verstand‹. Das merke ich an dir, Bruder. Nachdem du uns um das Säcklein gebracht hast, möchtest du uns auch gern um das Hütlein bringen. Aber ohne mein Einverständnis darfst du es nicht forttragen.«

»Gut«, dachte Andolosius, »ich sehe schon, daß ich es anders anpacken muß!« – »Nun, Bruder«, erklärte er, »von nun an will ich nach deinem Willen leben!«

Daraufhin kam ihm ein einleuchtender Gedanke: er schickte Ampedos Knechte in den Forst, eine Jagd vorzubereiten; er selbst wolle ihnen bald nachkommen. Als sie weg waren, sagte er zu Ampedo: »Leih mir das Hütlein, ich will in den Forst.« Der Bruder brachte ihm das Hütlein. Aber sobald es Andolosius auf dem Kopf hatte, ließ er Forst Forst sein und wünschte sich, in der Hafenstadt Genua zu sein. Hier ließ er die besten und köstlichsten Kleinodien, die zu finden waren, in seine Herberge bringen. Er legte sie in ein Tuch zusammen, als wolle er versuchen, wie schwer sie wären, dann setzte er sein Hütlein auf und fuhr mit ihnen davon, ohne zu zahlen. »Ich werde sie schon bezahlen, wenn ich meinen Säckel wieder habe«, dachte er. Und wie er es in Genua getan, so machte er es dann noch in Florenz und in Venedig. So brachte er ohne Geld die köstlichsten Kleinode der drei Städte zusammen. Dann zog er nach London.

Andolosius wußte, von welcher Seite her die Prinzessin Agrippina allsonntäglich zur Abtei kam. Er errichtete daher eine Bude an der Straße und legte dort seine Kostbarkeiten aus. Es währte nicht lange, so erschien die Prinzessin mit ihrem Gefolge, auch die alte Kammermeisterin, die ihm den Schlaftrunk gereicht hatte, war darunter. Andolosius erkannte sie wohl, sie aber ihn nicht; denn er hatte eine andere Nase auf die seine geklebt. Als Agrippina vorüber war, nahm Andolosius zwei schöne Ringe und beschenkte die Kammerfrauen, die stets um Agrippina waren. Er bat sie, es doch zuwege zu bringen, daß die Prinzessin ihn holen lasse; dann wolle er so köstliche Kleinode mitbringen, wie sie gewiß noch keine gesehen hätten. Sie versprachen, es zu tun. Als die Prinzessin aus der Kirche kam, zeigten sie ihr die zwei wertvollen Ringe und erzählten ihr, der Edelsteinhändler vor der Kirche habe sie ihnen geschenkt, er habe eine Auswahl der köstlichsten Juwelen. »Heißt ihn herkommen«, sagte die Prinzessin, »ich möchte gern seine Schätze beschauen.«

Auf der Stelle wurde Andolosius beschieden, seine Kleinode in einem Saal vor Agrippinas Zimmer auszulegen. Sie gefielen der Prinzessin sehr. So wählte sie denn aus, was ihr am besten gefiel, große und kleine, wohl zehn Stück. Der Juwelier rechnete zusammen. Es machte bei fünftausend Goldstücke aus; aber so viel wollte sie ihm nicht geben. Andolosius dachte: »Nun, ich will mich nicht mit ihr herumstreiten, brächte sie nur den Säckel herbei!« und so wurden sie handelseins um viertausend Kronen.

Die Prinzessin nahm die Kleinode, ging in ihre Kammer, wo sie den Glückssäckel aufbewahrte, und steckte ihn vorsichtig in ihren Gürtel. Dann kam sie ahnungslos heraus und wollte die Edelsteine bezahlen. Da wußte es der »falsche« Juwelier so einzurichten, daß sie neben ihn zu stehen kam, und als sie das Geld zu zählen begann, umfing er sie mit starken Armen. Das Wunschhütlein hatte er auf dem Kopf, gleich wünschte er sich mit ihr in eine wilde Wüste.

Kaum hatte er den Wunsch gedacht, so waren die beiden durch die Luft geflogen und kamen zunächst auf einer armseligen Insel unter einem Baum an, der voll schöner Äpfel hing. Als die Prinzessin unter dem Baum saß, während die Kleinode noch in ihrem Schoß lagen und der Glückssäckel in ihrem Gürtel hing, sah sie auf und erblickte so viele schöne Äpfel zu ihren Häupten. Erstaunt fragte sie den Juwelier: »Ach Gott, wie sind wir denn hierher gekommen? Ich bin so schwach; gib mir doch einen von diesen Äpfeln zur Erfrischung!« Die Prinzessin wußte aber noch immer nicht, daß es Andolosius sei, mit dem sie sprach.

Nun legte dieser die Kleinode, die er selbst bei sich hatte, in ihren Schoß, das Wunschhütlein setzte er ihr auf den Kopf, damit es ihn am Besteigen des Baums nicht hindere und kletterte den Baum hinauf, um zu sehen, wo die besten Äpfel hingen. Währenddessen seufzte Agrippina: »Ach Gott, wenn ich doch wieder in meiner Schlafkammer wäre!« Kaum hatte sie dieses Wort gesprochen, fuhr sie durch die Lüfte davon und kam ohne allen Schaden wieder in ihre Schlafkammer. Der König und die Königin samt allem Hofgesinde fragten, wo sie denn gewesen und wo der Juwelier sei. Das Mädchen antwortete: »Ich habe ihn unter einem Baum gelassen. Fragt mich nicht weiter, ich muß ruhen; denn ich bin sehr müde geworden.«

Andolosius, der auf dem Baum saß, mußte mit ansehen, wie Agrippina mit dem Hütlein und allen Kleinodien dazu, die er in den großen Städten aufgebracht hatte, durch die Lüfte dahinfuhr. Er verfluchte den Baum, die Früchte und alle Welt. »Verwünscht sei die Stunde«, schrie er, »in der ich geboren ward, alle Tage und Stunden, die ich gelebt habe! Verflucht der Tag und die Stunde, wo ich Agrippina zuerst gesehen habe!«

Inzwischen wurde es so finster, daß er nichts mehr sah. Da legte er sich verzweifelt unter den Baum und wäre am liebsten tot gewesen.

Sobald es Tag wurde, stand er auf und ging mutlos ein Stück auf dieser einsamen Insel in den weiten Meeresflächen weiter, konnte aber niemand sehen. Da kam er zu einem Baum, auf dem schöne rote Äpfel hingen. Nun hungerte ihn sehr, und in der Not warf er einen Stein nach dem Baum, daß zwei große Äpfel herabfielen, die er rasch aß. Aber kaum hatte er sie verzehrt, da wuchsen ihm zwei große Hörner. Er lief mit den Hörnern wider die Bäume und wollte sie abstoßen, aber es war alles vergebens. Da schrie er: »O ich armer, elender Mensch, ist denn niemand da, der mir hilft, wieder unter Menschen zu kommen?«

Sein jämmerliches Schreien hörte ein Einsiedler, der schon dreißig Jahre in dieser Wildnis wohnte und seither keinen Menschen gesehen hatte. Der ging dem Geschrei nach, kam zu Andolosius und fragte ihn: »Du armer Mensch, was suchst du in dieser Einsamkeit?«

»Lieber Bruder«, antwortete jener, »mir tut es leid, daß ich hergekommen bin!« Dann bat er den Waldbruder, ob er nichts zu essen hätte. Der Einsiedler sprach zu ihm: »Ich will dich an einen Ort weisen, wo du Speise und Trank genug findest.« Dann fragte Andolosius: »Was soll ich denn mit den Hörnern anfangen, die ich habe? Man wird mich für ein Meerwunder ansehen!« Der Alte brach von einem Baum zwei Äpfel und sagte: »Mein Sohn, iß diese!« Andolosius tat es, und sogleich waren die Hörner verschwunden.

»Lieber Bruder«, bat Andolosius, »erlaubt mir, daß ich ein paar von diesen Äpfeln mit mir nehme!« Der Waldbruder erwiderte: »Mein Sohn, nimm dir, soviel du willst!«

Andolosius pflückte mehrere Äpfel, die Hörner wachsen ließen und auch etliche, von denen sie vergingen. Dann sprach er zu dem Bruder: »Jetzt zeigt mir den Weg zu Menschenkindern!« Da führte ihn der Einsiedler auf einen Pfad und sagte: »Geradeaus kommt Ihr zu einem Dorf, wo Ihr zu essen und zu trinken findet!«

Dort zeigten ihm die Leute einen Seehafen, wohin Schiffe aus England und Schottland kämen. Er machte sich auf der Stelle dorthin auf und fand ein Schiff, das nach London fuhr, wo er bald glücklich ankam.

In London ließ er sich ein Auge verkleistern und setzte eine Perücke auf, so daß er ganz unkenntlich war. Dann nahm er ein Tischchen und setzte sich wieder vor die Westminsterabtei, wo Agrippina an einem Sonntagmorgen vorbeikommen mußte. Da legte er die Äpfel auf ein schönes weißes Tuch und rief: »Wer kauft Äpfel aus Damaskus?« und wenn ihn jemand fragte, wie teuer er einen gebe, so sagte er: »Um drei Kronen!« Da gingen alle, weil sie ihnen zu teuer waren, vorüber, und es wäre ihm auch leid gewesen, wenn sie jemand gekauft hätte.

Nun kam die Prinzessin mit ihren Jungfrauen sowie der Kammermeisterin. Da rief er abermals: »Kauft Äpfel aus Damaskus!« Die Prinzessin fragte: »Wie teuer gibst du einen?« Er antwortete: »Um drei Kronen!«

»Was haben sie denn Köstliches, daß du sie so teuer bietest?« forschte sie. »Sie geben dem Menschen Schönheit«, erklärte er, »und klaren Verstand.« Als die junge Königstochter dies hörte, befahl sie ihrer Kammermeisterin, zwei von den Äpfeln zu kaufen. Darauf legte Andolosius seine Ware wieder zusammen, denn niemand wollte ihm mehr etwas abkaufen.

Zu Hause angelangt, aß die Prinzessin sogleich die beiden Äpfel. Sofort wuchsen ihr unter heftigem Kopfweh zwei mächtige Hörner, so daß sie sich zu Bett legen mußte. Als die Hörner ausgewachsen waren, ließ der Schmerz nach. Da es ihr nicht gelang, das Geweih abzubrechen, rief sie zwei Jungfrauen vom Hof. Als diese ihre Herrin so entstellt sahen, bekreuzigten sie sich, als ob sie der böse Geist wäre. Die Prinzessin aber war so erschrocken, daß sie nicht reden konnte.

Die jungen Mägdlein zogen aus Leibeskräften an den Hörnern, und Agrippina litt es geduldig, aber es half nichts. Darum wurde sie immer bekümmerter, weinte und klagte. Eine ihrer Jungfrauen tröstete sie: »Gnädigste Prinzessin, Ihr sollt nicht so verzagen! Habt Ihr die Hörner bekommen, so müssen sie auch wieder verschwinden können! Laßt die gelehrtesten Ärzte holen, vielleicht wissen sie die Ursache eines solchen Gewächses und womit es vertrieben werden kann.«

Die Prinzessin war damit einverstanden und befahl: »Erzählt nur niemand davon, daß ich es bin, der die Hörner gewachsen sind, und wenn jemand nach mir fragt, so sagt, ich sei krank. Laßt niemand zu mir als die alte Kammermagd!« Dann ließ sie bei den Ärzten Umfrage tun, aber die Sache so schildern, als ob einer Freundin der Prinzessin zwei Hörner gewachsen seien; sie wolle wissen, ob diese zu kurieren wären. Die Ärzte wunderten sich sehr, daß einem Menschen Hörner wachsen sollten. Jeder wollte mit großer Neugierde die Befallene sehen. Die alte Kammermeisterin aber, die zu den Ärzten gesandt worden war, wehrte ab: »Ihr könnt die Frau nicht sehen, außer wenn Ihr zu helfen wißt. Wer das kann, soll reich belohnt werden.« Aber keiner wagte den Versuch. Da machte sich die Botin auf den Rückweg nach dem königlichen Hof.

Unterwegs begegnete ihr Andolosius, der sich als Doktor verkleidet hatte und einen roten Scharlachrock und ein großes rotes Barett trug. Auch hatte er sich durch eine künstliche Nase entstellt. »Liebe Frau«, redete er sie an, »ich höre, daß Ihr bei drei Ärzten gewesen seid. Habt Ihr ein Anliegen, so sagt mir's; denn ich bin auch Arzt. Es müßte ein ganz eigenartiges großes Gebrechen sein, daß ich es nicht zu vertreiben wüßte.

Die Hofmeisterin erzählte ihm nun den Fall. »Könnt Ihr der Person helfen«, schloß sie, »so wird sie Euch reich belohnen.« Der Doktor begann freundlich zu lächeln und erwiderte: »Die Sache kenne ich, verstehe auch die Kunst, Hörner schmerzlos zu vertreiben – aber Geld kostet es. Ich kenne nämlich auch die Ursache, woher diese Hörner kommen.« Der Doktor erklärte: »Es kommt daher, wenn ein Mensch dem andern große Untreue antut und sich über seine Bosheit freut, diese Freude aber nicht öffentlich äußern darf. Dann muß es auf einem andern Weg ausbrechen, und ein solcher Mensch kann von Glück sagen, wenn es sich auf diese Weise nach oben ausstößt. Wäre es bei der Frau nicht ausgebrochen, so hätte sie sterben müssen; die Hörner wären nach innen gewachsen und hätten ihr das Herz durchstoßen.«

Mit unaussprechlicher Freude ging die Hofmeisterin zu ihrer betrübten Prinzessin. »Gnädigstes Fräulein«, rief sie ihr entgegen, »seid fröhlich! Eure Sache wird sich bald zum Besten wenden!« Dann erzählte sie ihr, wie die drei Ärzte sie ungetröstet hatten gehen lassen; darnach aber habe sie einen Arzt gefunden, der habe sie getröstet und seine Hilfe versprochen. »Er hat mir auch gesagt«, schloß die alte Kammermeisterin, »aus welcher Ursache solche Hörner entspringen, und ich mag's ihm wohl glauben!«

Die arme Prinzessin lag auf dem Bett und fragte ungehalten: »Warum hast du ihn denn nicht gleich mitgebracht? Du weißt ja, daß ich, je eher je lieber, die Hörner los wäre. Geh gleich und führe ihn her; sag ihm, daß er alles mitbringen soll, was zur Heilung gehört. Bring ihm auch gleich die hundert Kronen da; braucht er mehr, so gib ihm, soviel er begehrt!«

Die Hofmeisterin ging sogleich zu dem Doktor und richtete ihren Auftrag aus. Der Doktor erklärte: »Ich will mit Euch gehen, nur muß ich vorher alles kaufen, was zu der Operation vonnöten sein wird. Darum wartet hier auf mich oder kommt in zwei Stunden wieder!«

So ging der Doktor mit der großen, häßlichen Nase in die Apotheke. Dort ließ er sich einen halben Apfel mit Zucker und Rhabarber überziehen, fügte wohlschmeckende Dinge hinzu, kaufte auch ein wenig wohlriechende Salbe und kam wieder zu der Hofmeisterin, die auf der Straße auf ihn wartete. Sie führte ihn bei Nacht zu der Prinzessin.

Agrippina lag auf ihrem Bett hinter den Vorhängen und erwartete ungeduldig den Arzt. Dieser redete sie an: »Hohes Fräulein, faßt Mut, mit meiner Kunst soll Euer Leiden bald in Ordnung sein. Nur richtet Euch auf und laßt mich Euer Gebrechen sehen und anfühlen, dann kann ich Euch um so besser helfen!« Agrippina schämte sich sehr, daß sie die Hörner sehen lassen sollte. Doch setzte sie sich aufrecht im Bett hin. Der Doktor rührte die Hörner an und sprach: »Man muß jedes Horn mit einer Salbe bestreichen und dann ein Säcklein aus einem warmen Pelz von einer Affenhaut darumbinden.«

Sogleich gab die Kammermeisterin den Auftrag, daß ein alter Affe geschlachtet und die Haut gebracht würde. Dann wurden die zwei Säcklein nach des Arztes Rat gemacht. Nun fing dieser an, die Hörner mit dem Affenschmalz zu bestreichen, zog die Pelzsäcklein darüber und bemerkte: »Erhabenes Fräulein, was ich jetzt den Hörnern getan habe, wird sie bald weich machen. Sie müssen aber auch durch innerliche

Mittel vertrieben werden; deswegen habe ich eine Arznei mitgebracht, die eßt und schlaft darauf. Ihr werdet bald sehen, daß die Sache sich bessert.«

Agrippina tat wie eine Kranke, die gern gesund werden möchte. Was ihr der Doktor gab, war jener halbe Apfel, der die Kraft hatte, die Hörner zu vertreiben. Nach einiger Zeit sprach der Doktor: »Laßt sehen, ob die Arznei schon gearbeitet hat«, und griff an die Pelzsäcklein am Ende der Hörner. Da waren sie um ein Viertel kleiner geworden. Darüber freute sich Agrippina sehr und bat den Doktor, in der Heilung fortzufahren. »Heute nacht komme ich wieder«, erklärte er, »und bringe mit, was not tut.« Er ging in die Apotheke, ließ wieder einen halben Apfel überziehen und ihm einen andern Geschmack geben. Den brachte er der Prinzessin, bestrich ihr die Hörner, ließ die Säcklein kleiner machen, daß sie fest anlagen, und gab ihr den Apfel, worauf sie einschlief. Als sie wieder aufwachte, waren die Hörner fast ganz verschwunden. Freudestrahlend bat Agrippina den Doktor, nicht zu erlahmen, sie wolle ihm seine Arbeit gut belohnen.

Während sie schlief und er nachdenklich an ihrem Lager saß, kam die Hofmeisterin mit einem Licht und wollte sehen, was die Prinzessin mache. Der Doktor hatte sein Barett abgezogen, das ihm plötzlich entfiel. Wie er sich nun bückte, um es aufzuheben, sah er unter dem Bett das Wunschhütlein liegen, auf das niemand achtete, weil niemand seine Kraft kannte. Die Prinzessin wußte auch nicht, daß sie durch die Kraft des Hütleins wieder heimgekommen war. Auf der Stelle schickte der Doktor die Kammermeisterin nach einer Arzneibüchse, und während sie diese holte, hob er das Hütlein im Nu auf, steckte es unter seinen Rock und dachte: »Nun muß ich den Säckel auch wieder bekommen!« Da erwachte die Prinzessin und richtete sich auf. Der Doktor zog ihr die Säcklein von den Hörnern, die schon ganz klein geworden waren, worüber die Prinzessin große Freude empfand.

Weil nun der Doktor das Hütlein hatte, dachte er, es wäre Zeit, mit Agrippina zu reden, und ließ die Worte fallen: »Gnädiges Fräulein, Ihr seht, wie sehr sich Eure Sache gebessert hat. Nun kommt es nur mehr darauf an, die Hörner aus der Hirnschale zu vertreiben. Dazu gehören besondere Sachen. Da geht aber viel Geld auf. Auch möchte ich gern wissen, was Ihr mir zu Lohn geben wollt, wenn Ihr die Hörner ganz los werdet und Euere Stirn so glatt wird als zuvor.«

Die Prinzessin erwiderte: »Ich sehe, daß Eure Kunst die rechte ist, und bitte Euch, helft mir und spart kein Geld!« Da gab der Doktor zur Antwort: »Ihr sagt mir wohl, ich soll kein Geld sparen! Wenn ich aber keins habe?«

Agrippina ging zur Truhe, die bei ihrem Bett stand und in der sie ihre wertvollsten Kleinode und auch den Säckel aufbewahrte, der an einen starken Gürtel gebunden war; diesen gürtete sie um den Leib und ging zu einem Tisch. Hier fing sie an zu zählen. Als sie dreihundert Kronen abgezählt hatte, suchte der Doktor unter seinem Rock, als ob er einen Beutel hervorholen wolle, um das Geld hineinzutun. Dann setzte er sein Wunschhütlein auf, faßte die Prinzessin um den Leib und wünschte sich mit ihr in einen wilden Wald, wo keine Leute wären. Und was er wünschte, das geschah auf der Stelle durch die Kraft des Hütleins.

Als Agrippina entführt war, lief die alte Kammermeisterin zu der Königin und berichtete ihr den Vorfall. Ein Tag und eine Nacht verstrichen, ohne daß die Prinzessin zurückgekehrt wäre. Nun ging die Königin traurig zu ihrem Gemahl und erzählte ihm alles.

Der König erklärte: »Das ist ein weiser Doktor, der kann mehr als andere! Es ist niemand anderer als Andolosius, den ihr so betrogen habt! Ich hätte mir wohl denken können, daß ihm der Himmel auch Weisheit zu seinem Glück verliehen habe. Das Glück will einmal, daß er den Säckel besitze und sonst niemand! Hätte das Glück es anders gewollt, so hätte ich oder sonst einer auch einen solchen Säckel. Hätten wir nur unsere Tochter wieder!«

Die Königin erwiderte: »Herr, sendet doch Boten aus, die sie suchen sollen, damit sie nicht in Armut und Elend umkommt!«

»Boten sende ich keine aus«, betonte der König; »denn es wäre eine Schande für uns, wenn es bekannt werden würde, daß wir sie nicht besser behütet haben.«

Als Andolosius mit Agrippina in der wilden Gegend allein war, warf er den Doktorrock von sich, zog die häßliche Nase ab und trat vor die schöne Agrippina. Sie erkannte ihn auf der Stelle und erschrak so, daß sie kein Wort hervorbringen konnte, denn er machte ein zorniges Gesicht und tat, als wolle er sie umbringen. Auch zog er ein Messer hervor und schnitt ihr den Gürtel vom Leib, riß sein Wams auf und steckte den Säckel ein. Die Jungfrau zitterte vor Angst. Andolosius aber rief zornig: »Du falsches, ungetreues Weib, jetzt habe ich dich, jetzt will ich dir so treu sein wie du mir, als du mir den Säckel abtrenntest und einen falschen an die alte Stelle setztest. Jetzt sollen dir deine Mutter und deine alte Kammermeisterin helfen und mir einen Trank zubereiten, damit du mich betrügen kannst! O Agrippina, wie konntest du es übers Herz bringen, so falsch zu sein! Ich hätte mein Herz und meine Seele, Leib und Gut mit dir geteilt! Wie konntest du einen ehrlichen Ritter in so großes Elend bringen, ohne Erbarmen mit ihm zu haben?«

Agrippina wußte vor Schrecken nicht, was sie sagen sollte. Sie sah zum Himmel auf und fing endlich mit bangem Herzen zu reden an: »Strenger Ritter Andolosius! Ich bekenne, daß ich übel an Euch gehandelt habe. Ich bitte Euch, haltet es meinem Leichtsinn zugute, der von Natur mehr den Weibern als dem männlichen Geschlecht eigen ist. Behandelt mich nicht allzu schlimm; tut Gutes für Übles, wie sich für einen Ritter ziemt!« Doch Andolosius erwiderte: »Nein, die Wunde ist noch zu frisch in meinem Herzen, als daß ich dich straflos lassen könnte. Ein Zeichen hast du noch von mir, das mußt du bis in dein Grab behalten, damit du stets an mich denkst.«

Agrippina hatte bisher in solcher Angst um ihr Leben geschwebt, daß sie die Hornansätze, die ihr noch auf dem Kopf standen, ganz vergessen hatte. Jetzt, als Andolosius sie der Sorge für ihr Leben enthoben hatte, kam sie wieder zu sich und sprach: »Ach, daß ich meine Hörner los und in meines Vaters Palast wäre!« Als Andolosius sie so flehen hörte, zog er schnell das Wunschhütlein an sich, das nicht weit auf der Erde lag.

So konnte Agrippina wohl merken, daß sie das erstemal durch die Kraft des Hütleins gerettet worden war. Seufzend dachte sie: »Nun hast du die beiden Kleinode in deiner Gewalt gehabt und doch wieder verloren!« Doch ließ sie Andolosius ihren Ärger nicht merken, sondern begann, ihn freundlich zu bitten, daß er sie von den Hörnern befreien und zu ihrem Vater bringen möge. Er aber wies sie kurz ab: »Du sollst die Hörner behalten, solang du lebst!«

Als Agrippina sah, daß kein Bitten fruchtete, sprach sie: »Muß ich denn meine Hörner behalten und verunstaltet bleiben, so will ich auch nicht wieder nach England zurückkehren, sondern ich wünsche, daß mich kein Mensch mehr sieht, selbst Vater und Mutter nicht. Darum führt mich an einen Ort, wo mich kein Mensch kennt. Bringt mich in ein Kloster, damit ich von der Welt nichts sehe!«

Da führte er sie nach Hibernien, [1] nicht weit von Sankt Patricius' Fegefeuer, in ein ehrwürdiges Frauenkloster, in dem nur Edelfrauen waren. Hier ließ er sie an der Klosterpforte warten, ging zu der Äbtissin und sagte ihr, er habe eine edle Jungfrau mitgebracht, die schön und gesund sei, nur daß sie am Kopf ein Gewächs habe, dessen sie sich schäme und weswegen sie nicht bei ihren Freunden bleiben wolle. »Sie wollte an einem Ort sein«, schloß er, »wo man sie nicht kennt; wolltet Ihr sie aufnehmen, so würde ich Euch die Kosten dreifach bezahlen.« Hierauf erwiderte die Äbtissin: »Es sind zweihundert Kronen zu erlegen; denn ich halte einer jeden Klosterfrau eine Magd und gebe ihnen, was sie brauchen. Wollt Ihr wirklich dreifach bezahlen, so bringt mir die Jungfrau her!«

Andolosius brachte Agrippina herbei. Die Äbtissin empfing sie freundlich, und die Prinzessin dankte ihr mit Anstand.

Andolosius verabschiedete sich dann von der Äbtissin, während Agrippina ihn bis zur Pforte begleitete. Hier schluchzte sie: »O strenger Ritter, denkt an mich und gebt mir bald mein früheres Aussehen wieder; denn solange ich die Hörner habe, bin ich nicht fähig, der Welt noch Gott zu dienen!« Andolosius gingen die Worte wohl zu Herzen, doch gab er ihr nur kurz zur Antwort: »Was Gott will, das geschehe!« Damit ging er seines Weges. Agrippina schloß weinend die Pforte und kehrte ins Kloster zurück.

Als der Ritter von Agrippina geschieden war, setzte er sein Hütlein auf und wünschte sich, in Venedig, Florenz und Genua zu sein. In allen drei Städten berief er die Juweliere, denen er die Kleinode weggenommen hatte, und bezahlte sie alle bar. Darnach fuhr er mit Pferden und Knechten zu Schiff vergnügt wieder zu seinem Bruder nach Famagusta auf Zypern.

Als Ampedo seinen Bruder daherreiten sah, begrüßte er ihn voll Freude. Nachdem sie fröhlich miteinander getafelt hatten, fragte er ihn, wie es ihm gegangen sei. Da erzählte ihm Andolosius, wie er zu dem Verlust des Säckels auch noch um das Hütlein gekommen sei. Ampedo erschrak darüber so sehr, daß ihm die Sinne schwanden, ehe sein Bruder ausgesprochen hatte. Dieser brachte ihn aber bald wieder zu sich und berichtete ihm dann weiter, wie er durch List neuerlich in den Besitz beider Kleinode gekommen sei. »Darum sei nicht traurig, Bruder!« rief er und band den Säckel vom Wams ab, zog das Hütlein aus seinem

1   Irland

Kleidersack, legte ihm beides hin und forderte ihn auf: »Lieber Bruder, nun nimm beide Kleinode und vergnüge dich damit! Ich will es dir von ganzem Herzen gönnen und nichts dreinreden.« Ampedo aber entgegnete: »Ich will vom Säckel nichts wissen. Ich sehe, wer ihn hat, der muß immer Angst und Not ausstehen.« Als Andolosius diese Worte hörte, war er über den Besitz des Säckels froh und dachte: »Ich will ihm von meinem andern Unglück lieber gar nichts sagen, sonst könnte er zu Tode erschrecken!«

Eines Tages jedoch wünschte Andolosius das Zauberhütchen von seinem Bruder auf kurze Zeit, um sich in die Wildnis zu begeben, wo die Äpfel zu finden waren, von denen die Hörner wuchsen und wieder verschwanden. Augenblicklich war er dort und fand die Bäume voll schöner Äpfel. Nun wußte er nicht mehr, welches der schädliche und welches der heilsame Baum war. Er mochte nur ungern einen essen, und doch wollte er auch nicht ohne die Äpfel wieder davonziehen. Daher aß Andolosius einen Apfel von dem einen Baum, da wuchs ihm ein Horn, dann einen vom andern, da verschwand es wieder. Von diesem nahm er etliche und fuhr mit ihnen nach dem Kloster. Hier fragte er nach Agrippina; denn er hätte mir ihr zu reden.

Die Äbtissin erkannte Andolosius beim ersten Gruß und ließ Agrippina rufen. Diese erschrak über die Ankunft des Ritters; denn sie wußte nicht, warum er gekommen war. Andolosius aber sagte: »Erlaubt, ehrwürdige Mutter, daß die Jungfrau allein mit mir rede.« Die Äbtissin erlaubte es gern. Da ging er mit ihr an eine einsame Stelle und fragte sie: »Agrippina, sind dir die Hörner noch ebenso zuwider wie damals, als ich von dir schied?«

»Ja«, entgegnete sie, »je länger, desto mehr.«

»Wo möchtest du hin?« fragte er weiter, »wenn du sie los wärst?« Sie erwiderte: »Wo sollte ich anders hin wollen als zu meinen Eltern?« Darauf sprach Andolosius freundlich zu ihr: »Agrippina, Gott hat dein Gebet erhört.« Damit gab er ihr einen Apfel zu essen, hieß sie ein wenig ruhen und dann wieder aufstehen. Da waren die Hörner gänzlich verschwunden.

Die Magd, die ihr beigegeben war, konnte ihr nun zum erstenmal die Locken flechten und das Haupt zieren; so geschmückt kam sie vor die Äbtissin. Alle wunderten sich über ihre Schönheit und daß ihr die leidigen Hörner gänzlich vergangen waren.

Hierauf zahlte Andolosius der Äbtissin hundert Kronen aus und dankte ihr, daß sie Agrippinen so gut gehalten. Dann verabschiedeten sie sich und verließen das Kloster. Sobald Andolosius auf das freie Feld kam, setzte er sein Hütchen auf und führte die Prinzessin an des Königs Palast. Von dort kehrte er wieder nach Famagusta zu seinem Bruder und seinen Dienern zurück.

Der König und die Königin waren überaus glücklich, als sie Agrippina wieder vor sich sahen, auch alle andern freuten sich mit ihnen. Es wurde ein Fest gegeben, weil die verlorene Tochter wiedergefunden war. Bald darauf wurde dem König gemeldet, daß Boten vom König von Zypern kämen, mit großem Gefolge, ihn für seinen Sohn um die Hand der jungen Prinzessin Agrippina zu bitten.

Als dies die Königin vernahm, fiel es ihr schwer, daß sie ihre Tochter so weit fortlassen und noch dazu einem Mann geben sollte, von dem man nicht wüßte, ob er der rechte sei.

Nach langer Beratung faßte der Kronrat den Beschluß, dem Antrag stattzugeben, Eltern und Prinzessin Agrippina willigten ein.

Nach der offiziellen Vermählung ließ der König Schiffe rüsten, die junge Prinzessin wurde mit köstlichen Gewändern und Kleinodien ausgestattet und ihr ein Gefolge von Frauen und Jungfrauen beigegeben. Als die Schiffe beladen waren, nahm die junge Fürstin Abschied von ihren Eltern, kniete vor ihnen nieder und bat um den Segen.

Bei günstigem Wind segelte Agrippina nun nach Zypern, wo ihr ein glänzender Empfang zuteil wurde. In Medusio erwartete sie der junge König mit prächtigem Gefolge und geleitete sie in den königlichen Palast, der aufs schönste geschmückt war. Hier begann erst ein bewegtes Leben. Alle Fürsten und Herren, die dem Zepter des Königs von Zypern gehorchten, kamen geritten und brachten köstliche Gaben dar. Die Hochzeitsfeierlichkeiten dauerten sechs Wochen, und jedermann lebte während dieser Zeit in Überfluß.

Die Herren und Fürsten aber hielten während der ganzen Zeit nichts als Rennen, Turniere und ähnliche Belustigungen ab, und alle Abende gab man dem den Preis, der am Tag das Beste getan hatte. In diesen Turnieren warb auch Andolosius um den Preis und tat sich in allen ritterlichen Spielen hervor, so daß Frauen und Männer ihm denselben zuerkannten. Schließlich aber wurde der Siegespreis ehrenhalber einem anwesenden Ritter, dem Grafen Theodor von England, verliehen. Doch sprach alles Volk: »Andolosius hätte es eher verdient.«

Das hörte auch Graf Theodor, und es ärgerte ihn nicht wenig. Ihn plagte der Neid; deswegen überlegte er, wie er wohl Andolosius Schaden zufügen oder ihn ganz aus dem Weg räumen könnte, damit er nicht mehr Grafen und Edelleute übertreffen könnte.

Als die Festlichkeiten vorüber waren und Andolosius heim nach Famagusta reiten wollte, hatte der Graf eine Schar bestellt. Die überfiel Andolosius aus einem Hinterhalt, erstach seine Diener und führte ihn selbst auf eine Insel in das Schloß des Grafen von Limosi, wo er wohl bewacht wurde, so daß er nicht entkommen konnte. Zwar bot Andolosius seinen Wächtern viel Geld, wenn sie ihm zur Flucht behilflich wären, aber sie trauten ihm nicht und meinten, wenn er davonkäme, würde er ihnen doch nichts geben, Andolosius aber durfte ihnen den Säckel nicht zeigen, denn er fürchtete, sie würden ihm diesen nehmen und hätten doch keine Verwendung dafür.

Bald erfuhr Ampedo, daß sein Bruder vermißt werde. Auf der Stelle sandte er Boten zum König und ließ ihn bitten, nach seinem Bruder zu forschen. Der König versprach, alles aufzuwenden, um seinen Aufenthalt zu erkunden; erfahre er, wo Andolosius festgehalten werde, so wolle er ihn befreien, und sollte es sein halbes Reich kosten. Ampedo aber dachte, der Säckel sei die Ursache, daß er seinen Bruder verloren habe, und nun würde man auch ihn zwingen, das Hütlein, das er habe, herauszugeben.

»Nein, das soll nie geschehen!« rief er, und im Zorn nahm er das kostbare Hütlein, zerhackte es in Stücke, warf es ins Feuer und blieb dabei stehen, bis es zu Asche verbrannt war. Trotz allen Bemühungen konnte er nichts über das Schicksal seines Bruders erfahren. Da verfiel er in tiefen Kummer und endlich in eine tödliche Krankheit, so daß ihm kein Arzt helfen konnte. Bald darauf starb er.

Der König ließ ausrufen, wer sichere Nachricht bringe, wo Andolosius versteckt gehalten werde, dem wolle er tausend Dukaten geben, möge jener lebendig oder tot sein. Aber die Täter hielten reinen Mund. Inzwischen nahm der Graf von Limosi Urlaub vom König und reiste in sein Schloß, wo Andolosius in einem tiefen Turm gefangensaß. Andolosius freute sich, als er den Grafen sah; denn er hoffte auf Barmherzigkeit. Er bat ihn um seine Freiheit, ohne zu wissen, wessen Gefangener er sei oder warum er in so harter Haft gehalten würde. Aber der Graf sprach: »Andolosius, du bist mein Gefangener und wirst mir sagen, woher du das viele Geld hast, das du das ganze Jahr über ausgibst; mach deine Aussage bald, sonst will ich dich martern lassen, daß du froh sein wirst, wenn du es mir sagen darfst!«

Als Andolosius das hörte, erschrak er und wurde ganz verzagt. Er wußte nicht, was er sagen sollte. Endlich gab er an, in seinem Hause zu Famagusta sei eine versteckte Grube, die habe ihm sein Vater gezeigt, als er am Sterben gewesen. Wieviel Geld er auch daraus nehme, es sei immer noch mehr darin. Wollte der Graf ihn also gefangen nach Famagusta führen, so sei er bereit, ihm die Grube zu zeigen. Dem Grafen wollte das nicht genügen, und er ließ ihn foltern. Andolosius erduldete es lange, doch blieb er bei seiner Aussage. Aber der Graf fuhr mit der Folter fort und ließ ihn so grausam peinigen, daß Andolosius vor Schmerzen nicht länger schweigen konnte, sondern von der Kraft des Säckels zu bekennen anfing.

Als der Graf das hörte, nahm er ihm den Säckel, versuchte ihn gleich und fand ihn ergiebig. Daraufhin ließ er den armen Andolosius wieder in den Kerker setzen und begab sich vergnügt wieder an des Königs Hof zu seinem Gesellen, dem Grafen Theodor. Dieser empfing ihn mit Freuden, und sie unterhielten sich lange über Andolosius. Da sprach Graf Theodor: »Ich habe an des Königs Hof vernommen, daß er ein Schwarzkünstler ist und durch die Lüfte fahren kann. Wenn er entkommt und man erfährt, wie wir ihn behandelt haben, fallen wir beim König in Ungnade, oder Andolosius nimmt uns noch das Leben. Am besten wäre es, wenn er tot wäre.« Darauf erwiderte der Graf von Limosi: »Er ist so sicher gefangen, daß er uns keinen Schaden zufügen kann.«

Dann traten sie zusammen und nahmen aus dem Säckel, soviel sie wollten, und jeder hätte gern den Säckel in seiner Gewalt gehabt. Endlich wurden sie darüber einig, daß ihn jeder von beiden ein halbes Jahr haben sollte. Wer aber den Säckel hätte, sollte es dem andern nicht an Geld fehlen lassen. Nun war Graf von Limosi der ältere, der sollte den Säckel das erste halbe Jahr haben. Aber soviel Geld die beiden Grafen jetzt auch hatten, so durften sie es doch nicht verwenden, damit kein Verdacht auf sie falle. Und Graf Theodor setzte seinem Spießgesellen immer zu, Andolosius wäre besser tot als lebendig.

Eines Tages beurlaubte sich Graf Theodor von dem König unter dem Vorgeben, er wolle fremde Länder aufsuchen, was ihm auch vom König gestattet wurde. Er aber zog nach der Insel Limosi. Hier ließ er sich den Kerker öffnen, in dem Andolosius gefangen war. Dieser lag angekettet in dem finsteren Gelaß. Arme und Beine waren ihm erschlafft. Als er

Graf Theodor erblickte, faßte er Mut und meinte, der Graf von Limosi habe den Grafen Theodor gesandt, damit er ihn freilasse. Er dachte: »Da sie den Säckel jetzt haben, so fragen sie nicht mehr viel nach mir.« Da fing der Graf an: »Sag, Andolosius, hast du nicht noch so einen Säckel, wie du meinem Gesellen einen gegeben hast?«

»Gnädiger Herr Graf« ächzte Andolosius, »ich habe keinen; hätte ich aber noch einen, solltet Ihr ihn haben.«

Höhnisch erwiderte der Graf: »Willst du jetzt an dein Seelenheil denken? Warum hast du es nicht getan, solang du Hoffart vor dem König und der Königin triebst? Wo sind nun die schönen Frauen, denen du so wohl gedient hast? Die dir den Preis gaben, die sollen dir jetzt helfen! Ich sehe, daß du gern aus dem Gefängnis kämst. Warte nur, ich will dir bald heraushelfen!«

Nach diesen Worten führte er den Knecht, der des Gefangenen Hüter war, beiseite und wollte ihm fünfzig Dukaten geben, damit er Andolosius töte. Aber der Wächter wollte es nicht tun. »Er ist ein braver Mann«, sagte er, »und schon sehr schwach, seine Tage sind gezählt. Ich will die Sünde nicht auf mich laden.« Da fuhr ihn der Graf an: »So gib mir einen Strick, ich will ihn selbst erwürgen.« Aber auch das wollte der biedere Knecht nicht tun. So nahm nun Graf Theodor seinen Gürtel, warf ihn Andolosius um den Hals und drehte den Gürtel mit seinem Dolch zu. So erwürgte er den Armen und gab dem Knecht Geld, damit er den Leichnam fortschaffe. Am nächsten Tag reiste er nach Zypern und begab sich zu dem Grafen von Limosi. Der fragte ihn, wie ihm die Reise gefallen hätte. »Gar wohl«, erwiderte jener. Dann erkundigte sich der Graf leise, wie es um Andolosius stehe. »Habt keine Sorge«, lächelte Theodor, »daß wir noch Schaden von ihm zu erwarten haben. Ich habe ihn umgebracht. Ich hatte keine Ruhe, bis ich wußte, daß er tot sei.«

So sprach der Bösewicht und meinte, er habe alles gut ausgerichtet. Drei Tage griffen sie nun nicht in den Säckel. Mit ihnen war auch das halbe Jahr zu Ende, und der Säckel sollte auf den Grafen Theodor übergehen. Daher ging dieser vergnügt zu dem Grafen Limosi und bat ihn um den Zaubersäckel; vorher möge er aber Geld herausnehmen, soviel er wolle, damit er das nächste halbe Jahr davon zehren könne. Graf Theodor war dazu bereit, doch sagte er: »Ich weiß nicht, wie mir ist, aber wenn ich den Säckel in die Hand nehme, so erbarmt mich Andolosius. Ich wollte, du hättest ihn nicht getötet, er wäre selbst bald gestorben!«

Graf von Limosi holte den Säckel aus einer Truhe hervor und legte ihn auf den Tisch. Graf Theodor nahm den Säckel in die Hand und wollte zu zählen anfangen, wie er es früher oft getan hatte. Sie wußten nicht, daß der Säckel die Kraft verloren hatte, weil beide Brüder, Ampedo und Andolosius, gestorben waren. Da sie aber kein Geld aus dem Säckel herausbrachten, sah einer den andern verdutzt an.

Endlich sprach Graf Theodor mit grimmigem Zorn: »Du Schuft, willst du mich betrügen und mir für den richtigen Säckel einen falschen geben? Sofort bring mir den richtigen Säckel!« Graf von Limosi versicherte, daß dies der rechte sei und er keinen andern habe. Wie es zugehe, daß er kein Geld mehr herausziehe, begreife er nicht. Aber diese Antwort genügte Graf Theodor nicht; er wurde immer zorniger und zog schließlich vom Leder. Als der Graf von Limosi das sah, griff er auch zur Waffe. Beide begannen sich zu schlagen, daß die Diener zusammenliefen, die Kammer aufstießen und ihre Herren voneinander trennten.

Aber Graf von Limosi war tödlich verwundet. Dies sahen seine Diener und ergriffen den Gegner.

Bald erreichte die Kunde den König und den Hof, daß die zwei Grafen, die sonst immer die besten Freunde gewesen waren, sich auf Leben und Tod geschlagen hätten. Der König befahl, man solle beide unverzüglich gefangennehmen und vor ihn bringen; er wolle den Grund der Uneinigkeit kennenlernen. Als man des Königs Gebot ausführen wollte, war es nicht mehr möglich, den todwunden Limosi von der Stelle zu schaffen. So wurde Graf Theodor allein vor den König geführt.

Anfangs verstockt, zwang ihn die Folter, und so gestand er, wie sie mit Andolosius umgegangen waren. Erzürnt fällte der König ohne langes Bedenken das Urteil, man solle sie mit dem Rad hinrichten. Und wenn Graf von Limosi schon tot wäre, so solle man den Leichnam noch auf das Rad flechten.

Dieses Urteil wurde an den beiden Mördern ungesäumt vollstreckt. Es war der gerechte Lohn für ihre Schandtat. Nach der Hinrichtung schickte der König sogleich seine Söldner auf die Insel Limosi und gab Befehl, die ganze Insel zu beschlagnahmen. Den Leichnam des armen, gequälten Andolosius ließ der König in allen Ehren bestatten und befahl, den unglücklichen Menschen, dessen Wohlstand nicht auf Arbeit und Erfolg, sondern auf Glück und Zufall aufgebaut war, im Friedhof des Domes von Zypern zu beerdigen.

Ein schlichter Grabstein erzählt heute noch, was vor Jahrhunderten dort geschehen ist.

Robert der Teufel

In alter Zeit herrschte in der Normandie ein tapferer Herzog namens Hubert. Er war mit der Tochter des Herzogs von Burgund verheiratet und hatte seinen Sitz in der Stadt Rouen aufgeschlagen. Nichts fehlte zum Glück des Herrscherpaares als Kinder.

Achtzehn Jahre waren sie verheiratet, da klagte der Herzog eines Tages seiner Gemahlin den Kummer, den ihm ihre Kinderlosigkeit verursachte. Die bitteren Worte des Gatten versetzten die Frau in solche Erregung, daß sie verzweifelt ausrief:»So mag es in des Teufels Namen geschehen, daß ich Kinder bekomme, da Gott sie mir nicht schenkt. Und wird mir ein Kind zuteil, so soll es mit Leib und Seele dem Bösen gehören!«

Wirklich brachte die Herzogin bald darauf ein Kind zur Welt, aber alle Frauen, die bei der Geburt zugegen waren, gerieten in große Furcht über die merkwürdigen Himmelszeichen, die dabei in Erscheinung traten. Denn als das Kind geboren wurde, verfinsterte sich der Himmel, es donnerte, und ein Blitz folgte dem andern, als wäre das Ende der Welt gekommen. Die Winde stürmten von allen Seiten gegen das Haus, daß es zitterte, als ob es einstürzen wollte. Alle Anwesenden glaubten, ihr letztes Stündlein sei gekommen.

Das Kind war ein Knabe und schon bei der Geburt so groß, als wäre es ein Jahr alt. Es erhielt bei der Taufe den Namen Robert. Der Knabe bekam sofort Zähne und biß die Ammen, so daß ihn keine mehr säugen wollte und man genötigt war, ihn aus einem Horn, das ihm in den Mund gesteckt wurde, trinken zu lassen. Ehe ein Jahr um war, begann er bereits zu laufen und sprach so geläufig wie sonst nur Kinder im Alter von fünf Jahren. Je älter er wurde, desto mehr erwies er sich als Bösewicht. Niemand vermochte ihn zu bändigen. Wenn er anderen Kindern begegnete, schlug er sie mit der Faust, warf Steine nach ihnen oder zerkratzte ihnen das Gesicht. Oft rotteten sich die Knaben auf der Straße zusammen, um ihn zu verhauen, aber wenn sie ihn dann sahen, liefen sie mit dem Ruf:»Robert der Teufel kommt!« wie die Schafe vor dem Wolf davon.

Als Robert sechs oder sieben Jahre alt war, rief ihn der Herzog, der die üblen Gewohnheiten seines Sohnes sah, und rügte ihn:»Mein Kind, es ist Zeit, daß man dir einen Lehrmeister gibt, der dich gute Sitten lehrt und dir Unterricht erteilt; denn du bist nun alt genug dazu, um zu wissen, was man nicht tun soll!«

Robert fügte sich und wurde nun einem klugen, erfahrenen Schulmeister übergeben, der ihn erziehen und unterrichten sollte. Eines Tages wollte dieser den Knaben wegen einiger Bosheiten bestrafen. Da zog Robert ein Messer aus der Tasche und erstach seinen Lehrer. Das Buch warf er dem Toten ins Gesicht und schrie: »Da hast du deine Weisheit! Ich brauche keinen Lehrer mehr.« Von da an konnte man niemanden finden, der es gewagt hätte, den Jungen zu lenken und zu lehren. Der Knabe blieb sich selbst überlassen, ergab sich allem Bösen und spottete über Gott und die Kirche.

Die Herzogin war darob tief bekümmert und sagte eines Tages zu ihrem Gemahl: »Robert ist nun schon erwachsen, es scheint mir am besten, ihn zum Ritter zu schlagen; vielleicht bessert er sich dann.« Der Herzog stimmte diesem Vorschlag zu. Robert war damals erst achtzehn Jahre alt. Auf die Ankündigung seines Vaters, ihn zum Ritter zu schlagen, erwiderte Robert: »Tut, was ihr wollt! Mir ist es einerlei, ob ich hoch oder niedrig bin. Ich bin entschlossen, auch ferner zu treiben, was ich mag, mir liegt wenig daran, ein Ritter zu sein.«

Am andern Morgen wurde er dennoch zum Ritter geschlagen. Darauf ließ der Herzog ein Turnier ausrufen, an dem auch der Ritter Robert teilnahm, der niemand fürchtete, weder Gott noch Teufel. Als das Spiel begonnen hatte, sah man Ritter um Ritter stürzen, denn Robert der Teufel kämpfte wie ein Löwe, schonte keinen und warf jeden nieder, der ihm in den Weg kam. Keiner, der mit ihm zu kämpfen hatte, kam ungezeichnet davon. Erst als er bemerkte, daß in den Schranken kein Mensch mehr übrig war, spornte er sein Pferd, ritt in das Land und hauste schlimmer als zuvor am Hof.

Dem Herzog kam eine Meldung um die andere zu von dem Leben, das Robert in der Normandie führe. Bei solchen Nachrichten wurde ihm das Herz im Leibe schwer, aber er war ratlos, wie diesem Treiben zu steuern sei.

Als einer von den Dienstmannen des Herzogs seinen Herrn so traurig sah, wagte er es, ihn folgendermaßen anzureden: »Mein hoher Gebieter, ich möchte Euch raten, Euren Sohn wieder an den Hof kommen zu lassen. Befehlt ihm, von seinem verruchten Leben abzulassen. Will er aber nicht, so laßt ihn ins Gefängnis werfen und straft ihn, wie er es verdient!«

Der Herzog schickte sogleich Boten aus, die seinen Sohn aufsuchen und an den Hof bringen sollten. Robert aber nahm sie übel in Empfang;

er stach ihnen die Augen aus und schrie dabei: »Jetzt werdet ihr um so ungestörter schlafen können, meine Herren! Geht und sagt meinem Vater, daß ich euch seinem Auftrag zum Trotz geblendet habe!« Der Herzog war über diese Schandtat aufs höchste erzürnt und zerbrach sich den Kopf, wie er der Bosheit seines Sohnes ein Ziel setzen könnte.

Er versammelte seinen geheimen Rat und ließ in seinem ganzen Herzogtum an alle Richter und Amtsleute den Befehl ergehen, sie sollten sich seines Sohnes bemächtigen. Als Robert und seine Spießgesellen von dieser Bekanntmachung des Herzogs hörten, erschraken sie gewaltig. Robert schwur einen grausigen Eid, daß er Krieg mit seinem eigenen Vater führen und das ganze Land vernichten wolle. Sofort ließ er sich in einem dichten, dunkeln Wald eine feste Burg bauen, um sich dorthin zurückzuziehen. Die Stelle war unheimlich, von schroffen Felsen umgeben, mehr für wilde Tiere als für Menschen zur Wohnung geeignet. Hier versammelte er die lasterhaftesten Gesellen um sich, Diebe, Mörder, Straßenräuber, Kirchenschänder, kurz den Auswurf der Menschheit. Der Hauptmann dieses Gesindels war Robert selbst. Und nun verübten sie die schändlichsten Taten, so daß niemand es wagte, auch nur auf die Straße hinauszugehen aus Furcht vor Robert dem Teufel und seiner Bande; denn sie waren wie die reißenden Wölfe. Wenn die Räuber dann in ihre Festung heimkamen, ergaben sie sich dem Fraß und lebten herrlich von ihrer Beute.

Einmal begegnete Robert mitten in einem Gehölz sieben Einsiedlern, frommen Leuten, die sorglos ihres Weges zogen. Er erschlug sie alle sieben und brüllte höhnisch: »Da habe ich ein schönes Vogelnest von Heiligen ausgenommen; jetzt tragen sie alle Märtyrerkronen!«

Nach dieser schändlichen Tat verließ der Gottlose den Wald, er war wie der Teufel aus der Hölle anzusehen. Seine Kleider waren mit Blut befleckt. In diesem Aufzug ritt er über die Felder und kam in die Gegend des Schlosses Darques. Unterwegs hatte ihm ein Schäfer erzählt, daß seine Mutter, die Herzogin, heute auf dieses Schloß zum Mittagessen kommen werde. Als er sich dem Schloß näherte und das Volk ihn erblickte, lief alles vor ihm davon. Zum erstenmal bemerkte Robert, daß alles vor ihm floh, zum erstenmal begann er an sich selbst zu denken. Er seufzte und sprach: »Wie kommt es, daß alle Welt vor mir flieht? Ich bin wohl ein unglückseliger Mensch. Mir ist, als wäre ich ein Pestkranker! Mein Leben muß von Anfang an fluchbeladen sein.«

Unter solchen Gedanken erreichte er das Tor des Schlosses und sprang vom Pferd. Da war aber kein Mensch, der es gewagt hätte, ihm in die Nähe zu kommen und sein Pferd abzunehmen; daher mußte er es selbst an der Pforte anbinden. Dann schritt er, das blutige Schwert noch in der Hand, nach der Halle, wo seine Mutter sich eben aufhalten sollte.

Als die Herzogin ihren Sohn Robert mit blankem Schwert daherkommen sah, wollte sie entsetzt flüchten. Robert aber rief ihr von weitem zu: »Liebe Mutter, fürchtet Euch nicht vor mir! Um der Barmherzigkeit Gottes willen, bleibt, denn ich muß Euch sprechen.« Dann näherte er sich ihr unterwürfig, senkte sein Schwert und bat: »Sagt mir doch, ich bitte Euch darum, wie kommt es, daß ich so grausam bin? Denn von Euch oder von meinem Vater muß das doch herkommen. Ich bitte Euch, sagt mir die Wahrheit!« Die Herzogin brach in Tränen aus, stürzte ihrem Sohn zu Füßen und erzählte ihm, wie alles gekommen sei.

Da warf sich Robert vor Leid zu Boden und klagte: »Die Teufel rütteln an meiner Seele und an meinem Leib; aber von heute an will ich ihren höllischen Werken entsagen und aufhören, Böses zu tun.« Dann wandte er sich zu seiner trostlosen Mutter und erklärte: »Ich will nach Rom pilgern und büßen. Ich werde nicht früher zur Ruhe kommen, bis mir meine Übeltaten vergeben sind.«

So verließ Robert seine Mutter, bestieg sein Pferd und ritt davon. Die Herzogin blieb ohne Trost und Hoffnung zurück. Während sie sich und ihren Sohn beklagte, kam der Herzog an. Als sie ihn sah, brach sie aufs neue in Tränen aus und meldete ihrem Gemahl, was Robert vorhabe.

»Ach«, seufzte der Herzog, »das ist doch alles vergebens. Wie soll er den Schaden wieder gutmachen, den er dem Land getan hat! Doch bitte ich den Allmächtigen, ihm beizustehen; denn nur Gottes Barmherzigkeit kann ihm helfen.«

Robert war in seine Waldfeste zurückgekehrt, wo er seine Schandgesellen bei der Tafel traf. Als sie ihn sahen, begrüßten sie ihn lebhaft. Robert aber begann ihnen wegen ihres schändlichen Lebens Vorstellungen zu machen. Kaum hatte er geendet, da erhob sich einer von den Dieben und meinte hohnlachend zu seinen Gesellen: »Gebt acht, ihr Herren, der Teufel will ein Einsiedler werden! Robert hat seinen Spott mit uns, ist er doch unser Hauptmann und treibt es ärger als wir alle.«

Robert aber rief: »Liebe Gesellen, ich bitte euch, laßt von eurem schändlichen Tun und denkt an das Heil eurer Seele!«

Ein anderer Dieb antwortete: »Herr und Meister, denkt nicht mehr daran! Ihr sprecht in den Wind! Weder ich noch meine Brüder werden uns bekehren; der Friede schmeckt uns nicht; er hindert uns am Übeltun, und daran sind wir einmal gewöhnt!«

Die ganze Bande erhob lauten Beifall, und alle schrien einstimmig: »Er hat recht, und sollten wir sterben müssen! In Zukunft wollen wir's noch viel schlimmer treiben!«

Als Robert ihre schönen Vorsätze vernahm, ging er zur Haustür, schob den Riegel vor, ergriff dann einen Knotenstock und schlug einem der Diebe nach dem andern den Schädel ein. Ihre Gegenwehr vermochte nichts gegen seine übermenschliche Kraft. Als er sie alle niedergestreckt hatte, sagte er: »Ich habe euch nach eurem Verdienst belohnt, ihr Burschen; wie der Herr – so der Lohn!« Darauf wollte er das Sündenhaus verbrennen; doch plötzlich fiel ihm ein, daß darin viel geraubtes Gut wäre, das noch zu edleren Zwecken dienen könnte. Deswegen ließ er es stehen, schloß nur die Tür zu und nahm den Schlüssel mit sich.

Nun sprengte er in den Wald hinaus und suchte den Weg nach Rom. Gegen Abend kam er an einer Abtei vorüber, die er mehrmals geplündert hatte, obwohl der Abt sein Vetter war. So ritt er in das Kloster ein und sprach kein Wort. Die Mönche fürchteten Robert wie den bösen Feind. Als sie ihn kommen sahen, rannten sie davon und riefen: »Robert kommt, den hat der Teufel hergeführt!« Robert aber trat vor den Abt und die Klosterbrüder und grüßte freundlich: »Herr Abt, ich weiß, daß ich Euch und Eurem Haus viel Leid zugefügt habe. Ich bitte Euch demütig um Verzeihung.« Sich auf die Knie werfend, fuhr er fort: »Empfehlt mich meinem Vater und gebt ihm diesen Schlüssel! Er führt zu dem Haus, das ich mit meinen Räubern bisher bewohnte. Ich habe sie alle erschlagen; in diesem Haus sind alle Schätze, die ich geraubt habe. Der Herzog wolle sie womöglich den Eigentümern wieder zustellen.« Diese Nacht blieb Robert in der Abtei. Am andern Morgen ging er zu Fuß, in tiefes Sinnen versunken, die Straße in Richtung auf die Stadt Rom.

Nach vielen Entbehrungen traf er endlich an einem Gründonnerstag am Ziel ein. Es war gerade der rechte Tag, für das Heil seiner Seele zu sorgen. Denn der Heilige Vater selbst zelebrierte in der St.-Peters-Kirche und hielt das Hochamt, als Robert unter die Versammlung der Gläubigen trat. Er versuchte, sich zu dem Heiligen Vater vorzudrängen. Aber die geistliche Assistenz des Papstes hieß ihn zurückweichen.

Endlich gelangte er in die Nähe des Papstes, fiel ihm zu Füßen und rief: »O Heiliger Vater, habt Mitleid mit mir!« Diese Worte wiederholte er mehrmals. Die Leute, die zunächst dem Papst standen, ärgerten sich über das Aufsehen, das Robert machte, und wollten ihn vertreiben. Aber der Papst sagte zum Volk: »Laßt ihn bitten; denn, soviel ich sehe, hat er wahre Demut!«

Dann ergriff er Roberts Hand und fragte: »Mein Freund, was willst du?«

»O Heiliger Vater«, erwiderte Robert, »ich bitte Euch, hört meine Beichte; denn wenn Ihr mich von den schweren Sünden, die ich begangen habe, nicht lossprecht, bin ich auf ewig verdammt.«

Als der Papst das hörte, ahnte er, daß es Robert der Teufel sei, und fragte ihn: »Sohn, bist du vielleicht jener Robert, von dem ich soviel Grausames gehört habe und den man für den schlimmsten Erdensohn hält?«

Da antwortete Robert: »Ich bin's!«

Da nahm der Papst ihn beiseite, und Robert beichtete ihm reuevoll und meldete, wie ihn seine Mutter dem Teufel übergeben habe. Als der Papst ihn so reden hörte, erschrak er, bekreuzigte sich und sagte: »Mein Freund, geh nach Montalto, drei Meilen von dieser Stadt. Dort wirst du einen Einsiedler finden, der mein eigener Beichtvater ist. Sag ihm, daß ich dich schicke, und bekenne ihm alle deine Sünden. Er wird dir die Buße auferlegen, die du verdient hast.«

Am andern Morgen verließ Robert die Stadt und ging zu dem Einsiedler. Dieser hieß ihn herzlich willkommen, und Robert begann zu beichten. Er gestand alle Missetaten, die er jemals begangen, von der Stunde seiner Geburt an bis auf die jetzige Zeit. Wohl entsetzte sich der Einsiedler über das alles, zugleich aber freute es ihn innig, daß Robert mit solcher Zerknirschung seine Sünden bekannte. Er lud ihn daher freundlich ein, diese Nacht bei ihm zu bleiben, und versprach, ihm am andern Morgen die heilsame Buße aufzuerlegen.

Die ganze Nacht betete der Eremit für den Sünder, bis er endlich einschlief. Da erschien ihm im Traum ein Engel des Herrn und sprach:

»Mann Gottes, höre auf die Botschaft, die ich dir überbringe. Wenn dieser Robert Verzeihung seiner Sünden erhalten will, so muß er den Narren und den Stummen nachahmen, darf keine andere Speise zu sich nehmen, als was er den Hunden abjagen kann, und soll solange auf diese

Weise leben, bis es Gott gefällt, ihm zu offenbaren, daß seine Sünden vergeben sind.«

Erschrocken wachte der Eremit auf. Als der Tag anbrach, rief er Robert herbei und tröstete ihn mit folgenden Worten: »Mein Freund, ich weiß jetzt, welche Buße dir aufzuerlegen ist. Du sollst dich wie ein Narr und ein Stummer benehmen, keine Speisen essen, als was du den Hunden abjagst, und bei den Hunden schlafen, solang es Gott gefallen wird. Das hat mir der Herr diese Nacht durch seinen Engel verkündet. Diese Buße soll währen, bis es Gott gefällt, dir die Vergebung deiner Sünden anzukündigen.«

Als Robert dies hörte, wurde ihm leichter. Er dankte Gott, daß ihm im Vergleich zu all dem Leid, das er verursacht hatte, so gnädige Buße auferlegt werden sollte, verabschiedete sich von dem Eremiten und ging hin, um seine Buße zu verrichten.

Kaum hatte er die Stadt Rom wieder betreten, rannte er durch die Straßen und benahm sich wie ein Verrückter. Die Kinder waren bald lärmend hinter ihm her und bewarfen ihn mit Kot und mit Steinen, die Bürger der Stadt aber legten sich bei diesem Schauspiel in die Fenster und spotteten und lachten über ihn.

Als er einige Tage lang in Rom umhergelaufen war, kam er am Palast des Römischen Kaisers vorüber, und da er sah, daß die Tore offenstanden, ging er geradewegs in die Halle. Dabei sprang er von der einen Seite zur andern, ging bald langsam, bald schnell und blieb nie lang auf dem gleichen Fleck stehen. Als der Kaiser ihn erblickte, meinte er: »Seht ihr dort den hübschen jungen Mann? Er sieht aus wie ein Ritter, aber wie es scheint, ist er närrisch! Es ist schade um ihn. Er soll sich niedersetzen; gebt ihm zu essen und zu trinken!« Als man ihn dann an einen Tisch nötigte, wollte er nichts genießen, obgleich ihm Wein, Brot und Fleisch angeboten wurde; darüber wunderten sich alle.

Während nun der Kaiser speiste, warf er einem Hund, der unter dem Tisch lag, einen Knochen zu. Kaum hatte Robert dies gesehen, sprang er vom Tisch auf und verfolgte den Hund, um ihm den Knochen wegzunehmen. Der Hund aber wollte seinen Raub nicht fahrenlassen, und so zerrten sie daran, jeder an einer andern Seite. Robert, der sich auf die Erde niederkauerte, nagte an einem Ende des Knochens, der Hund am anderen. Der Kaiser und alle, die dies sahen, lachten laut auf. Zuletzt bekam Robert die Oberhand und behielt den Knochen allein für sich, legte sich hin und zerbiß ihn; denn er hatte großen Hunger.

Bei Nacht legte er sich zu den Hunden in den Zwinger. Der Kaiser erfuhr dies und empfand großes Mitleid mit Robert. Er befahl daher, ihm ein Bett zu bringen. Aber Robert machte den Dienern ein Zeichen, daß er lieber auf hartem Boden schlafen wolle als im weichen Bett.

So hatte der Mann, der gewohnt war, als Herzogssohn in einem weichen Bett in einem Prunkgemach zu schlafen und die köstlichsten Gerichte zu speisen, freiwillig alle Herrlichkeit verlassen, aß mit den Hunden unter dem Tisch und schlief bei den Hunden im Stall, alles, um seine Seele zu retten. Diese Buße tat er sieben Jahre lang.

Unterdessen wuchs dem Kaiser eine schöne Tochter heran, die aber stumm war. Des Kaisers Seneschall, ein einflußreicher Mann, hatte sie von seinem Herrn schon mehrere Male zur Gemahlin begehrt, der Kaiser aber hatte seine Zustimmung versagt. Darüber ärgerte sich der Seneschall und ging zu den Sarazenen über. Mit einem großen Heer von Ungläubigen landete er in Italien und rückte gegen die Stadt Rom an. Nun scharte sich Adel und Volk um den Kaiser, und er selbst stellte sich an die Spitze des Heeres. Obgleich die Streitkräfte des Kaisers größer waren als die des Seneschalls, wären sie doch unterlegen, wenn Gott den Römern nicht auf wunderbare Weise zu Hilfe gekommen wäre.

Denn an dem gleichen Tag, da der Kaiser gegen die Sarazenen in den Kampf zog, ging Robert der Teufel zu dem Springbrunnen in des Kaisers Garten, wie dies seine Gewohnheit war. Da hörte er eine Stimme vom Himmel, die rief: »Robert, beeile dich! Gott befiehlt dir, daß du dich auf der Stelle mit den weißen Waffen, die ich hier an deine Seite lege, waffnest und das Roß, das ich dir zuführe, besteigst und ohne Aufschub dem Kaiser zu Hilfe eilst!« Robert erschrak sehr, aber er wagte kein Wort zu erwidern. Waffen und Roß fand er neben sich; so rüstete er sich in Eile mit dem weißen Harnisch, den der unsichtbare Engel gebracht hatte, und bestieg das Pferd.

Oben aber an einem Fenster des Palastes stand die schöne stumme Tochter des Kaisers und blickte traurig in den Garten hinab. Da sah sie, wie Robert sich umkleidete und waffnete. Hätte sie sprechen können, sie würde es wohl auf der Stelle erzählt haben; da sie aber stumm war, konnte sie nicht sagen, was sie gesehen hatte; doch merkte sie sich alles wohl.

Robert, gerüstet und hoch zu Roß, ritt in das Lager des Kaisers. Dieses war von den Sarazenen so bedrängt, daß der Kaiser in höchster Gefahr schwebte. Als aber Robert den Feind erblickte, warf er sich in das dichteste Schlachtengetümmel und schlug rechts und links auf die Heiden los. Kein Schlag, der einem Sarazenen galt, war verloren. Auf diese Weise flößte der kühne Ritter auch dem Heer des Kaisers wieder Mut ein, so daß es schließlich den Sieg behauptete.

Als die Schlacht zu Ende war, sprengte Robert in voller Rüstung in den Garten des Kaisers zu dem Brunnen zurück. Hier stieg er vom Roß, das sogleich verschwand, löste seinen Harnisch und seine übrigen Waffen und fand seine alten Kleider, wie er sie verlassen hatte, so daß er bald wieder in seiner Narrentracht vor dem Springbrunnen stand. Wieder sah des Kaisers Tochter das alles von ihrem Fenster aus und wunderte sich sehr darüber. Robert hatte von dem Kampf nur eine Schmarre im Gesicht, sonst war er unverletzt.

Als der Kaiser, hocherfreut über seinen Sieg, beim Abendmahl saß, stellte sich auch Robert wieder ein und machte seine alten Narrenstreiche wie zuvor. Der Kaiser freute sich, als er seinen Narren sah, denn er mochte ihn gut leiden. Als er die Schmarre in seinem Gesicht gewahrte, dachte er, daß einer seiner Diener ihn verwundet habe, was ihm leid tat.

Bald vergaß er den Narren und erkundigte sich eifrig, wer der Fremde auf dem weißen Roß gewesen sei, der so tapfer gekämpft habe. »Ich weiß nicht, wer er war«, erklärte der Kaiser, »sicher ist, daß es einer der kühnsten und edelsten Ritter war, die ich je gesehen habe.«

Die Tochter des Kaisers war zugegen, als er diese Worte sprach. Sie näherte sich ihrem Vater und wollte ihm durch Zeichen zu verstehen geben, daß Robert es sei, mit dessen Hilfe sie die Schlacht gewonnen hätten. Der Kaiser verstand jedoch nicht, was seine stumme Tochter ihm erklären wollte.

Nach einiger Zeit zog der Seneschall, der ein zweites Sarazenenheer zusammengerafft hatte, von neuem heran und belagerte abermals die Stadt Rom. Und wiederum hätten die Römer das Feld räumen müssen, wenn nicht der weiße Ritter auf des Engels Befehl auf dem weißen Roß herbeigeritten wäre. Auch diesmal vollbrachte er so viele Heldentaten, daß die Sarazenen in die Flucht geschlagen wurden und des Kaisers Heer den Sieg davontrug. Als aber das Treffen zu Ende war, wußte niemand, wohin der weiße Ritter gekommen sei. Er war unversehens verschwunden, und niemand außer der stummen Kaiserstochter hätte sagen können, wo er sich verborgen hielt.

Kurze Zeit darauf kehrte der Seneschall mit noch viel größerer Heeresmacht zurück und belagerte Rom zum drittenmal. Bevor nun der

Kaiser zum Kampf auszog, befahl er allen seinen Edeln, wenn der Ritter auf dem weißen Roß wieder käme, sollten sie versuchen, ihn zu stellen. Die Edlen versprachen es, und einige der Tapfersten ritten heimlich in einen nahen Wald, um hier auf den weißen Ritter zu warten. Aber es war vergebens. Ehe sich's einer versah, befand sich Robert mitten in der Schlacht.

Als der Sieg zum drittenmal errungen war, wollte sich Robert wieder zu seinem Springbrunnen zurückwenden, um dort seine Waffen abzulegen. Aber die Edlen sprengten auf ihn zu und riefen mit lauter Stimme: »Edler Ritter, sag uns, wer du bist, denn wir wollen es unserm Kaiser melden, der es sehr gern erfahren möchte.«

Als Robert dies hörte, schämte er sich sehr. Er gab seinem Roß die Sporen, und dieses galoppierte über Berg und Tal. Einer der verwegensten Ritter aber setzte ihm nach und warf schließlich seinen Speer nach ihm, nicht um ihn selbst zu töten, sondern um das weiße Roß zu treffen. Doch er verfehlte das Tier, dagegen wurde Robert vom Speer getroffen. Die Lanzenspitze brach ab und blieb im Schenkel stecken; Robert aber ritt, seine Verwundung nicht achtend, davon. So erfuhr der Ritter wieder nicht, wer der Held war, er brachte nur den abgebrochenen Speer zu seinen Kampfgefährten zurück.

Robert eilte indessen rasch auf Umwegen zu dem Brunnen zurück. Dort stieg er vom Roß und legte seine Waffen ab. Roß und Harnisch verschwanden sofort. Er aber zog die Lanzenspitze aus seinem Schenkel und verbarg sie zwischen zwei großen Steinen am Springbrunnen. Robert wußte nicht, von wem er sich verbinden lassen sollte; er sah sich genötigt, Gras und Moos zu nehmen und es aufzulegen. Dann zerriß er das Futter seines Kleides und verband damit die Wunde. Und wieder sah die Tochter des Kaisers von ihrem Fenster aus alles und merkte es sich wohl. Da Robert ein so edler und tapferer Ritter war, faßte sie eine zärtliche Neigung zu ihm.

Als Robert seine Wunde verbunden hatte, ging er in die Küche des Kaisers, um sich etwas zu essen zu holen. Kurze Zeit darauf kam der Ritter, der ihn verwundet hatte, und erzählte dem Kaiser, wie der Fremde auf dem weißen Roß ihm entgangen sei und wie er ihn wider Willen verwundet habe. »Das beste ist, mein Kaiser«, schlug er vor, »Ihr laßt im ganzen Reich öffentlich verkünden, jeder Ritter mit weißem Roß und weißem Harnisch soll zu Euch gebracht werden, und die Lanzenspitze, mit der er verwundet worden ist, hat er mitzubringen und seine

Wunde vorzuweisen. Dann gebt diesem Ritter Eure Tochter zur Frau und das halbe Reich zur Mitgift.« Der Kaiser billigte diesen Rat und ließ den Befehl sogleich kundmachen.

Dieser öffentliche Aufruf drang auch zu den Ohren des Seneschalls, der immer noch von einer heftigen Liebe zu des Kaisers Tochter entflammt war. Nun sann er auf eine List und hoffte sicher, dadurch zu seinem Ziel zu gelangen. Er ließ nach einem weißen Roß, weißer Lanze und weißem Harnisch suchen, dann nahm er eine abgebrochene Lanzenspitze und stieß sie sich in den Schenkel. Dadurch hoffte er, den Kaiser zu täuschen und seine Tochter zur Frau zu bekommen. Mit großer Pracht und herrlichem Gefolge reiste er nach Rom, trat vor den Kaiser und erklärte: »Mein Gebieter, ich bin derjenige, der Euch dreimal so tapfer beigestanden ist, der aus Liebe zu Euch so viele Feinde niedergehauen hat. Dreimal war ich Ursache, daß Ihr über die verfluchten Sarazenen den Sieg davongetragen habt!«

Der Kaiser, der seinen alten Diener und Feind nicht wiedererkannte, sprach gnädig zu ihm: »Ihr seid gewiß ein tapferer Ritter! Doch kann ich nicht recht glauben, was Ihr sagt!«

Da erwiderte der Seneschall: »Herr, um Euch zu beweisen, daß ich die Wahrheit sage: seht hier die Lanzenspitze, die ich aufbewahrt habe.« Damit entblößte er die Stelle, wo er sich selbst die Wunde beigebracht hatte. Aber der Ritter, von dem Robert verwundet worden, war ebenfalls zugegen. Als er die Lanzenspitze näher ins Auge faßte, mußte er lächeln; denn er sah sogleich, daß es nicht die Spitze seines Speeres war. Doch um nicht in Streit zu geraten, wollte er das Gegenteil jetzt nicht behaupten, sondern eine günstigere Gelegenheit abwarten.

Und nun war die Zeit gekommen, wo Robert von seiner schweren Buße befreit werden sollte. Dieser lag im Hundestall, schwer verwundet, und ließ sich seine Wunde von den Hunden heillecken. Um dieselbe Zeit erschien dem frommen Einsiedler, dem Robert seine Beichte abgelegt hatte, im Schlaf der Engel Gottes und forderte ihn auf, sich sogleich zu erheben und nach Rom zu pilgern; denn Roberts Buße sei vollendet und alle seine Sünden seien ihm vergeben. Darüber freute sich der Eremit, stand am frühen Morgen auf und wanderte nach Rom.

Am gleichen Morgen trat in Rom der Seneschall vor den Kaiser, um ihn, seiner öffentlichen Bekanntmachung gemäß, um die Hand seiner Tochter zu bitten, was ihm der Kaiser auch ohne lange Überlegung bewilligte. Als nun des Kaisers Tochter vernahm, daß sie dem Seneschall zur Frau gegeben werden sollte, geriet sie, die den Feind wohl erkannt hatte und seinen ganzen Betrug durchschaute, außer sich, zerriß ihre Kleider und raufte sich die Haare. Weil ihr aber die Stimme fehlte, war dies alles vergebens. Sie mußte sich wie eine Braut schmücken, und der Kaiser selbst führte sie in kaiserlicher Pracht, begleitet von Grafen, Rittern und Edelfrauen, in die Kirche.

Nun aber geschah ein großes Wunder. Denn als der Priester die Trauung eben vollziehen wollte, riß der Jungfrau das Band ihrer Zunge, und sie rief dem Kaiser zu: »Vater, seid Ihr von Sinnen, daß Ihr glaubt, was dieser hochmütige, elende Verräter Euch erzählt hat? Alles, was er sagte, ist Lüge. Hier in dieser Stadt lebt ein Mann, dem wir alle unser Leben verdanken, dessen seltene Tugenden ich schon lange kenne; aber niemand wollte meinen Zeichen glauben!«

Da fiel es dem Kaiser wie Schuppen von den Augen, so daß er seinen Feind, den Seneschall, sogleich erkannte. Dieser floh beschämt aus der Kirche, schwang sich auf sein Roß und ritt mit seiner ganzen Begleitung davon.

Der Papst aber, der zugegen war, fragte die Jungfrau, wer der Mann wäre, von dem sie gesprochen hätte. Das Mägdlein führte den Kaiser und den Papst schweigend nach dem Garten zum Springbrunnen, wo Robert seine Engelswaffen jedesmal genommen und abgelegt hatte. Hier zog sie die Lanzenspitze zwischen den beiden Steinen hervor, unter denen Robert sie verborgen hatte. Nun wies auch der Ritter, von dem Robert verwundet worden war, seinen abgebrochenen Speer vor; da fügten sich Schaft und Spitze aneinander, als wenn sie nie entzwei gewesen wären.

Dann sagte das Mägdlein zum Papst: »Dreimal haben wir durch die Tapferkeit des edlen Ritters gegen die Ungläubigen den Sieg errungen, dreimal habe ich sein Pferd und seinen Harnisch gesehen, die er dreimal wieder von sich getan hat. Aber wohin sie gekommen sind, kann ich Euch nicht sagen. Das aber weiß ich, daß der Ritter selbst sich nachher jedesmal zu den Hunden legte, wo seine Stätte war.« Und zu ihrem Vater gewandt, fügte sie hinzu: »Er ist es, der Euch Ehre und Land gerettet hat; ihm habt Ihr zu danken. Laßt uns zu ihm gehen und die Wahrheit aus seinem Mund hören!«

Da begaben sich alle Anwesenden nach dem Winkel, wo Robert bei den Hunden lag, und der Kaiser sprach zu ihm: »Ich bitte dich, mein Freund, komm hieher und zeige mir deinen Schenkel!« Robert merkte wohl, warum er dies sagte, stellte sich aber, als ob er ihn nicht verstanden hätte.

Nun wandte sich der Papst zu Robert und forderte ihn auf: »Ich befehle dir im Namen Gottes, daß du mit uns sprechen sollst!« Aber Robert, der sich seiner Buße noch nicht entbunden glaubte, sprang wie ein Narr auf und gab, als wäre er selbst der Papst, dem Papste mit lächerlichen Gebärden den Segen. Dann sah er sich um und erblickte den Eremiten, der ihm die Buße auferlegt hatte. Der aber rief ihm mit lauter Stimme zu: »Mein Freund, ich weiß recht gut, daß du Robert bist, den die Menschen den Teufel nennen. Von nun an aber sollst du ein Mann Gottes sein; denn du bist's, der dieses Land von den Sarazenen errettet hat. Gott der Herr schickt mich zu dir und befiehlt dir, zu reden und nicht mehr den Narren zu spielen! Denn du hast gebüßt, und alle deine Sünden sind dir vergeben!«

Als Robert dies hörte, fiel er auf seine Knie nieder, hob Augen und Hände zum Himmel und jubelte: »König des Himmels, ich danke dir, daß du mir meine furchtbaren Sünden vergeben hast und meine geringe Buße dir gefallen hat!« Dann nahm er Abschied von allen und verließ Rom, um gesühnt in seine Heimat zu wandern. Er war noch nicht weit gekommen, als ihm der Engel Gottes erschien und befahl, nach Rom umzukehren, wo ihn ein großes Glück erwarte. In Rom führte ihm der Kaiser seine Tochter entgegen und gab sie ihm zur Gemahlin.

Vierzehn Tage lang dauerte die Hochzeit, dann verabschiedete sich Robert vom Kaiser, um seine Eltern in der Normandie aufzusuchen und ihnen seine Gemahlin vorzustellen. Der Kaiser gab ihm ein fürstliches Geleit und köstliche Geschenke mit. In Rouen wurde Robert mit seiner Gemahlin mit großem Gepränge als Herr des Landes empfangen; denn Roberts Vater war inzwischen gestorben.

Der Herzog Robert betrauerte seinen Vater, zugleich aber freute er sich, wieder bei seiner Mutter zu sein, und erzählte ihr alle seine Abenteuer. Eines Tages kam ein Bote von seinem Schwiegervater, dem Kaiser, der nach ehrerbietigem Gruße meldete, daß sich der Seneschall aufs neue gegen den Kaiser empört habe und drohe, Rom mit Feuer und Schwert zu verwüsten. Der Kaiser bitte Robert um seinen Beistand.

Besorgt sammelte Robert eilig sein Heer und zog schleunigst nach Rom. Aber noch ehe er dorthin kam, hatte der Verräter den Kaiser, der ihm entgegengerückt war, erschlagen. Robert aber entsetzte die belagerte Stadt und kam im Handgemenge dem Seneschall gegenüberzustehen.

Als der Treulose Robert den Teufel sah, suchte er zu fliehen. Aber Robert verfolgte ihn und erschlug den Verräter. Dann kehrte er mit seiner ganzen Schar nach Rouen zurück.

Seitdem lebte Herzog Robert in Liebe mit seiner edlen Gemahlin, gefürchtet von seinen Feinden und geliebt von seinen Freunden und Untertanen. Er hinterließ einen Sohn namens Richard, der an der Seite des Frankenkönigs Karl viele herrliche Waffentaten vollbrachte, mächtige Kriege gegen die Sarazenen führte und das Christentum in aller Welt befestigen half.

Doktor Faustus

Der Vertrag mit dem Teufel

Johannes Faustus, der weitberühmte Schwarzkünstler, wurde in der Grafschaft Anhalt geboren; seine Eltern wohnten in dem Flecken Sondwedel; es waren arme, fromme Bauersleute. Faust aber hatte einen reichen Vetter zu Wittenberg; dieser besaß keine Kinder, weshalb er den jungen Faustus, den er wegen seiner geistigen Fähigkeiten liebgewonnen hatte, an Kindes Statt aufzog. Später wurde er von ihm auf die Hohe Schule zu Ingolstadt geschickt. Hier tat sich der junge Faust in Künsten und Wissenschaften hervor, so daß er bei der Prüfung alle anderen Studenten übertraf.

Damals trieb man noch viel Geisterbeschwören, Teufelsbannen und anderes abergläubisches Zeug, und dies gefiel auch dem jungen Faust. Weil er in böse Gesellschaft geriet, die sich mit solchen Dingen abgab und das Studium vernachlässigte, wurde er bald verführt. Dazu kam noch, daß er sich viel mit Zigeunern einließ und von ihnen die Chiromantie, die Kunst, aus den Händen wahrzusagen, erlernte. Außerdem ließ er sich in allerlei Zauberkünste einweihen, wo er nur Gelegenheit fand.

In diese Dinge versunken, verlegte er sich eifrig auf die Arzneikunst, erforschte den Himmelslauf und weissagte den Leuten, was sie von Geburt an für Glück und Unglück erleben sollten. Zuletzt verfiel er gar auf Geisterbeschwörungen und wurde ein ausgemachter Teufelsbeschwörer. Bei seinen Eltern wußte er sich indessen schlau zu rechtfertigen, brachte auch von der Universität zu Ingolstadt ein gutes Zeugnis mit, und so war ihm denn der wohlhabende, gutmütige Vetter selbst behilflich, daß er nach drei Jahren Doktor der Medizin werden konnte.

Seit sich nun Doktor Faustus diesem teuflischen Wesen ergeben hatte, vergaß er Gott, und da er durch den Tod seines Vetters zu Wittenberg zu einem schönen Erbe gelangte, fand er bald gleichgesinnte Genossen und wurde jeder ehrlichen Tätigkeit abhold. Weil aber das Erbe des Vetters bei täglichem Wohlleben und Spielen stark abnahm, hielt er sich zwar später von dieser Gesellschaft etwas zurück, aber er wurde darum nicht besser, sondern trachtete stets, mit Hilfe des Teufels in Freuden zu leben. Bei dem Studium teuflischer Druckschriften fand er nicht nur, daß er selbst mit einem herrlichen Geist begabt sei, sondern auch, daß die Geister eine besondere Zuneigung zu ihm hätten. In dieser Meinung wurde er noch mehr bestärkt, als er einige Male in seiner Stube einen seltsamen Schatten an der Wand vorüberfahren und öfter in der Nacht viele Lichter bis an sein Bett fliegen sah und dabei zugleich Laute vernahm, als ob Menschen miteinander leise redeten.

Als nun Doktor Faustus in seiner teuflischen Kunst genug erlernt hatte, ging er einst an einem heitern Tag aus der Stadt Wittenberg, um seine Teufelsbeschwörungen ins Werk zu setzen, und fand endlich einen Kreuzweg, der fünf Abzweigungen hatte. Hier verblieb er einen ganzen Nachmittag, nahm am Abend einen Reif, wie ihn die Faßbinder haben, machte daran viele seltsame Zeichen und setzte daneben noch zwei andere Kreise. Darauf ging er in den nahe gelegenen Wald und erwartete die Mitternachtszeit, wo der Mond voll scheinen würde. Kaum aber war die Zeit herbeigekommen, so beschwor er, in den mittleren Reif tretend, unter Verlästerung des göttlichen Namens dreimal den Teufel.

Kaum waren die Worte gesprochen, sah er plötzlich eine feurige Kugel daherkommen. Weil Doktor Faust jedoch fürchtete, nicht lebend heimzukehren, wenn er den Kreis verlasse, beschwor er den Teufel von neuem auf die gleiche Weise; aber da wollte sich nichts mehr regen und kein Teufel sehen lassen. Er nahm deshalb eine neuerliche Beschwörung vor. Sogleich entstand im Wald ein so furchtbarer Sturm, als ob alles zugrunde gehen wollte. Kurz darauf rasten etliche Wagen, mit Rossen bespannt, bei dem Reif vorbei und wirbelten so viel Staub auf, daß Faustus trotz des hellen Mondenscheins nichts sehen konnte. Doktor Faust war so erschrocken, daß er kaum mehr stehen konnte und sich wünschte, viele Meilen von da weg zu sein. Endlich sah er wider Erwarten eine Gestalt um den Kreis herumwandern. Mutig beschwor er den Geist, er solle sich erklären, ob er ihm dienen wolle oder nicht. Der Geist gab bald zur Antwort, er wolle ihm zeit seines Lebens dienen, wenn er einige Bedingungen erfülle. Doktor Faustus vergaß darüber seinen Schrecken und war zufrieden, daß er endlich erreicht, wonach sein Herz so lange Zeit verlangt hatte. Daher sprach er zu dem Geist: »Weil du mir dienen willst, so beschwöre ich dich nochmals, daß du morgen in meiner Behausung erscheinst, wo wir dann alles, was ich und du zu tun haben, festlegen wollen.« Das sagte der Geist dem Doktor Faustus zu. Sogleich zertrat dieser den Kreis, eilte voll Freude der Stadt zu und erwartete den kommenden Tag.

Bald saß er unter tausend verwirrten Gedanken in seinem Stüblein. Viele Stunden vergingen, kein Geist wollte erscheinen. Endlich gegen Mittag sieht er unweit des Ofens einen Schatten daherkommen, und es scheint ihm, als wäre es ein Mensch. Dann aber verschwand der Schatten wieder, weshalb er seine Beschwörung aufs neue begann und den Geist anrief, er solle sich sehen lassen. Da steckte der Geist seinen Kopf wie ein Mensch hinter dem Ofen hervor und machte vor Doktor Faustus eine tiefe Verneigung. Nach einigem Bedenken begehrte Faust, der Geist solle hervorkommen und ihm, seinem Versprechen gemäß, die Bedingungen sagen, unter denen er ihm dienen wolle. Da sah nun Faust mehr als ihm lieb war; denn die Stube war plötzlich voller Feuerflammen. Der Geist hatte zwar einen natürlichen Menschenkopf, aber sein ganzer Leib war zottig, und mit feurigen Augen blickte er Faust an, worüber dieser sehr erschrak und ihm befahl, er solle sich wieder hinter den Ofen begeben, was jener auch tat. Darauf fragte ihn Doktor Faustus, ob er sich nicht anders als in einer so angsterregenden Gestalt zeigen könne. Der Geist antwortete kurz mit »Nein!« Denn er sei kein Diener, sondern ein Fürst unter den Geistern. Wenn Faust das tun werde, was er von ihm verlange, wolle er ihm einen Geist schicken, der ihm bis an sein Ende dienen und jeden Wunsch erfüllen werde.

Auf diesen Vorschlag des Satans meinte Faust, er solle ihm nur sein Verlangen eröffnen. Der Teufel erwiderte: »Ich will dir hiemit fünf Artikel vorschreiben; nimmst du sie an, ist es recht; wenn nicht, darfst du mich in Zukunft nicht mehr zwingen zu erscheinen.« Also nahm Doktor Faustus seine Feder zur Hand und verzeichnete, wie folgt, seinen Vertrag mit dem Teufel:

1. Er solle Gott und dem ganzen himmlischen Heer absagen.
2. Er solle aller Menschen Feind sein und vor allem diejenigen verfolgen, die ihn seines bösen Lebens wegen anfeindeten.
3. Den Priestern und geistlichen Personen solle er nicht gehorchen, sondern stets wider sie sein.
4. Zu keiner Kirche gehen, die Predigten nicht besuchen, auch die Sakramente nicht empfangen.
5. Den Ehestand hassen, sich nie verehelichen.

Wenn Doktor Faust diese fünf Artikel annehmen wolle, so müsse er sie zur Bestätigung mit seinem eigenen Blut unterfertigen und ihm einen Schuldbrief, von seiner eigenen Hand geschrieben, übergeben. Sei das geschehen, dann wolle er ihn zu einem Mann machen, der zeitlebens alle erdenkliche Lust und Freude genießen werde.

Doktor Faustus saß hierüber in tiefen Gedanken, und je öfter er diese teuflischen Artikel überlas, desto schwerer schien es ihm, sie zu halten. Doch sagte er endlich leichtsinnig und gottvergessen zu einem Artikel um den andern laut und unumwunden ja. Der Geist aber sprach: »So lege denn diese Urkunde, mit deinem Blut gezeichnet, auf den Tisch; ich hole sie mir später.« Doktor Faustus antwortete: »Gut! Aber um eines bitte ich dich noch, daß du mir nicht mehr in deiner jetzigen Gestalt erscheinst, sondern etwa in Gestalt eines Mönchs oder eines andern Menschen.« Dies versprach der Geist Doktor Faust und verschwand.

Nachdem der teuflische Geist gewichen war, hätte Faust, bevor er seine Unterschrift gab, wohl noch Zeit gehabt, seinen Abfall von Gott mit reuigem Herzen gutzumachen; aber er trachtete nur danach, lustig in der Welt zu leben.

So nahm denn Faust ein Messer und öffnete sich an der linken Hand ein Äderlein; das ausfließende Blut faßte er in ein Glas, setzte sich nieder und schrieb mit eigener Hand folgenden Schuldbrief:

»Ich, Johannes Faustus, Doktor, bekenne hier öffentlich: Weil der Fürst dieser Welt, den die Menschen den Teufel zu nennen pflegen, gewaltig und geschickt ist, so daß ihm nichts unmöglich ist, wende ich mich heute zu ihm. Nach seinem Versprechen soll er mir alles leisten und erfüllen, was mein Herz und Sinn begehrt; dafür verschreibe ich mich hiermit mit meinem eignen Blut samt Leib und Seele diesem irdischen Gott.

Dagegen sage ich ab allem himmlischen Heer und allem, was Gottes Freund sein mag. Und da unser Bündnis vierundzwanzig Jahre währen soll, so soll der Satan, wenn diese Zeit verflossen ist, über dieses sein Unterpfand, Leib und Seele, zu schalten und zu walten Macht haben; es soll auch keinem Wort Gottes, auch nicht denen, die dieses predigen, glücken, mich in den Verband der Kirche zu bringen, wenn sie mich auch bekehren wollten.

Zu Urkund dieser Handschrift habe ich sie mit meinem eigenen Blute bekräftigt und eigenhändig geschrieben.

Anno 1525, post Christum natum

Faustus, Doktor.«

Als Faust diese gräßliche Urkunde verfertigt hatte, erschien bald darauf der Teufel in eines Mönchs Gestalt, worauf ihm Doktor Faustus seinen Vertrag einhändigte. Da sagte der Teufel: »Faust, weil du dich mir verschrieben hast, sollst du wissen, daß man dir auch treu dienen wird. Ich jedoch, als der Fürst dieser Welt; diene selbst keinem Menschen. Aber morgen will ich dir einen erfahrenen Geist senden, der soll dir Zeit deines Lebens gehorsam sein. Er wird dir in Gestalt eines Mönchs erscheinen und dienen. Hiemit nehme ich deine Handschrift; gehab' dich wohl!« Daraufhin verschwand der Teufel.

Als Doktor Faustus am Abend eben seine Studierstube betreten hatte, klopfte jemand bescheiden an die Stubentür. Als er öffnete, stand ihm eine lange, in eine Mönchskutte gekleidete Gestalt gegenüber. Faust hieß den Fremden eintreten und sich zu ihm auf die Bank niedersetzen, was der Geist auch tat. Auf die Frage des Doktors, was er wolle, antwortete der Geist: »Faust, wie mir von unserm Obersten Geist befohlen worden, will ich dir von jetzt an treulich dienen. Du sollst dich auch vor mir nicht fürchten, denn ich bin kein verabscheuungswürdiger Teufel, sondern ein *Spiritus familiaris*, ein vertraulicher Geist, der gern unter Menschen wohnt.«

»Gut«, erwiderte hierauf Doktor Faustus, »so gelobe mir im Namen deines Herrn Luzifer, daß du mir in allem, was ich von dir verlangen werde, gehorsam sein wirst.« Der Geist versprach es. »Du sollst zugleich wissen«, fuhr der Teufel fort, »daß ich Mephistopheles heiße, und bei diesem Namen sollst du mich rufen, wenn du etwas von mir willst.« Erfreut sprach Doktor Faustus: »Nun, Mephistopheles, mein getreuer Diener, ziehe nun für diesmal hin, bis ich dich rufe.« Der Geist verbeugte sich und verschwand.

Faust und Mephistopheles

Obwohl nun Doktor Faust meinte, es könne ihm künftig nichts mehr mangeln, weil er einen so mächtigen Diener habe, begann es doch nach und nach an einem oder dem andern zu fehlen. Denn die baren Mittel von der Verlassenschaft seines vor etlichen Jahren verstorbenen Vetters hatten nunmehr ein Ende. Außer dem Haus, in dem er wohnte, und etlichen Wiesen war wegen des vielen Spielens und freien Lebenswandels wenig übriggeblieben. Daher fragte er seinen Mephistopheles um Rat, wie er neue Mittel erlangen könnte. Der Geist erklärte: »Faustus, mach dir keine Gedanken darüber! Ich bin doch dein getreuer Diener, und solange du mich haben wirst, sollst du keinen Mangel leiden. Kümmere dich nicht um deine Haushaltung, wenn du auch kein Geld hast! Dinge nur keine Magd, die uns vielleicht verraten könnte! Aber einen Famulus oder Jungen sollst du wohl haben, auch Gäste und gute Freunde; mit ihnen magst du immerhin fröhlich sein.«

Dieses Anerbieten des Geistes war für Doktor Faustus sehr erfreulich, aber er hegte einige Zweifel: »Mein lieber Mephistopheles, woher willst du alle Mittel hiezu nehmen?« Der Geist antwortete lächelnd: »Sorg dich nicht darum! Verzeichne nur alles, was du haben willst, und leg den Zettel auf den Tisch, damit ich dir alles zur rechten Zeit verschaffe.« Darüber freute sich Faustus und schrieb sogleich den Speisezettel neben einem guten Trunk einiger Weinsorten, um zu sehen, ob der Geist auch sein Versprechen erfüllen würde.

Abends wurde ihm hierauf zum erstenmal der Tisch gedeckt, auf den der Geist ein zierlich vergoldetes Trinkgeschirr setzte. Auf die Frage, woher denn der schöne Becher stamme, antwortete der Geist, er solle nicht danach fragen, er habe ihm diesen verehrt.

Da nun Doktor Faustus sich nicht mehr zu sorgen brauchte, woher er Essen, Trinken, Geld und anderes bekäme, brachte er Tag und Nacht in Saus und Braus zu, spielte und zechte mit seinen Zechbrüdern, daß bald viele zu zweifeln begannen, ob das mit rechten Dingen zugehe. Denn um seine Praxis oder um die Äcker und Wiesen, die er von seinem Vetter ererbt hatte, kümmerte sich Faustus überhaupt nicht mehr, und von der Luft leben könne er doch auch nicht, meinte man. So geriet Faust in peinlichen Verdacht, der Zauberei verfallen zu sein. Um den Leuten diesen Argwohn zu nehmen, ermahnte der Geist seinen Herrn, selbst die Äcker zu besäen, das Heu einzubringen, das Korn zu schneiden und zu ernten.

Doch Doktor Faust wollte dieses ehrbare Leben auf die Dauer gar nicht gefallen; er redete deshalb mit seinem Geist: »Schaff mir, Mephistopheles, Geld, woher du willst, herbei; denn ich habe Lust zum Spiel, das ist meine größte Leidenschaft; außerdem möchte ich mich in lustigen Gesellschaften vergnügen. Meinst du, ich habe mich deinem Fürsten, dem Luzifer, verpflichtet, um ein zurückgezogenes Leben zu führen? Schaffe du mir ein bequemes Leben auf dieser Welt und verrichte daneben die Arbeiten wie bisher, um den Leuten den Argwohn zu nehmen.«

Mephistopheles antwortete: »Ich bekenne, daß ich dein Diener und also schuldig bin, dir allen gebührenden Gehorsam zu leisten. Damit du mich nun nicht für einen Lügengeist hältst, will ich dir Geld und alles, was du brauchst, zur Genüge verschaffen, aber halte auch du deine mit deinem Blut geschriebenen Zusagen.«

Nun berichtete ihm denn der Geist ausführlich, zu welcher Klasse von Geistern er selbst gehöre, wieviel böse Geister es gebe, warum der Teufel aus dem Himmel verstoßen worden sei. Er erzählte ihm, wiewohl widerwillig und voll Ingrimm, vom Himmel und den Himmlischen Heerscharen, von den Engeln vor Gottes Thron, vom Paradies; dann wieder von der Ordnung der Teufel, von ihrer Hoffnung, dereinst doch selig zu werden, und von der Hölle. Dann schloß er seine Rede mit den nachdenklichen Worten: »Wenn ich aber als Mensch geboren wäre wie du, o Faust, so wollte ich Tag und Nacht meine Hände dankbar zu Gott erheben, daß er seinen Sohn vom Himmel herabgesandt hat und sich des menschlichen Geschlechts annimmt, um es von des Teufels Gewalt zu erlösen. Dieser Erlösung, lieber Faust, bist auch du teilhaftig gewesen, hast sie aber verscherzt und mußt ohne Zweifel gleiche Verdammnis wie der Teufel, den du herbeigerufen hast, in der Hölle leiden.« Auf diese offenen Worte des Geistes schwieg Doktor Faust niedergeschmettert und entließ den Geist.

Als er aber des Nachts im Bett lag, klangen ihm die Worte des Geistes unaufhörlich in den Ohren, worüber er seufzte und zu sich selbst sprach: »Ach, du elender, verfluchter Mensch, dir hat Gott Leib und Seele gegeben, die solltest du besser verwahrt haben! Ach, daß ich mich um so kurzer Weltlust willen mit dem Teufel schändlich verbunden habe! Nunmehr aber ist es mit meiner Buße und Reue ohne Zweifel zu spät!«

Doktor Faust und die Hochzeit zu München

Damals studierten drei junge Freiherren zu Wittenberg. Als diese erfuhren, daß die Hochzeit des Kurfürsten von Bayern in den nächsten Tagen in München stattfinden sollte, wären sie gern bei der Feier gewesen. Aber sie wußten nicht, wie sie in so kurzer Zeit ihr Ziel erreichen konnten. Schließlich schlug einer von ihnen vor: »Ihr lieben Herren Vettern, ich wüßte einen guten Rat, wobei wir weder Sattel noch Pferde brauchten, und ehe es jemand merkte, wieder zu Hause wären. Ihr wißt, daß Doktor Faustus als besonderer Freund und guter Gönner der Studenten uns, die wir oft in seiner Wohnung vergnügt waren, wohl gewogen ist. Er ist auch imstande, mit seiner Schwarzkunst manches zuwege zu bringen. Wir wollen ihm unsern Wunsch vortragen und ihm ein stattliches Geschenk versprechen, wenn er uns hilft!« Dieser Rat mißfiel den zwei andern nicht; sie trugen nun Doktor Faustus ihren Wunsch vor. Er willigte sogleich ein, nur mußten sie alles geheimhalten.

Am Abend vor der Hochzeit berief Faustus die drei Freiherren in seine Wohnung und befahl ihnen, sich aufs schönste zu kleiden. Dann sagte er, er wolle sie in kurzer Zeit nach München bringen, aber sie müßten ihm versprechen, während dieser Fahrt kein Wort zu reden und auch im fürstlichen Palast, falls sie angesprochen würden, keine Antwort geben; wenn sie das gelobten, wolle er sie ohne Gefahr hinführen und wieder nach Hause bringen; wenn sie aber nicht folgten und während der Zeit etwas redeten, wären sie selbst schuld, wenn es ihnen übel erginge. Die drei versprachen, alles genau einzuhalten.

Vor Tagesanbruch legte Doktor Faustus seinen Mantel ausgebreitet auf ein Beet im Garten seines Hauses, setzte die drei jungen Barone darauf, sprach ihnen noch einmal Mut zu und forderte sie auf, nicht mehr zu reden, sie würden bald an dem gewünschten Ort sein. Plötzlich erhob sich ein Wind, der schlug den Mantel zu, daß sie samt Doktor Faustus darin wohl geborgen lagen, und hob den Mantel empor. So fuhren sie miteinander in des ††† Namen, den Doktor Faustus beschworen, fort, erschienen nach Verlauf kurzer Zeit, doch schon bei hellem Tag im Vorhof des fürstlichen Palasts zu München, ohne daß jemand gesehen hätte, wie die Gäste dahingekommen waren. Der Hofmarschall empfing sie aufs höflichste und ließ sie in den obern Saal geleiten. Es kam aber dem Hofmarschall und dann dem Hofjunker sehr seltsam vor, daß die drei auf gar keine Frage etwas antworteten, sondern nur stumm ihre Ehrerbietung zu verstehen gaben. Nachdem nun die fürstlichen Personen nach der Trauung ihre Plätze an der Tafel eingenommen und man mit der Fingerschale bis zu den drei Junkern gelangt war, begann einer von ihnen, sein Versprechen vergessend, zu reden und bedankte sich über die zuteilgewordene Ehre. Nun muß man wissen, daß Doktor Faustus ihnen ausdrücklich befohlen hatte, wenn er zweimal flüstern würde: »Wohlauf, wohlauf«, so sollten sie sofort nach seinem Mantel greifen, dann würden sie gleich wieder unsichtbar den Weg zurückfahren. Demzufolge hatten sie auf das geflüsterte Wort des Faustus sofort den Mantel ergriffen, und zwei von ihnen fuhren mit Doktor Faust unsichtbar dahin; der dritte aber, der gesprochen hatte, griff ins Leere und mußte erschrocken zurückbleiben.

Es ist leicht zu ermessen, wie dem Zurückgelassenen zumut war! Als dieser schließlich auf Befehl des Kurfürsten gleichsam in Gefangenschaft geführt wurde, tröstete er sich damit, daß seine Vettern ihn nicht sitzen lassen, sondern den Doktor Faust bewegen würden, ihn aus seiner Lage wieder zu befreien. Das geschah auch wirklich bald darauf; denn noch ehe der folgende Tag angebrochen, machte sich Doktor Faustus auf, kam an den Ort, wo der junge Freiherr gefangengehalten wurde, zauberte die Leibwächter des Fürsten, die den Gefangenen bewachten, in tiefen Schlaf, öffnete mit seiner Kunst Schloß und Tür, schlug seinen Mantel um den Freiherrn, der noch sanft schlief, und brachte ihn unbemerkt zu seinen beiden Vettern nach Wittenberg zurück.

Doktor Faust und der Geldverleiher

Um nun Geld zum Spiel zu bekommen, wollte Doktor Faust seinen Freunden ein Stücklein seiner Kunst zeigen. Er ging daher mit diesen zu einem reichen Geldmakler, um bei ihm Geld zu borgen, obwohl er nicht die Absicht hatte, es zurückzuzahlen. Er verlangte also von dem Bankier sechzig Taler auf einen Monat, die wollte er ihm dann mit Dank wieder bezahlen, oder er sollte ihm ein Bein abnehmen! Und so lieh ihm denn der Makler – nachdem er die andern Anwesenden zu Zeugen angerufen – die Summe.

Als nun die Frist vorüber war und der Bankier, der nichts Gutes ahnte, sich in Doktor Faustus' Behausung einfand, um sein Geld samt den Zinsen zu holen, empfing ihn Faust aufs freundlichste und sprach zu ihm: »Lieber Freund, ich weiß, daß ich versprochen habe, dir nach Ablauf dieser Zeit dein Geld samt den Zinsen wiederzugeben, aber wer kann dafür, daß ich jetzt nicht bei Geld bin?« Dem Geldverleiher lief die Galle über, und weil noch zwei andere Gehilfen mit ihm erschienen waren, brach er ganz entrüstet in Drohworte gegen Doktor Faustus aus, er solle seine Zusage einlösen, oder er wolle sich an sein versprochenes Unterpfand halten. Doktor Faust stellte sich, als erinnerte er sich an nichts und verlangte den Schuldschein zu sehen. Als er die Worte gelesen, meinte er: »Mein reicher Herr, es ist richtig, ich habe verloren, deswegen magst du dich an dein Unterpfand halten.« Der Makler dachte wütend bei sich: »Ich habe wohl schon mehr als sechzig Taler auf einmal verloren!« und tat, als wolle er sich kurzerhand an sein Unterpfand halten, um Doktor Faust einen gehörigen Schrecken einzujagen.

Doktor Faustus hingegen nahm kaltblütig eine Säge, gab sie dem Makler und verlangte, er solle nur in aller Henker Namen sein Unterpfand nehmen, jedoch mit der ausdrücklichen Bedingung, daß ihm der Fuß, sobald er die Summe zahlen könnte, wieder zurückgestellt würde. Das versprach der Geldverleiher, sägte dann den Fuß ab und ließ den guten Faustus seiner Meinung nach halbtot liegen. Der Makler zog samt seinen Gesellen mit dem Fuß fort und erklärte unterwegs, was ihm jetzt dieser Stummel nützen sollte. Der Fuß könnte ihn noch teuer genug zu stehen kommen, wenn Doktor Faust daran sterben sollte, warf einer der Spießgesellen ein. Daher warf er den Fuß, weil die andern ein Gleiches sagten, als er über eine Brücke ging, in den Fluß und zog weiter, an nichts anderes denkend, als daß er sein Geld verloren habe.

Als es dem Doktor Faust an der Zeit schien, sein Unterpfand einzulösen, berief er seinen Gläubiger, da er ihm gegen Rückgabe seines Unterpfands seine Schuld abstatten wollte. Wer erschrak mehr als der Bankier, da diese unverhoffte Botschaft kam. Faustus aber stellte sich bei des Händlers Ankunft sehr unfreundlich, daß der Makler mit dem Fuß so lange ausgeblieben wäre, da er doch schon vor etlichen Tagen das Geld beisammen gehabt hätte, und sein Unterpfand verlange. Der Makler konnte es nicht mehr herbeischaffen, was Faust ganz gut wußte. Er erbot sich daher, die Schuldverschreibung wieder zurückzugeben und sie als bezahlt anzusehen, nur sollten sie ihm das Unterpfand erlassen. Das war Faust sehr angenehm, der Makler aber war froh, daß er so gut davongekommen war. Faust indessen stand wohlbehalten und mit beiden Beinen da, und alle konnten über den Possen, den Doktor Faust dem Geld Verleiher angetan, nicht genug lachen.

Doktor Faust und der »Auerbach-Keller« zu Leipzig

Es studierten einstens zu Wittenberg einige vornehme polnische Herren von Adel, die mit Doktor Faust viel verkehrten. Nun war gerade die Leipziger Messe, die sie gern besuchen wollten. Sie baten den Doktor, er möge sie mit Hilfe seiner Kunst dorthin bringen. Doktor Faustus bewirkte durch seine Magie, daß am nächsten Tag vor der Stadt ein mir vier Pferden bespannter Wagen stand, mit dem sie in schnellem Lauf fortfuhren. Kaum aber waren sie losgefahren, da sahen sie quer über das Feld einen Hasen laufen, was sie für ein böses Zeichen hielten; doch trafen sie zu ihrer großen Verwunderung noch vor Einbruch der Dämmerung in Leipzig ein.

Am folgenden Tag besichtigten sie die Stadt und verrichteten ihre Geschäfte; als sie wieder in die Nähe ihres Wirtshauses kamen, bemerkten sie, daß gegenüber in »Auerbachs Weinkeller« Wein- und Bierschröter ein Faß Wein mit sieben oder acht Eimer Inhalt aus dem Keller bringen wollten; aber sie waren es nicht imstand, so sehr sie sich auch bemühten. Doktor Faustus und seine Gesellen standen dabei und sahen zu. Da bemerkte Faust höhnisch zu den Schrötern: »Wie ungeschickt stellt ihr euch an, seid euer so viele und könnt ein solches Faß nicht zwingen! Das müßte doch einer allein können, wenn er es geschickt zu machen weiß.«

Unwillig riefen die Schröter, wenn er es besser verstünde als sie, ein solches Faß aus dem Keller zu bringen, so solle er es in aller Teufel Namen tun. Unterdessen kam der Besitzer des Weinkellers herzu und hörte, daß der eine gesagt habe, es könnte einer allein das Faß aus dem Keller bringen.

»Nun gut«, rief er, »weil ihr schon so starke Riesen seid: wer von euch das Faß allein aus dem Keller schafft, dem soll es gehören!« Doktor Faustus aber, nicht faul, ging in den Keller hinab, setzte sich recht breit auf das Faß wie auf einen Bock und ritt das Faß auf die Straße, worüber sich alle wunderten. Obwohl der Wirt einwendete, das gehe nicht mit rechten Dingen zu, mußte er doch sein Versprechen halten. Also ließ er das Faß mit Wein Doktor Faustus ausfolgen, der es dann seinen Gesellen und den umstehenden Studenten zum besten gab, die es sogleich wieder in den Keller rollten, wo sie sich lustige Tage machten, solang ein Tropfen Wein darin war.

Doktor Faust und die Helden des Trojanischen Krieges

Einst wurde zu Wittenberg bei einer fröhlichen Gesellschaft von einem Studenten des Dichters Homer gedacht, der eben auf der Hohen Schule gelesen wurde. Sogleich erbot sich Doktor Faustus, die trojanischen Kriegshelden, wie sie damals gelebt und einhergegangen, vorzuführen, doch dürfe keiner ein Wort reden oder jemand fragen. Das versprachen auch alle. Darauf klopfte Doktor Faust mit dem Finger an die Wand, und sogleich traten jene griechischen Helden in ihrer grauen, zu jener Zeit üblichen Rüstung einer nach dem andern in den Saal herein, sahen sich zur Rechten und Linken mit halb zornigen, halb strahlenden Augen um, schüttelten die Köpfe und gingen nacheinander wieder zur Tür hinaus.

Doktor Faust wollte es dabei nicht bewenden lassen, sondern noch einen kleinen Schrecken hinzufügen; deshalb klopfte er noch einmal. Da tat sich die Tür auf, bei der halbgebückt der ungeheure, greuliche Riese Polyphemus eintrat, der auf der Stirn nur ein Auge hatte, mit einem langen, zottigen, feuerroten Bart; der hatte ein kleines Kind, das er gefressen, noch mit dem Schenkel am Maul hangen und war schrecklich anzusehen, daß ihnen allen miteinander die Haare zu Berg standen. Darüber lachte Doktor Faustus. Er wollte seine Zuschauer noch mehr ängstigen und bewirkte, daß sich Polyphemus, bevor er zur Tür hinausging, noch einmal umsah und tat, als wolle er nach etlichen greifen. Zugleich stieß er mit seinem ungeheuren Spieß auf den Erdboden, daß das ganze Gemach erschüttert wurde. Doktor Faustus aber winkte ihm mit dem Finger, da trat auch er hinaus, und so hatte Doktor Faustus sein Versprechen erfüllt. Die Studenten hatten genug und verlangten keine solche Vorstellung mehr, die sie nur in Angst versetzte.

Ein Besuch aus Prag

In der Schlossergasse zu Erfurt stand ein Haus, »Zum Anker« genannt; darin wohnte ein Junker, ein Liebhaber der Schwarzkunst, bei dem sich Faustus oftmals aufhielt. Einmal war Doktor Faust nach Prag verreist, der Junker aber beging eben seinen Namenstag, wozu er einige gute Freunde, lauter Bekannte Doktor Fausts, eingeladen hatte. Sie waren bis in die späte Nacht recht lustig und wünschten nichts mehr, als daß ihr guter Freund Faustus dabei wäre.

Einer unter ihnen, der bereits des Guten zuviel getan hatte, nahm ein Glas Wein, erhob es und rief: »Faust, wo steckst du jetzt? Wärest du da, wir würden ohne Zweifel etwas von dir sehen, das unsere Fröhlichkeit noch vermehrte. Weil es aber für diesmal nicht sein kann, so will ich dir dies Glas zur Gesundheit bringen; kann es aber sein, so komm zu uns und säume nicht!«

Kurz darauf pochte jemand stark an die Haustür. Ein Diener lief zur Tür, um zu öffnen. Da stieg eben Doktor Faustus vom Pferd und befahl dem Diener, dem Junker und allen Gästen zu melden, daß er zur Stelle wäre. Die ganze Gesellschaft lachte darob und fragte den Diener, ob er ein Narr oder betrunken wäre. Doktor Faust sei ja verreist und könne nicht herfliegen. Indessen klopfte Faustus noch einmal stark an, so daß der Junker von der Tafel aufstand. Er sah kurz beim Fenster hinaus, wo er Doktor Faust im Mondschein erkannte. Doktor Faustus wurde von allen freudig begrüßt, und sein Pferd von einem Knecht in den Stall geführt. Die erste Frage, die alle an Doktor Faust richteten, war, daß die gesamten Gäste zu wissen verlangten, wie er so rasch von Prag wieder hieher käme. Doktor Faust antwortete kurz: »Mein Pferd ist überaus flink! Aber ich kann nicht lange bleiben, sondern muß bei Tagesanbruch wieder in Prag sein.« Darüber wunderten sich alle Anwesenden.

Nun begann die Gesellschaft erst recht fröhlich zu sein, wozu auch Doktor Faustus seinen Teil beitrug. Deswegen fragte er die Gäste, ob sie nicht auch einmal ausländische Weine versuchen möchten, es wäre gleich, Traminer, Malvasier, spanischer oder Franzwein, worauf sie lachend riefen: »Her damit, sie sind alle gut!«

Sogleich forderte Doktor Faustus von dem Diener einen Bohrer, begann an den Seiten des Tisches nebeneinander vier Löcher zu bohren, verstopfte sie mit vier Zäpflein und ließ ein paar Gläser bringen. Dann zog er ein Stöpslein nach dem andern heraus: da sprangen die Weine in die Gläser, worüber sich die Gäste nicht genug wundern konnten. Alles lachte, war guter Dinge, und sie tranken auf Fausts Wohl mit großer Begierde.

Während dieser Unterhaltung kam des Junkers Sohn und sagte zu Doktor Faust: »Herr Doktor, Euer Pferd frißt so unersättlich, daß der Stallknecht erklärte, er wolle wohl zwanzig Pferde mit dem füttern, was es bereits gefressen hat; trotzdem hat es noch immer nicht genug. Ich glaube, der Teufel frißt aus ihm.« Über diese ernsthaften Ausführungen lachten alle, Faust aber am meisten, der meinte, das Pferd hätte eben die Freßleidenschaft. Es hätte aber für diesmal genug gefressen; denn wenn man seinen unersättlichen Magen füllen wollte, würde es wohl allen Hafer auf der Tenne wegfressen. Dieses unersättliche Pferd war nämlich sein Geist Mephistopheles.

So verbrachte die Gesellschaft die Nacht fröhlich, bis der Morgen graute. Da tat Fausts Pferd einen kräftigen Schlag, daß man ihn im ganzen Haus hören konnte. »Nun«, sagte Doktor Faustus, »muß ich fort!« und wollte Abschied nehmen; aber die Gäste hielten ihn auf. Da machte er an seinem Gürtel einen Knoten, um den Aufbruch nicht zu vergessen, und gab noch ein Stündlein zu. Nach Ablauf dieser Zeit aber fing das Pferd zu wiehern an. Da wollte er wieder fort, doch ließ er sich bitten, noch ein halbes Stündlein zu bleiben. Jetzt tat das Pferd aber einen Schrei. Da wollte sich Faust nicht länger aufhalten lassen und nahm Abschied. Sie bedankten sich bei ihm der unverhofften Ankunft wegen und gaben ihm das Geleit bis zur Haustür, wo er sich auf sein Pferd setzte und die Schlossergasse hinaufritt bis zum Stadttor, das noch nicht geöffnet war. Alsogleich schwang sich sein Pferd mit ihm in die Luft, daß ihn alle, die ihm nachsahen, bald aus dem Gesicht verloren. Faust aber traf noch rechtzeitig in seinem Haus in der Stadt Prag ein.

Doktor Faust und der Heuwagen

Einmal kam Doktor Faustus in die Stadt Gotha, zur Zeit, als man gerade überall mit dem Heuernten beschäftigt war. Eines Tags ging er ziemlich bezecht mit etlichen seiner Zechkumpane vor dem Stadttor spazieren. Da begegnete ihm ein vollbeladener Heuwagen. Doktor Faustus aber schritt mitten auf dem Fahrweg, daß ihn der Bauer, der das Heu einführte, auffordern mußte, aus dem Weg zu gehen. Faust aber sagte: »Ich will bald sehen, wer ausweichen muß, ich oder du! Hast du niemals gehört, daß einem vollen Mann ein voller Wagen ausweichen soll?« Der Bauer war über die Bemerkung recht unwillig und rief ärgerlich, wenn er nicht ausweichen wolle, werde er ihm den Weg zeigen. Faust aber erwiderte ihm: »Wie, Bauer, willst du aufbegehren? Mache nicht viel Umstände, sonst fresse ich dir deinen Wagen samt dem Heu und den Pferden!«

Der Bauer erwiderte: »Dann friß auch noch etwas anderes dazu!« Da verblendete Doktor Faustus mit seiner Kunst den Bauern derart, daß er meinte, Faust habe ein Maul wie ein Scheunentor und hätte bereits seine Pferde mit Wagen und Heu verschlungen. Darüber erschrak er heftig und lief eilends davon; denn er meinte, wenn er sich lang aufhalte, könne er selbst drankommen. Er rannte in die Stadt zum Bürgermeister und klagte ihm seine Not, wie ihm ein seltsamer Mann begegnet sei, der habe ihm nicht ausweichen wollen und schließlich den Wagen mitsamt den Pferden gefressen; er bitte um Rat und Hilfe.

Lachend meinte der Bürgermeister, das wäre nicht möglich, er sei entweder betrunken oder nicht bei Sinnen. Der Bauer beteuerte hoch und heilig, daß es so sei, wie er erzählte, und berief sich auf seine Nachbarn und andere, die hinter ihm hergefahren seien. Da der Bürgermeister Ruhe haben wollte, mußte er sich mit dem Bauern hinausbegeben und das Wunder anschauen. Als beide aber noch keine allzu weite Strecke gegangen waren, sahen sie Rosse, Heu und Wagen unverrückt wie zuvor dastehen. Faust aber hatte indessen einen andern Weg genommen.

Doktor Faust gewinnt einen Famulus

Um diese Zeit geschah es, daß sich Doktor Faust für sein Zauberhandwerk einen Famulus nahm. Es kam nämlich zur Winterszeit eines Tags ein junger Schüler und sang nach der Sitte der Zeit geistliche Lieder. Doktor Faustus hörte ihm eine Weile zu, und weil er sah, daß der arme Mensch schlecht gekleidet und fast erfroren war, erbarmte er sich seiner, lud ihn ein, sich in seiner Stube zu wärmen, und fragte, woher er sei. Der Junge antwortete, er sei eines Pastors Sohn und habe seines Vaters täglichen Zorn nicht länger ertragen können. Da Doktor Faust aus seinen Reden entnahm, daß er einen gelehrten und zugleich verschmitzten Kopf vor sich habe, nahm er ihn als Famulus an und gewann ihn bald lieb, hauptsächlich weil er verschwiegen war. Darum sagte er ihm einst alle Geheimnisse und stellte ihm überdies eines Tags seinen Geist in der Mönchsgestalt vor.

Da Faust nun einen menschlichen Diener hatte, konnte er seinen schwarzen Zauberhund »Prästigiar«, der auch wieder ein Geist war, entbehren und schenkte ihn dem Abt von Halberstadt. Nach einem Jahr aber begann der Hund zu winseln und zu schnaufen und verbarg sich, wo er nur konnte. Der Abt fragte ihn deswegen, was er wolle. Da gab ihm der Geisterhund zur Antwort: »Ach, Herr Abt, ich habe gemeint, sehr lang in Eurem Dienst bleiben zu können, aber ich sehe leider, daß ich bald von hier scheiden werde; die Ursache aber muß ich verschweigen!«

Ehe acht Tage um waren, starb der Abt an einem heftigen Fieberanfall.

Doktor Faust in Innsbruck

Kaiser Maximilian kam einmal mit seiner ganzen Hofhaltung nach Innsbruck. Eines Abends ließ er den Doktor Faustus, der sich seiner Kunst wegen bei Hof aufhielt und bei Ihrer kaiserlichen Majestät in besonderen Gnaden stand, in sein Zimmer kommen und verlangte, er solle ihm ein Kunststück vormachen.

»Ich möchte gern«, sagte der Kaiser, »den Geist Alexanders des Großen sehen sowie den seiner schönen Gemahlin, gerade wie sie im Leben gewesen sind.«

Doktor Faustus antwortete nach kurzem Bedenken, er wolle das alles bewerkstelligen, nur verlange er von der kaiserlichen Majestät, während der Vorstellung nichts zu reden, was der Kaiser auch zusagte. Faust ging indessen vor das Gemach, erteilte seinem Mephistopheles Befehl, diese Personen herbeizurufen, und kehrte wieder in das Zimmer zurück. Bald klopfte es an der Tür, da tat sich diese von selbst auf, und herein schritt Alexander der Große, nicht groß von Gestalt, doch von strengem Aussehen. Er trug einen herrlichen Harnisch und begrüßte den Kaiser aus dem Stamme der Habsburger; dieser aber wollte sofort dem großen Helden der Antike die Hand bieten und sprang von seinem Stuhl auf. Faust aber trat eilig dazwischen und verhinderte jede Berührung.

Als Alexanders Geist wieder gegangen war, erschien der Geist seiner Gemahlin. Sie war eine überaus edle Frau, lieblich anzusehen, daß sich der Kaiser über ihre Schönheit verwunderte. Zugleich fiel ihm ein, daß er öfters von dieser schönen Königin gelesen, sie habe hinten am Nacken eine Warze gehabt. Er stand daher auf und ging auf sie zu, um sich davon zu überzeugen. Als er die Warze erblickt hatte, verließ der Geist das Gemach. Der Kaiser aber bedachte den Schwarzkünstler mit einem kaiserlichen Geschenk.

Aus Dankbarkeit wollte Doktor Faust dem Monarchen noch ein besonderes Vergnügen verschaffen. Nachdem Kaiser Maximilian eines Abends in seinem gewöhnlichen Schlafgemach zur Ruhe gegangen war, konnte er sich frühmorgens beim Erwachen nicht entsinnen, wo er wäre; denn das Schlafgemach war durch Doktor Fausts Kunst in einen prächtigen Saal verwandelt worden, in dem zu beiden Seiten viele schöne Bäume standen, die mit reifen Kirschen und anderem Obst behangen waren. Der Boden des Saals glich einer grünen Wiese mit allerlei bunten Blumen. Um des Kaisers Bett aber standen die edelsten Bäume, wie Orangen, Granaten, Feigen und Zitronen mit ihren überreifen Früchten; auf dem Gesims sah man die köstlichsten Trauben in schweren Reben herabhangen.

In höchstem Erstaunen erhob sich der Kaiser, nahm seinen Morgenrock um und setzte sich nahe dem Bett auf einen Sessel. Da hörte er den lieblichen Gesang der Nachtigall, das anmutige Trillern anderer Singvögel, die von einem Baum auf den andern flogen; auch sah er am Ende des Saals schneeweiße Kaninchen und junge Hasen laufen, und kurz nachher überzog das prächtige Gebälk der Decke ein Gewölk.

Der Kaiser ließ sogleich die Vornehmsten am Hof zu sich berufen, die sich über die Schönheit des Saals ebenfalls nicht genug wundern konnten. Aber kurz darauf fingen die Blätter an den Bäumen plötzlich zu welken an, ebenso auch die Früchte und Blumen. Dann blies ein Wind zum Gemach herein, der wehte alles ab, daß der ganze Zauber augenblicklich vor ihren Augen verschwand und sie glaubten geträumt zu haben. Nun ließ der Kaiser den Doktor Faustus rufen und fragte ihn, ob er der Meister dieses Zauberwerks gewesen sei? Doktor Faust erwiderte: »Ja, aller gnädigster Herr; Eure Kaiserliche Majestät hat mich kürzlich wegen eines Kunststücks mit einer wertvollen Gabe ausgezeichnet; dafür habe ich mich denn dankbar erweisen müssen.« Diese Begründung gefiel dem Kaiser besonders.

Nun hörte Doktor Faust eines Tages, daß der Kaiser einigen fremden Gesandten und andern Herren zu Ehren ein feierliches Festmahl geben werde, wobei auch Frauen zugegen sein würden. Dabei sollte auch Doktor Faustus seine Kunst zeigen. Er brachte es zuwege, daß in dem großen Saal, wo das Mahl gehalten wurde, die Decke verschwand und ein Gewölk aufstieg, als ob es bald regnen wollte. Bald darauf aber zerrissen die Wolken, und der blaue Himmel kam zum Vorschein, daß es herrlich anzusehen war. Die Sterne ließen sich in voller Klarheit sehen, und der Mond schien in fahlem Glanz in den Saal. Dann überzog Gewölk wieder den Himmel, es gab einen starken Blitz, daß sich alle versammelten Gäste bekreuzten. Bald nachher sah man einen schönfarbigen Regenbogen über der kaiserlichen Tafel. Als nun Doktor Faustus bemerkte, daß der Kaiser und die vornehmsten Herren von der Tafel sich erhoben hatten, die Damen aber sich noch etwas aufhielten, da zog das Gewölk abermals herauf. Bald begann es zu blitzen und zu donnern, ja zu hageln und zu regnen, so daß alle den Saal verlassen mußten. Das wurde sogleich dem Kaiser gemeldet, der zuerst erschrak, aber bald sich erinnerte, daß alles nur auf der Kunst des Doktor Faust beruhte, was ihm große Beruhigung und Freude bereitete.

Donner und Wolken wichen, die Decke des Saales schloß sich wieder, feierlich lag der große Festsaal da – doch von Doktor Faust war keine Spur zu sehen.

Doktor Faust und die Fastnacht zu Salzburg

Als kurz nachher die fröhliche Fastnachtszeit gekommen war, berief Doktor Faust etliche Studenten und traktierte sie aufs beste bis in die Nacht hinein. Obwohl sie keinen Mangel an Getränk litten, verlangte es doch den Doktor Faust, eine lustige Fahrt zu tun. Er führte die Gäste in seinen prächtigen Garten, nahm eine Leiter, setzte einen jeden auf eine Sprosse und fuhr mit ihnen davon. Gleich nach Mitternacht trafen sie in dem bischöflichen Keller zu Salzburg ein, wo sie Licht machten und ungehindert die herrlichsten Weine versuchten. Als sie fast eine Stunde lang lustig auf die Gesundheit des Bischofs ein Glas nach dem andern geleert hatten, kam der Kellermeister und öffnete ahnungslos die Tür, um für sich und seine Gesellen noch einen Schlaftrunk zu holen. Da erblickte er die nassen Burschen, die sich einen wohlfeilen Rausch anzechen wollten. Schließlich ermannte sich der Kellermeister und schalt sie Diebe, denen ihr Lohn bald zuteil werden sollte. Er wollte auch gleich zurücklaufen und Lärm schlagen. Das verdroß aber Doktor Faust, um so mehr als er sah, daß seine Mitgesellen ängstlich zu werden begannen. Er ermahnte daher zum eiligen Aufbruch und befahl, es solle ein jeder seine Flasche, die er schon vorher mit gutem Wein gefüllt hatte, mit sich nehmen und die Leiter ergreifen; er aber nahm den Kellermeister beim Schopf und fuhr mit allen zugleich durch alle Lüfte davon. Als sie kurz darauf über einen Wald, der längs der Salzach sich erstreckte, dahinfuhren, erblickte Doktor Faust einen hohen Tannenbaum. Auf den wurde der vor Furcht und Schrecken halbtote Kellermeister abgesetzt. Faust aber kam mit seinen Burschen und den Flaschen Wein wieder in sein Quartier, wo sie erst recht weiterzechten, bis der Tag anbrach.

Wie dem guten Kellermeister indessen auf seinem Baum zumut war, ist leicht zu denken, zumal er nicht wußte, wo er sich befänd, und halb erfroren war. Als aber der sehnlich erwartete Morgen anbrach und er erkannte, daß er ohne Lebensgefahr nicht von dem hohen Baum herabkommen würde, rief er so lang und so laut, bis zwei vorübergehende Bauern, die in der Stadt Butter und Käse verkaufen wollten, die Rufe vernahmen. Weil der Kellermeister den Bauern guten Lohn versprach, eilten sie rasch in die Stadt, um Hilfe zu holen. Dort wollte man ihnen zuerst nicht glauben, bis die Abwesenheit des Kellermeisters und die halboffene Kellertür für die Wahrheit ihrer Aussage zeugten. Eine Menge Stiftsleute eilte mit den Bauern an das Ufer des Flusses, wo der Kellermeister im hohen Baumwipfel saß und mit großer Mühe vom Baum herabgebracht werden mußte. So sehr man ihm aber mit Fragen zusetzte, vermochte er doch weder zu sagen, wer die Diebe gewesen, die er im Keller angetroffen, noch den zu nennen, der ihn auf den Baum gesetzt hatte.

Am folgenden Aschermittwoch kamen diese guten Brüder wieder zu Doktor Faust und erklärten, sie müßten dort anfangen, wo sie gestern aufgehört hätten. Und weil Doktor Faust sich noch einmal recht fröhlich erzeigen wollte, ließ er den Tisch decken mit der Bitte, vorlieb zu nehmen mit dem, was man auftragen würde. Nebst zwei Braten wurde auch ein schöner, großer gebratener Kalbskopf aufgesetzt und einer der Studenten gebeten, ihn zu zerlegen. Als dieser aber das Messer ansetzte, fing der Kalbskopf zu schreien an: »Mordio, helfio, auweh, was hab' ich dir getan!« Die Studenten erschraken sehr darüber. Als sie sahen, daß Doktor Faust vor Lachen schier ersticken wollte, wußten sie bald Bescheid und lachten mit. Vom Dom zu Salzburg schlug es Mitternacht. Da beschlossen sie, miteinander vermummt in die Häuser der engen Altstadt zu gehen, so wie es der Brauch war. Jeder zog auf Geheiß Doktor Fausts ein weißes Hemd an. Als sie dann einander ansahen, glaubte jeder, der andere habe keinen Kopf. Bald aber bekamen sie rechte Eselsohren, riesige Nasen, ja einer sogar ein mächtiges Hirschgeweih. Das Spiel trieben sie bis gegen Morgen, wo sie jauchzend und johlend durch die engen Gäßchen zogen, bis sie zur Salzachbrücke kamen, von wo sie dann reichlich bezecht nach Hause torkelten.

Als Doktor Faust am folgenden Tag noch immer seine Fastnacht hielt und die Studenten wieder bei ihm versammelt waren, fing er auch seine Gaukelei wieder an, und so kamen in die Stube dreizehn Affen herein; die sprangen und tanzten in einer Reihe um den Tisch herum, dann hüpften sie zum Fenster hinaus und verschwanden.

Weil aber damals dichter Schnee lag, holte Doktor Faust mit Zauberei einen schönen, großen Schlitten; der hatte die Gestalt eines Drachen, auf seinem Haupt saß Faust selber und mitten drinnen die Studenten. Vier Affen hockten auf dem Schwanz des Drachen und trieben allerlei Possen, der Schlitten aber lief von selbst, wohin sie wollten. Dies währte bis in die Nacht hinein und verursachte solches Getöse, daß einer den andern nicht hören konnte. Und als der Morgen zu grauen begann, lagen wieder alle in ihren Betten und keiner der Studenten mochte erraten, wie das geschah.

Doktor Faust wird gewarnt

Je näher das Ende des Bündnisses mit dem Teufel herankam, desto mehr verfiel Doktor Faustus in sein wüstes Leben. Damals sah er in seiner Nachbarschaft ein schönes, aber armes Mädchen, das vom Land herein in die Stadt gekommen war und sich bei einem Krämer verdingt hatte. Sie gefiel Doktor Faust außerordentlich, so daß er ihr auf allerlei Weise nachstellte. Die Jungfrau aber wollte nur von der Ehe hören. Da rieten die Freunde endlich dem verliebten Faustus, sich mit ihr zu vermählen. Der Geist Mephistopheles aber sagte, er solle an sein Versprechen denken, sich in keinen Ehestand einzulassen. »Denn der Ehestand ist ein Werk des Höchsten«, betonte er, »den wir Teufel zutiefst hassen und verfolgen. Deshalb, Faust, sieh dich vor: Solltest du dich verehelichen, so wirst du von uns in Stücke zerrissen werden.«

Doktor Faust dachte eine Weile nach, wollte aber doch auf seinem Vorsatz beharren und erklärte: »Mein Entschluß steht fest, ich will mich verehelichen, es folge daraus, was da wolle!« Damit ging er in seine Stube.

Ein mächtiger Sturmwind erhob sich und brauste auf sein Haus los, als wolle er es umwerfen, die Türen sprangen auf, das ganze Haus fing

Feuer. Doktor Faust lief die Stiege hinab, da ergriff ihn eine Hand und warf ihn in die Stube zurück, daß er weder Hände noch Füße rühren konnte. Um ihn her loderte überall Feuer auf, als ob er verbrennen sollte. In diesen Nöten schrie er seinem Geist um Hilfe: er solle die Gefahr nur diesmal noch von ihm abwenden, dann wolle er versprechen, in Zukunft in allem seinen Willen zu tun.

Da erschien ihm Fürst Luzifer leibhaftig, so fürchterlich anzusehen, daß Faust seine Augen vor ihm zuhielt und seines letzten Endes gewärtig war. Der Höllenfürst fuhr ihn an: »Sag mir nun, was du tun willst!« Doktor Faustus, ganz kleinmütig und gebrochen, erwiderte: »O du gewaltiger Fürst dieser Hölle, verlängere mir meine Tage; ich habe meine Zeit noch nicht erfüllt; deswegen bitte ich dich, laß mich noch in diesem Leben, ich will wieder andern Sinnes werden.« »Gut«, grollte der Satan, »aber bleibe bei deinem Versprechen, das rate ich dir bei meiner Gewalt!« Damit verschwand der höllische Fürst samt dem Feuer, und leichenblaß blickte Doktor Faust vor sich hin.

Doktor Faust und sein Famulus Wagner

Als nun das vierundzwanzigste Jahr seiner Verschreibung zu Ende ging, berief Doktor Faust einen bekannten Notar und etliche gute Freunde und vermachte in deren Gegenwart seinem Famulus Wagner Haus und Garten, ebenso was an Barschaft, Hausrat, silbernen Bechern, Büchern und dergleichen vorhanden war.

Nach drei Tagen fragte Doktor Faust seinen Famulus, ob er auch einen Geist haben wolle, der bei ihm wohnen sollte, und in welcher Gestalt er ihn gern haben möchte? Wagner antwortete: »Ja, ich will einen ruhigen, sicheren Geist, er soll die Gestalt eines Affen haben.«

»Gut«, erklärte Doktor Faustus, »du sollst ihn bald sehen.«

Sogleich sprang ein Affe mittlerer Größe flink zur Stube herein. »Da hast du ihn«, sagte Faust, »er wird dir aber erst nach meinem Tod dienen; er heißt Auerhahn. Ferner bitte ich dich, meine Kunst, Taten und wunderbaren Abenteuer aufzuzeichnen; dabei wird dir dein Geist Auerhahn treulich helfen. Tu es aber erst nach meinem Tod! Lasse dann meine Abenteuer in Druck erscheinen, auf daß sie ein Volksbuch werden!«

Doktor Fausts Verdammnis und Tod

Das Stundenglas Doktor Fausts lief nunmehr aus; denn er hatte nur noch einen Monat vor sich, nach dem seine vierundzwanzig Jahre zu Ende waren. Über dieser Rechnung brach ihm der bittere Angstschweiß aus, und es war ihm wie dem Mörder, der stets der Todesstrafe, die ihm bereits im Urteil angekündigt wurde, gewärtig sein muß. Während er darüber nachsann, ging seine Stubentür auf, und herein trat Luzifer in eigener Person, schwarz und zottig, und sprach: »Weil nun deine bestimmte Zeit von vierundzwanzig Jahren bald aus sein wird und ich mein Pfand holen will, kündige ich dir jetzt meinen Dienst auf, den ich dir jederzeit treu geleistet habe. Nun halte auch du mir treu, was du mir versprochen hast. Leib und Seele sind nun mein, darein füge dich, es ist nicht mehr zu ändern. Und so lade ich dich denn vor das Gericht Gottes, da gib Rede und Antwort, weil ich an deiner Verdammnis nicht schuld bin. Wenn die Zeit da ist, will ich mein Pfand holen.«

Doktor Faustus konnte vor Angst und Grauen kein Wort hervorbringen. Als er wieder zu sich kam, stöhnte er verzweifelt: »Das habe ich gefürchtet! Ach, ich bin verloren, meine Sünden sind zu groß, als daß sie mir vergeben werden könnten!«

Inzwischen war der Teufel verschwunden, und sein Famulus Wagner, der alles gesehen und mitangehört hatte, tröstete seinen Herrn, er solle nicht so kleinmütig sein und verzagen, es wäre wohl noch Hilfe da; er solle seine vertrauten Freunde holen lassen und ihnen die Sache offenbaren, damit er von ihnen Trost aus der Heiligen Schrift bekäme und wenigstens seine Seele rette, wenn schon der Leib verloren sei.

Der geängstigte Doktor Faustus ächzte: »Ach, was hab' ich getan, woran hab' ich gedacht, daß ich wegen einer so kurzen Zeit die Seligkeit verscherzt habe, die ich mit andern Auserwählten hätte genießen können! Nun ist es aus!« Und so wollte der Unglückliche verzweifeln.

Inzwischen war der Famulus zu den Studenten gegangen und hatte ihnen alles erzählt. Aber keiner wollte mehr zu Doktor Faustus gehen, damit ihnen selbst nichts geschehe; denn sie wußten, daß mit dem Teufel nicht zu scherzen wäre. Damit aber Doktor Faustus nicht ganz ohne Trost bleibe, riefen sie einen gelehrten Geistlichen, dem sie alles offenbarten, und baten ihn, daß er doch Doktor Faust aus der Heiligen Schrift Trost zusprechen und so dem Teufel begegnen möchte.

Als sie Doktor Faust in der Stube auf seinem Sessel sitzen sahen, die Hände ringend und tief aufseufzend, hatten sie alle herzliches Mitleid mit ihm. Nachdem sie Platz genommen, redete ihm der Geistliche zu, er solle nicht traurig sein, es wäre ihm wohl noch zu helfen und zu raten. Er solle nur mit festem Glauben und Vertrauen auf Gottes Barmherzigkeit hoffen und so dem Satan Widerstand leisten, weil Gott niemand ausschließe, vielmehr wünsche, daß allen Menschen geholfen werde. Ferner forderte er ihn auf, er solle sich vor Gottes Angesicht demütigen, sich als einen armen, großen Sünder bekennen und wahre Reue über die begangenen Sünden zeigen.

Als Doktor Faustus so wieder einigen Trost gefunden hatte, legte er sich zur Ruhe nieder, und sein Famulus blieb bei ihm in der Kammer. Da kam der Teufel zu ihm ans Bett, schlug gleich ein großes Gelächter an und rief: »Mein Faust, bist du einmal fromm geworden, so bleib es, schau nur zu, was deine Frömmigkeit dir helfen wird! Mein Lieber, wie kannst du auf die Seligkeit hoffen, der du voll Sünden bist? Du willst Trost in Christus finden, der du ihn immer gelästert hast? Du fährst zur Hölle, das ist dein rechter Lohn, dort warten schon viele Teufel auf dich. Du hoffst umsonst, hoffe, solang du willst! Es ist zu spät für deine Buße. – Noch eins, Faust, sag mir die Wahrheit; was gilt's, es ist dir weniger um deine Seligkeit zu tun, als darum, daß du sterben sollst. Sag, ist es nicht so?«

Doktor Faustus gab darauf keine Antwort, verbrachte die Nacht mit schwermütigen Gedanken und befahl am nächsten Morgen seinem Famulus, den Geistlichen zu holen, der bald mit zwei Studenten kam. Als ihm nun Doktor Faustus berichtet hatte, was der Teufel in der vergangenen Nacht für ein Gespräch mit ihm gehabt hatte, antwortete der Geistliche: »Wenn er wieder zu Euch kommt, so sprecht: ›Höre, Satan, ich bekenne, daß ich ein schwer gefallener Sünder bin, aber die Barmherzigkeit Gottes ist weit größer. Gott hat nie einen Sünder verstoßen, der ernstlich Buße getan hat, auch in der Stunde seines Todes nicht. Und daß du mir mit Verdammnis drohst, das ist dein altes Liedlein; du bist ein Lästermaul und kein Richter, ein Verdammter und kein Verdammer.‹ Und darum, mein Herr Doktor Faust«, schloß der Geistliche, »seid ohne Sorge, und wenn der Teufel wieder an Euch heran will, so haltet mit dem Wort Gottes seine bösen Streiche auf.«

Doktor Faustus hatte nun etliche Tage Ruhe vor dem Teufel. Einmal aber zur Nachtzeit überfiel ihn im Bett große Angst, daß er nicht wußte, wo er bleiben sollte. Es kamen ihm allerhand verzweifelte Gedanken in den Sinn.

Eines Morgens berief er seinen Famulus zu sich ans Bett und klagte mit zitternder Stimme: »Ach, lieber Sohn, was habe ich jetzt von meinem gottlosen Leben? Ach, wenn ich an mein Ende denke, das nun nicht mehr fern ist, so überläuft mich eiskalter Schweiß, das Zittern und Zagen will nicht mehr aufhören, und ich sehe vor mir das strenge Gericht Gottes. Es wäre mir tausendmal lieber, als ein unvernünftiges Tier geboren oder doch in meiner zarten Kindheit schon gestorben zu sein! Nun aber, ach, nun ist's aus, Leib und Seele, die fahren dahin, wohin sie gehören.«

Auf solche Klagen antwortete sein Famulus, den sein Herr dauerte: »Ach, Herr Doktor, warum seid Ihr doch stets so schwermütig und kränkt Euch immerfort?«

Das Stundenglas war nunmehr ausgelaufen; die vierundzwanzig Jahre des Doktor Faustus waren zu Ende. Da erschien ihm der Teufel abermals, und zwar in derselben Gestalt, in der er damals den verruchten Bund mit ihm geschlossen hatte, zeigte ihm seine Urkunde, worin er ihm mit seinem eigenen Blut seinen Leib und seine Seele verschrieben hatte, und erklärte, daß er in der folgenden Nacht sein Unterpfand holen wollte. Darauf verschwand er.

Da kam die Reue, das Zittern und Zagen und größte Bangigkeit mit aller Macht über Faust. Er krümmte sich wie ein Wurm, weinte und klagte die ganze Nacht über. In diesem erbärmlichen Zustand erschien ihm sein bisheriger Hausgeist Mephistopheles um Mitternacht, tröstete ihn und sprach: »Mein Faust, sei doch nicht so verzagt; denk doch, wenn du auch deinen Leib verlierst, ist's doch noch lang, bis du vor dem Gericht Gottes erscheinen wirst. Du mußt doch über kurz oder lang ohnedies sterben. Und wenn du schon als ein Verdammter stirbst, so bist du es doch nicht allein, bist auch der erste nicht; denke an alle Gottlosen, die in gleicher Verdammnis mit dir sind und zu dir kommen werden. Sei beherzt und unverzagt, denke an die Verheißung unseres Obersten, der dir versprochen hat, daß du nicht leiden sollst in der Hölle wie die andern Verdammten.«

Da nun Doktor Faustus sah, daß der Teufel sein Unterpfand sicher nicht aufgeben, sondern in der folgenden Nacht bestimmt holen würde, stand er frühmorgens auf, spazierte vor die Stadt hinaus und befahl nach seiner Rückkehr seinem Famulus, die Studenten, seine früheren vertrauten

Freunde, noch einmal zu ihm ins Haus zu berufen; er hätte ihnen etwas Wichtiges anzukündigen.

Als alle versammelt waren, begann Faust:

»Liebe Herren, daß ihr heute zu mir gekommen seid und auf meine Bitte bis in die Nacht hinein bei mir bleibt, dafür danke ich euch. Ich wollte euch jetzt nur sagen, daß ich mich von Jugend an mit der Schwarzkunst beschäftigt habe, worin ich es mit der Zeit so weit brachte, daß ich den Geist Mephistopheles beigegeben erhielt, der mir alle meine Wünsche erfüllen mußte. Aber ich mußte mich dafür mit meinem eigenen Blut dem Satan verschreiben, Gott absagen und allen guten Menschen feind sein und sollte dem Bösen nach vierundzwanzig Jahren mit Leib und Seele verfallen. Ohne Zweifel hat mich der Teufel getrieben, daß ich den Bund mit ihm abgeschlossen hatte.

Nun aber sind die bestimmten Jahre heute nacht zu Ende. Da wird der Teufel sein Unterpfand holen und mit mir schrecklich umgehen. Das alles wollte ich aber gern ausstehen, wenn ich nur meine Seele retten könnte. Ich bitte euch nun, liebe Herren, nach meinem Tod alle, die mich geliebt und wegen meiner Kunst geschätzt haben, freundlich zu grüßen und ihnen viel Gutes zu wünschen. Was ich diese vierundzwanzig Jahre über für Abenteuer getrieben, das werdet ihr in meiner Wohnung aufgeschrieben finden.

Jetzt begebt euch miteinander zur Ruhe und laßt euch nicht stören, wenn ihr ein schauerliches Gepolter im Haus hört; fürchtet euch nicht, denn euch wird kein Leid widerfahren! Zuletzt möchte ich euch nur bitten, meinen Leib zu bestatten, wenn ihr ihn findet. Gehabt euch ewig wohl, ihr Herren, und nehmt euch ein Beispiel an meinem Verderben! Gute Nacht, es muß geschieden sein!«

Bei diesen Worten sank Faust wie ein Ohnmächtiger auf die Bank hin. Erschrocken bemühten sich seine Freunde, ihn aufzurichten. Da hörten sie im Haus ein Gepolter. Entsetzt riefen sie: »Gehen wir, damit uns nicht etwas Arges widerfahre!«

Als die Mitternachtsstunde kam, erhob sich plötzlich ein heftiger Sturm, der tobte, als ob er das Haus umreißen wollte. Angstvoll wünschten die Studenten zehn Meilen weg zu sein, und sprangen erschrocken aus den Betten. Als sie kurz darauf in der Stube, in der Doktor Faustus geblieben war, ein greuliches Zischen und Pfeifen vernahmen, als ob lauter Schlangen und Nattern dort wären, glaubten sie auch ein Stoßen in der Stube und ein entsetzliches Wehrufen des armen Faust zu hören. Dann trat Ruhe ein. Es verging der Wind, und alles ward wieder still. Den Körper des Doktor Faust suchten sie überall im Hause und fanden ihn zuletzt tot im Freien.

Zuerst berieten sie, wie sie seine letzte Bitte erfüllen und den Leichnam bestatten könnten, dann beschlossen sie, alles zu verschweigen und beim Begräbnis über Fausts Ende nur auszusagen, daß Doktor Faustus eines schnellen Todes gestorben sei.

Nachdem Doktor Faustus begraben war, hatte seine Seele auf Erden noch keine Ruhe. Sein Geist regte sich, erschien öfter seinem Diener Christoph Wagner und hielt manche Gespräche mit ihm.

Die Nachbarn aber gewahrten den Geist des Doktor Faustus bei Nacht oftmals in seiner Behausung am Fenster, besonders wenn der Mond schien. Er ging auch im Haus umher, leibhaftig in Gestalt und Kleidung, wie er auf Erden gegangen war. Sein Famulus Wagner aber beschwor den Geist und verhalf ihm zu seiner Ruhe auf Erden.

Seit dieser Zeit ist es um Doktor Johannes Faustus friedlich und still geworden.